CB027615

CARAMBAIA

ilimitada

Aharon Appelfeld

Meu pai, minha mãe

Tradução e posfácio
LUIS S. KRAUSZ

1

Nas viagens que faço por meio de minha escrita, volto sempre à casa dos meus pais e à dos meus avós, nas montanhas dos Cárpatos, e aos lugares onde estive junto com meus pais. Disse "volto" e preciso me corrigir. Na verdade, sempre estou na casa dos meus pais e na dos meus avós, ainda que, há anos, essas casas não existam mais. Elas são meus lugares fixos, minhas visões perpétuas, e volto a elas para lhes emprestar vida nova. Há dias, porém, em que a necessidade de estar perto delas se torna ainda mais urgente, por causa do cansaço, da melancolia e do sentimento de exaustão.

A volta a casa é, na maioria das vezes, uma alegria acompanhada de uma grande comoção.

Ao longo de toda a minha vida morei em muitas casas. Mas a saudade da casa dos meus pais permanece sempre igualmente forte. Há dias em que me abrigo na casa dos meus pais e há dias em que eu parto em direção à casa dos meus avós para me abrigar ali. A fartura que esses lugares me proporcionam não tem fim.

A casa dos meus pais e a casa dos meus avós, ao que parece, estão exatamente como quando as deixei. E, no entanto, e na verdade, não é assim: os anos as privaram do efêmero e do excessivo e deixaram só o menino que volta a admirar-se com tudo o que sente à sua volta e com tudo o que sente em seu íntimo, naquele tempo assim como hoje.

Todo trabalho criativo necessita do olhar da criança. Quando você abandona a criança que está em seu interior, o pensamento se torna um hábito e se afasta imperceptivelmente do espanto e da pureza do primeiro olhar. Com isso, o trabalho criativo se enfraquece. E o que é ainda mais grave: sem o espanto da criança, o pensamento se enche cada vez mais de dúvidas, não encontra a simplicidade em mais nada. Tudo passa a ser examinado através de uma lente de aumento, em tudo se acham defeitos e, ao final, você se encontra dividido. Só o que resta é remoer as palavras.

A primeira casa, a volta para ela e a permanência nela são a base de todos os livros que escrevi. Não escrevo livros de memórias. A preservação da memória e a sua manutenção são atividades antiartísticas. É verdade que o que vivi na minha infância e no início da minha juventude forma o solo sobre o qual floresce a minha escrita. Mas sempre acrescento a essas memórias coisas que provêm de minhas outras experiências. Ainda assim, sem a minha primeira casa, sem suas bases e sem seu telhado, eu me perderia num mar de pensamentos e de contradições. Em vez de escrever literatura, estaria me ocupando de ideias vagas e de experimentos vãos. O trabalho criativo é sempre marcado pelo toque misterioso dos olhos da criança que existe em você. E esse olhar não pode ser trocado por nenhum artifício literário.

No instante em que os olhos da criança se erguem por sobre a escuridão dos anos, surge algo como a promessa de novas visões. Palavras claras e um refinamento luminoso da linguagem, que havia anos se encontravam ocultos em seu interior, revelam-se. O espanto exaltado da criança remove, num instante, a poeira que os anos acumularam sobre as imagens e sobre as pessoas, e elas surgem à sua frente como quando lhe foram reveladas pela primeira vez e então, com todo o seu coração, você deseja que essa graça não acabe nunca.

Escrever um livro é uma jornada que se estende por muitos dias. Ao longo dela, como em todas as jornadas, haverá dúvidas, equívocos, pensamentos desesperados, sono intranquilo. O contato com a própria intimidade e com as figuras que o acompanham ao longo dos caminhos percorridos é uma mistura entre pessoas que você conheceu de perto e outras que passaram à sua frente e que desapareceram de sua vida. Há também pessoas no fundo da sua alma que, por causa dos transtornos da época, não se mostraram a você como deveriam e caíram no abismo do esquecimento. Mas não se preocupe: nessa jornada, se a sorte interior lhe sorrir, elas se revelarão, ressurgirão dos cantos do esquecimento para alargar seus horizontes.

Sob muitos aspectos, a jornada da escrita se parece com as caminhadas que eu fazia junto com meus pais durante o verão, em direção à casa dos meus avós, nos Cárpatos. Nada do que eu via ali se parecia com o que eu imaginava: nem as vistas nem as pessoas que encontrávamos. As imagens me assolavam, vindas de todas as partes, e ainda bem que minha mãe permanecia sentada ao meu lado, acompanhando meu espanto, sem dirigir minha atenção para nada, sem tentar explicar nada. E, com essa atitude reservada, ela permitia que as imagens fluíssem diretamente para mim. Por causa do seu silêncio, eu as absorvia melhor. O silêncio é o segredo de toda arte. Em meio ao silêncio, enxergamos melhor e ouvimos mais.

Depois dos preparativos, você parte numa jornada. No início, parece-lhe que o caminho será pavimentado e você acredita que avançará com rapidez e num ritmo seguro. Não passa muito tempo antes que o espírito otimista se deteriore. As frases iniciais, que antes rolavam em sua cabeça ordenadas e fluentes, agora se recusam a se deixar conter pelas letras.

Logo fica claro que não será nada simples encontrar as palavras certas para os sentimentos, para o panorama, sem falar no rosto de um homem. Você volta a compreender que as palavras não são sentimentos e não são panoramas. Elas podem, na melhor das hipóteses, aludir a essas coisas. Os adjetivos com os quais procuramos nos socorrer são, na maioria das vezes, só ilusões. Palavras como bonito, esplêndido, encantador e outras são só ornamentos, são como vestes transparentes. Descrever ou narrar algo por meio de palavras é uma tarefa que exige todas as suas forças. E assim, logo no início do caminho, suas mãos sentem a fraqueza. A crença de que você será capaz de narrar e de descrever por meio das palavras certas e de avançar num bom ritmo – essa crença, evidentemente, não tem fundamento.

E, apesar de todos os erros e de todos os impedimentos, você volta a tentar ligar as imagens às letras. Essa maldição de Sísifo acompanha você ao longo de todo o caminho.

Há palavras que contêm luz em seu interior. Palavras assim ajudam a criar uma imagem e uma ideia. E há palavras que, por algum motivo, são imprestáveis e privadas de vida. Se você tiver sorte, palavras luminosas facilitarão seu caminho. Mas, na maior parte das vezes, as palavras luminosas se misturam com outras, sem valor, e por isso o ofício da escrita é difícil e é mesmo desesperador.

Mas veja que milagre: você consegue se libertar desse embaraço e se põe a caminho.

E agora você avança com cuidado, com uma concentração que aumenta a cada instante, como em sua juventude, quando você saía pela porta lateral da casa, atraído pela visão do bosque encantado. Você não se afastou, mas os poucos passos que deu, o contato com as sombras suspeitas do bosque, aquela hesitação viva, agora voltam a você, quando você se encontra no início de um novo livro e parte em direção ao desconhecido.

A partir de agora, o cuidado, o temor e o medo serão seus companheiros: o que dizer e o que não dizer? Por causa do medo, você acaba apagando até o que seria necessário. Mais de uma vez, ao longo da jornada, o sono se abate sobre você. Mas isso não se deve ao cansaço, e sim à sensação de fracasso e de desespero. Em meio a esse cansaço, você investiga com uma lente de aumento tudo o que fez até ali. Todas as fraquezas, todas as imprecisões, todas as coisas que você desejava esconder aparecem com clareza. E é bom que, surpreendentemente, em meio à confusão, surja um terreno amplo e tranquilo: é o jardim dos avós, com canteiros de flores e horta e antigas árvores frutíferas, que todos os anos florescem e dão frutas. Vovô e Vovó estão em pé ali, admirados, porque, apesar de todos os obstáculos, consegui chegar até eles.

Eles não imaginam quanta saudade eu tinha deles.

Aqui, há coisas que não há na cidade: terra, plantas, animais, árvores altas, o céu e córregos sussurrantes. Há, porém, algo mais importante do que tudo isso: aqui brilha a fé. Por serem baixos, Vovô e Vovó parecem crianças. E o espanto enche seus olhos. Papai e Mamãe parecem perplexos. Os anos na cidade os privaram dessa ingenuidade que um dia eles também tiveram. Estou muito feliz por ter vindo aqui e, de tanta felicidade, é difícil para mim sair do lugar.

2

Dessa vez, volto às margens do rio Pruth, à cabana de camponeses que meus pais costumavam alugar durante as férias de verão. A construção modesta, à qual voltamos todos os verões, não é um lugar qualquer. Todo ano passamos cerca de um mês ali, rodeados pela visão simples e marcante da natureza: o campo com girassóis amarelos, os álamos prateados que sussurram noite e dia, e o juncal, alto e denso, onde aves de rapina, cujos assovios agudos me despertam à noite, fazem seus ninhos.

A cabana não é grande: são só dois cômodos pequenos e uma cozinha, que também é onde fazemos as refeições. Junto à casa há um quintal, uma horta, duas cerejeiras e um canteiro de rosas.

De manhã cedo, o dono da cabana nos traz um pão camponês redondo, ovos, leite, queijo e manteiga. A horta está à nossa disposição e, com destreza, Mamãe serve à mesa pepinos, tomates, rabanetes e delicadas cebolinhas, colhidas pouco antes da horta. Muitos sabores e aromas acompanharam minha infância. Mas o sabor das verduras daquela horta permanece comigo até hoje.

Passamos as horas do dia, da manhã até a tarde, às margens do rio, nadando e nos bronzeando. Afinal, não são muitos os veranistas, mas eles nos são conhecidos por sua aparência pitoresca. Só a burguesia judaica é capaz de se dar ao luxo de um mês de férias em meio a esse panorama pastoral, aos pés dos montes Cárpatos.

Ao anoitecer, nos sentamos junto à porta da cabana, tomamos café e acompanhamos o pôr do sol, que se estende até as profundezas da noite. O entardecer, nessa época do ano, é demorado e guarda em si a luz do dia até depois da meia-noite. A escuridão é tênue e cinzenta, e a luz que ela contém parece nunca desaparecer completamente.

Durante a noite, não visitamos o rio. Nós o observamos de longe, ouvimos seu murmúrio e nos admiramos com tudo o que o dia nos mostrou.

Antes da meia-noite, Mamãe corta uma grande melancia, cuja cor vermelha excita o olhar. O sabor é refrescante.

Mas, como foi dito, passamos a maior parte das horas do dia às margens do Pruth. O rio não é largo e, durante o verão, não é caudaloso. Mas não deixe que sua aparência tranquila o engane: ele já devorou mais de uma criança.

Meus pais me vigiam com sete pares de olhos, mas a vigilância atenta não me impede de ver a mulher grande que permanece deitada junto à água, que se bronzeia e quase não se mexe.

Seu marido, magro e bem menor do que ela, permanece ao seu lado e lhe oferece limonada, como se ela fosse uma criança.

Não muito longe da mulher grande, um homem que teve a perna amputada permanece sentado. Pelas observações de meu pai, compreendi que ele é dono de muitas propriedades na cidade e que é diabético. Os médicos foram obrigados a lhe amputar a perna. Ele permanece sentado, sozinho, afastado das outras pessoas. O quepe militar na cabeça reforça sua atitude solitária.

À nossa volta, tudo o que se encontra são as montanhas e a água reluzente. Às vezes me parece que uma orquestra está prestes a começar a tocar uma valsa, como no parque municipal aos domingos, e que as pessoas logo vão começar a dançar.

A maior parte das pessoas tem a idade dos meus pais, algumas são mais jovens. Mas também há velhos cujos membros foram atacados pelos anos e que mancam, usam muletas ou são levados em cadeiras de rodas.

A água e o sol, evidentemente, não fazem bem aos velhos. Eles voltam bem depressa, com suas empregadas, para suas casas na cidade.

Muitas pessoas surpreendentes me cercam. Durante meu sono, algumas delas permanecem comigo e eu as vejo de perto. O homem que teve a perna amputada não é tristonho, como me parecia. A expressão de seu rosto permanece fechada. Ele olha à sua volta com um olhar amargo que às vezes se torna um olhar de desprezo. A cada vez que seu olhar encontra aquela mulher grande, cujo marido lhe dá limonada, o rosto dele se enche de nojo.

À noite, durante o sono, o que vejo se parece e não se parece com o que vi durante o dia. As coisas se acumulam, e só as pessoas diferentes, as pessoas assustadoras, permanecem nos lugares onde estavam. Não é à toa que minha mãe me deseja um sono sem pesadelos e me beija a testa. Quando tenho um pesadelo, acordo suado e trêmulo. Mamãe tenta me tirar de dentro desse lodo, mas as pessoas assustadoras continuam olhando para mim.

Outro assunto, na verdade, o mesmo assunto: o choro. Mamãe está preocupada porque eu nunca mais voltei a chorar.

Nem mesmo injeções são capazes de me fazer chorar. Papai está orgulhoso disso. Um homem que chora é um coitado, incapaz de controlar seus sentimentos. É alguém que causa pena.

Durante a infância, meu pai tinha uma tendência a chorar, conforme ele nos revelou. Mas ele se educou para não chorar. Mamãe teme que Papai tenha me legado sua determinação de calar o choro. Mas Mamãe não tem razão. Às vezes encontro uma umidade nos olhos de Papai, e vejo que ele está à beira do choro. Quando sua irmã mais velha, Tzila, morreu, vi algumas lágrimas brotando na órbita dos seus olhos. Ele não se permitiu mais do que isso. Mamãe tampouco chora em público, mas às vezes escorrem lágrimas de seus olhos, e ela se apressa em secá-las.

Quando eu estava no segundo ano, um dos meninos fortes me bateu e gritou: "Agora chora!". E então eu disse a mim mesmo: não vou chorar. E, desde então, é como se meu choro tivesse se calado. Mais do que isso: eu não preciso dele. Quando sinto alguma dor, aperto os lábios ou fecho a boca.

Apesar disso, Mamãe fica preocupada. Ela sempre volta a dizer: crianças precisam chorar quando sentem alguma dor. O choro alivia a dor. Ao que parece, ela não sabe que a criança em mim já está bem escondida.

Não sou capaz, porém, de calar meus sonhos. Eles irrompem em meio ao sono e o preenchem completamente. Se não fosse pelos monstros e pelas criaturas sangrentas e aterrorizantes, eu ficaria feliz em sonhar. Perguntei a Mamãe se seria possível calar os sonhos. Mamãe se espantou com minha pergunta e disse: "Isso é algo que não está ao nosso alcance. O sono e os sonhos não estão à nossa disposição. Um homem não pede para sonhar. Ele simplesmente sonha".

"E isso é um presente ou uma maldição?", perguntei.

"O sonho é um presente de Deus e é possível ser abençoado por ele. Deus nos presenteou com dons em abundância. Nós enxergamos, ouvimos, sentimos o gosto e o cheiro e também sonhamos. O que seria de nós sem esses dons?"

Sobre Deus, Mamãe fala comigo principalmente antes do sono. Às vezes me parece que esse é o nosso segredo. Papai não usa a palavra "Deus". Nossa empregada fala muito sobre Deus.

Na bolsa, ela leva ícones, que pousa sobre a cômoda, e então se ajoelha ao lado deles, junta as palmas das mãos e reza. Mamãe, por sua vez, não usa as mesmas palavras e as mesmas frases que Papai usa. Ele fala sempre em provas e evidências; diz que há um antes e um depois, e diz que nossos antepassados acreditavam no que acreditávamos, enquanto nós examinamos as crenças deles uma por uma.

Quando Papai enuncia seus princípios um depois do outro, Mamãe olha para ele como se aquele não fosse seu marido, e sim algum parente que sempre voltasse a surpreendê-la.

3

Só muitos anos depois fui reencontrar o sono e os sonhos que ele traz em si. Com o passar do tempo, compreendi que os sonhos e o sono estão mais próximos da arte do que da realidade. A realidade é caótica, está cheia de contradições, e os detalhes são excessivos para que se possa atribuir a eles algum significado.

O sono e os sonhos são guias para qualquer artista que deseje se libertar do caos que nos cerca. O sonho peneira a realidade, deixando os detalhes importantes e necessários. Na arte também bastam alguns detalhes apropriados para desenhar uma figura e inspirar-lhe vida.

Durante muitos anos o sonho foi considerado caos. Só grandes artistas, como o que escreveu a história de José, sabiam que o sonho não é uma imitação da realidade, e sim um guia para o seu significado.

Papai se recusa a atribuir algum significado aos sonhos. Nessa discussão, como em outros embates de opinião entre ele e Mamãe, permaneço como testemunha silenciosa. Brigas e gritos são coisas que me deixam calado. Depois de ouvir palavras duras em voz alta, é difícil para mim proferir algum som.

Mais de uma vez, durante meus longos anos de escrita, deparei com a falta de palavras, e me senti tão desamparado quanto naqueles anos de infância, quando queria dizer algo sobre meu espanto e sobre meu temor, mas as poucas palavras de que eu dispunha não vinham para me ajudar, e eu cerrava os lábios. Mas a falta de palavras é sempre uma desvantagem? Mais de uma vez, nos primeiros anos de minha escrita, a falta de palavras adequadas me deixava ofegante, me sufocava. Só com o passar do tempo aprendi que a falta de palavras, a gagueira, frases toscas, todos os defeitos da má escrita, podem ser vantagens. Frases longas, distintas e fluentes às vezes ocultam o vazio. A abundância de palavras ordenadas frequentemente está cheia de excessos.

Pode ser que a gagueira proveniente da falta e da ausência seja a forma da expressão verdadeira. Agradeço a quem devo agradecer por, nos dias de minha infância, ter estado perto de pessoas que tinham dificuldade em se expressar, que gaguejavam e que procuravam pelas palavras certas. Foram elas que me ensinaram um pouco sobre a opressão e sobre a necessidade – e também algo sobre a escrita.

As férias de um mês, e às vezes um pouco mais, que todos os anos passávamos às margens do Pruth deixaram em mim uma série de imagens e de pessoas que me acompanham nos dias alegres e também nos tristes. Mas, especialmente, nutrem a minha escrita ao longo dos anos. Sempre que sinto a falta de palavras, evoco um canto isolado da praia à margem do rio, e nele há um homem com uma expressão dolorosa ou um homem com uma expressão de ironia. O homem com dores tem os lábios cerrados e é difícil para ele pronunciar uma palavra. O homem irônico, por sua vez, sempre dispõe de palavras em abundância, afiando-as uma por uma, e por fim as lança, de dentro da boca, como se fossem espadas, num passe de mágica.

Eis o olhar do dono da cabana, Nikolai, que espera pela nossa chegada a cada ano. É um camponês de meia-idade, desconfiado. Ele sempre diz: "Que bom que vocês voltaram para mim", como se alguém, ao longo do caminho para sua cabana, tivesse nos oferecido uma cabana melhor ou mais barata. Voltávamos a ele todos os anos, mas isso não acalmava sua desconfiança.

Uma vez, veio acompanhado de sua mulher, linda e muito mais jovem. Ele a repreendia em voz alta. Talvez desconfiasse dela, ou sabe-se lá o quê. Mas justamente sua jovem mulher, e não ele, me surgiu algumas vezes num sonho, vestida com uma saia colorida de camponesa, sorrindo de um modo astucioso, como se dissesse: "Não dê ouvidos às repreensões dele, eu faço o que tenho vontade. Se vier até a minha casa, lhe darei algo que vai lhe agradar".

Nikolai também repreende os judeus. Parece-lhe que eles querem se aproveitar dele, que estão escondendo algo, que lhe pagam menos do que deveriam. Sua desconfiança é acompanhada de uma expressão nos olhos, mas às vezes ele não contém a língua e diz a Papai: "Você é um homem decente, mas os outros veranistas sempre nos enganam".

"Por que você deixa que eles o enganem?"

"Graças a Deus meus negócios são com um homem decente. Mas todos os veranistas daqui, se examinados de perto, mostram ser criaturas suspeitas, com as quais é preciso tomar cuidado."

"Você está exagerando, Nikolai", diz meu pai a ele, como a um antigo conhecido.

"Desculpe-me se estou lhe dizendo algo em nome de meus pais. Meu avô, que descanse em paz, costumava dizer: 'Não confie nos judeus nem nos ciganos. Eles sempre vão enganar você'."

"Nem todos", diz meu pai, envolvendo Nikolai com um olhar que põe fim à discussão.

Mas, o que fazer?, a maioria dos sonhos não é agradável. O riso da mulher conhecida por P., que passa a maior parte do dia deitada à beira do rio, torna-se mais selvagem no sonho. Às vezes o riso dela se transforma numa tosse sufocante e então seu rosto fica vermelho. O homem que teve a perna amputada olha para ela como se estivesse prestes a lhe oferecer ajuda. Às vezes me parece que ela sabe de segredos e ri por causa disso.

Muitos segredos se ocultam por aqui: os negócios de um foram à falência e o precipitaram na melancolia, e o outro, ainda que não seja jovem, é alegre como um jovem que se alegra com a desgraça alheia.

Uma vez ouvi o homem que teve a perna amputada voltando-se para um dos veranistas e dizendo: "Você vive num mundo de ilusões. Logo vai descobrir a realidade". O homem ergueu a cabeça, admirado, assustado com o golpe que o atingiu.

O homem que teve a perna amputada fala num tom autoritário, como se soubesse de coisas que os outros desconhecem, ou que fingem desconhecer. Estranho: ninguém discute com ele nem o faz se calar.

4

Eu nunca me afastei muito dos meus pais, mas a influência deles sobre mim não foi conjunta. Cada qual me influenciou à sua maneira. Quando escrevo um conto ou um romance, o ritmo da voz de minha mãe me acompanha até as portas da imaginação. Os que a conheceram e se lembram de sua voz me disseram que minha voz se parece com a dela.

O ritmo é a força que faz meus dedos correrem pela página branca. Quando o ritmo se cala, falta-me o ímpeto para voar, como se minhas asas tivessem sido cortadas. Às vezes acontece do ritmo voltar a mim imediatamente, mas na maior parte das vezes ele se detém por alguns dias e às vezes por semanas.

Nos dias em que a minha escrita se interrompe, não tenho sossego. Meu escritório se transforma numa gaiola, corro para um bar, para entorpecer minha inquietação com duas xícaras de café. Em outros tempos, costumava me socorrer com alguns copinhos de conhaque. Mas, quando o ritmo volta a mim, as palavras também retornam de seus exílios, as sentenças fluem e o enredo toma forma, e as palavras certas saem de seus esconderijos e fazem a parte que lhes cabe.

Herdei a música de minha mãe, que costumava cantar para si mesma em voz baixa. Eu gostava de ouvir essa música sussurrante. É espantoso quão perto eu me sinto dela, ainda agora que minha idade é o dobro da dela.

Uma vez um amigo me disse: “Não tenho nenhuma ligação com meus pais, que partiram deste mundo”. Fiquei espantado, sem saber o que lhe dizer. Ele me parece uma pessoa mutilada, a quem é preciso estender a mão. Subitamente, ergueu os olhos em minha direção, como se dissesse: “Você não percebe que eles me feriram? Há anos que eu trato das feridas que eles me causaram. Agora elas fecharam e deixaram cicatrizes. Meus pais eram meus inimigos, meu querido, e cada vez que me lembro deles volto a estremecer”.

"Por quê?", perguntei.

"Eu também me pergunto por quê."

Lembro-me de meu pai a cada vez que escrevo um ensaio. Para um ensaio, é preciso pensamentos claros e uma mistura correta de fatos e de argumentos.

Papai não escrevia ensaios, mas eu sinto que essa era a forma que combinava com ele. Entristece-me pensar que ele nunca tenha tido a oportunidade de aplicar seus talentos e conhecimentos. Parece-me que, se ele tivesse tido a oportunidade de escrever, suas ondas de ironia e sarcasmo teriam ficado esquecidas, e ele teria se dedicado à atividade criativa com toda a sua alma e com toda a sua força.

O que teria impedido meu pai de avançar e de se distinguir? Mamãe, que conhece Papai melhor do que qualquer pessoa, diz que Papai tinha, desde a juventude, expectativas altas demais e que isso dificultou seu caminho. Imediatamente ela acrescenta: "Quem conhece a alma de um homem? Nós pensamos e supomos, mas acaso sabemos quais são nossos verdadeiros motivos e nossos verdadeiros impedimentos? De qualquer maneira, não se pode julgar uma pessoa de maneira leviana".

Às vezes Papai ergue a cabeça, flexiona as costas para trás e diz: "Perdi a oportunidade, eu tinha alguns talentos, mas não fui capaz de combiná-los. Sem dúvida, mereço reprovação".

5

Até a idade de 10 anos, até que a guerra chegasse, nós voltávamos todo ano à mesma cabana. Eu lia muito durante aquelas férias, principalmente livros de Jules Verne. Suas histórias, que me emocionavam muito, foram apagadas de minha memória durante os anos da guerra, mas o mesmo não aconteceu com as pessoas que conheci à margem do rio.

As mulheres chamavam mais atenção do que os homens. Entre as mulheres ardia a paixão. Elas ansiavam pelos homens sem se envergonharem disso. Meus pais, evidentemente, tentavam em vão esconder de mim aquelas visões, que não me eram permitidas. A burguesia judaica era, de modo geral, muito contida em lugares públicos. Ao ar livre, porém, junto à água, as paixões se exaltavam e tomavam conta dos jovens – e não só dos jovens.

As pessoas viajavam por muitos quilômetros para ali encontrar um pouco de tranquilidade. Mas o que fazer? É justamente à margem do rio que o sol e a água são capazes de despertar não só lembranças de experiências de dias que se passaram e afrontas recalcadas como também atitudes corporais diferentes das costumeiras, e palavras e expressões que não se encontram em nenhum dicionário. Evidentemente, eu não compreendia aquela situação. Eu escutava e meus olhos se enchiam com o que viam. Não surpreende que eu acordasse de noite, suado e assustado.

Papai observa com olhar irônico o que se vê à margem do rio. Mamãe não conhece a ironia. Ela olha para as pessoas com os olhos bem abertos, como se quisesse se aproximar delas. As pessoas despertam nela a alegria, o espanto e a comoção, mas não a repulsa. Papai não é capaz de conter sua atitude – e sua atitude tem certo sarcasmo e um pouco de desprezo. Nada escapa a seus olhos, ele também presta atenção aos detalhes, às mulheres que não só mostram o corpo enfeitado e gordo e os seios transbordantes como também ostentam todas as suas muitas joias e, com elas, panos coloridos, guarda-sóis, sanduíches de todos os tipos, limonadas, cremes para as mãos e para os pés. Essas mulheres parecem competir permanentemente com suas amigas, e essa competição não diz respeito apenas a seus trajes de banho, aos chapéus de sol, aos cremes e aos perfumes, mas também, e principalmente, aos homens. Como eu disse, nada escapa aos olhos de Papai. Às vezes me parece que ele não só ridiculariza, mas também desfruta do que vê.

Meus pais têm cada qual seu temperamento. Mamãe, como já disse, admira as pessoas. Ela as olha com um leve sorriso, ainda que se comportem de maneira vulgar. Papai não suporta a ostentação e o comportamento que não leva os outros em consideração. De modo geral, cada um deles se comporta de acordo com seu temperamento, sem discussões e sem raiva. Mas às vezes irrompe uma briga entre eles, como um fogo súbito num campo cujas plantas ressecaram.

Desde a minha infância, aparentemente por influência de minha mãe, me sinto atraído por mulheres que têm alguma fraqueza. Sempre me senti próximo a elas, sem ter pena. Elas despertam em mim a vontade de contemplar. É fácil descobrir a fraqueza de uma pessoa. Ou, em outras palavras, o que há de humano numa pessoa.

A mulher conhecida como P. se ocupa consigo mesma e atribui a si mesma talentos que não tem. Ela não percebe o próprio comportamento e, por esse motivo, atrai sobre si o sarcasmo e o desprezo. O riso dela é selvagem e, quando ela tosse, saem de sua garganta uns sons guturais, desagradáveis de ouvir. Mais cedo ou mais tarde, ela volta a se machucar. Um de seus admiradores a ofende mortalmente e ela fica deitada de costas, esperneando. Seu destino está determinado, mas ela continua a esperar que algum dos rapazes se apaixone por ela. É uma artista do autoengano. É incapaz de aprender com as próprias experiências e sempre repete os mesmos erros.

Esse tipo de gente tira meu pai do sério. Para gente assim, ele tem apenas um olhar, que não muda nunca, e é um olhar de repulsa. "Uma pessoa é capaz de mudar, só precisa querer", isso é, em resumo, o que ele pensa das pessoas. Comer e beber em excesso, ocupar-se só consigo mesmo, permanecer deitado à toa na relva são coisas que ocasionalmente provocam irrupções de raiva em meu pai. Em vão minha mãe tenta acalmá-lo.

O temperamento de Mamãe é completamente diferente. O que se passa sobre a relva desperta nela muito interesse. Ela observa P. e diz: "Hoje P. está contente. A risada dela está leve e ela não está tossindo. Ao que parece, teve um sonho bom". Mamãe se aproxima dela e pergunta como ela vai. P. fica emocionada com a aproximação de Mamãe e, de tanta emoção, levanta-se, abraça-a e diz: "Bonia, como eu gosto de você! Sempre gostei de você e sempre pude me aproximar de você". De tanta emoção, lágrimas surgem em seus olhos.

Mamãe sabe como tranquilizar as pessoas. Por causa dessa sua capacidade, as pessoas gostam dela. Confiam nela e ficam felizes perto dela. Ela não divide as pessoas entre boas e más. Até mesmo pessoas de temperamento colérico querem deixá-la contente.

Papai se enfurece: os judeus não sabem viver como pessoas normais. Em vez de trabalharem, eles permanecem deitados na relva. Para que eles vêm para cá? Para acumular gorduras sobre as gorduras? Várias vezes eu o ouvi dizendo: "Não voltarei para cá. Há limites para os equívocos".

E, apesar disso, todos os anos Mamãe consegue trazê-lo para cá. Parece que, por si só, ele compreende que passar férias em meio aos gentios seria ainda pior. Pois lá falariam mal de nós pelas costas, se afastariam e alguém diria: "O que querem os judeus às margens do rio?".

A resposta de Papai é longa, como sempre: nem em meio aos judeus nem em meio àqueles que não são judeus. Minha casa é minha fortaleza e nela permanecerei, sem que ninguém me incomode.

Papai é um pedante. Qualquer coisa que esteja fora do lugar o tira do sério. E, além disso, é um esteta: roupas desleixadas, fofocas desnecessárias, palavras pronunciadas em voz alta, sem contar o falatório grosseiro, de opiniões contraditórias e de irrupções emocionais, são, em sua opinião, fraquezas simplesmente inaceitáveis.

6

Na minha infância, eu imaginava Deus como um velho pensativo, que sustentava o mundo sobre os ombros.

Mamãe diz que Deus está presente em todos os lugares, em todos os seres humanos, em todos os animais e em todas as plantas. Deus é mistério, mas suas expressões são claras, belas e admiráveis.

"Deus é bom?", perguntei.

"Só bom", diz Mamãe, e seus olhos se iluminam.

"E por que ele está presente na alma das pessoas más?"

"Deus tenta mudá-las."

Como já disse, não pergunto a Papai sobre Deus. Mas, quando Mamãe fala sobre Deus na presença dele, o rosto de Papai se contorce, como se dissesse: são suposições, por que você fala sobre isso com tanta certeza? Até respeito suposições, mas elas têm que permanecer no âmbito das suposições.

A retidão de pensamento de Papai não conhece limites. É uma pena que ele a dirija contra Mamãe. Quando Mamãe está de bom humor, ela sorri e diz: “Cada um se comporta à sua maneira e de acordo com seu temperamento; você à sua maneira e eu à minha”. Mas nos dias em que a retidão de pensamento de Papai a ofende, ela não responde, lágrimas escorrem de seus olhos e ela se afasta.

Papai sabe que a crença de Mamãe lhe foi legada pelos pais. Papai gosta de Vovô e de Vovó, mas se afastou da fé deles.

Quando Mamãe visita os pais, no coração dos Cárpatos, ela se transforma de imediato. Seu rosto se suaviza e frequentemente, quando ela está sentada ao lado da mãe, ela abraça os joelhos com as duas mãos. As duas são espantosamente parecidas. Às vezes me parece que, se Mamãe tivesse permanecido nos montes Cárpatos, teria mantido a crença de seus pais, e então as críticas de Papai, e seu pedantismo, não a machucariam.

A vida de Vovô e Vovó nas montanhas é calma, eles tocam os objetos domésticos com cuidado e, quando Vovó sai para colher flores nos canteiros, as faces das flores se iluminam.

Às vezes Mamãe se irrita consigo mesma porque, em vez de viajarmos para junto de seus pais, vamos para a margem do rio. Na casa de seus pais, Mamãe se sente bem. Mas Papai fica pensativo ali e sai sozinho em longas caminhadas. E, quando ele volta, seu rosto fechado parece ainda mais fechado.

Papai tem dificuldades com a crença. Ele sabe exatamente o que a crença exige. Às vezes ele se espanta por ainda existirem no mundo pessoas crentes.

Quando Mamãe vai para as montanhas, fica diferente. O rosto de Papai diz: eu não vou mais mudar. Fico espantado com Mamãe porque ela deixa que Papai se atormente, sem aproximar-se dele, sem apaziguá-lo com carícias.

Mais de uma vez, vi Mamãe parada em seu lugar, espantada porque Papai tem certas características que ela não tem.

Espantar-se não é o mesmo que olhar serenamente, e sim deleitar-se com aquilo que se revela ao olhar. Os olhos de Mamãe voltam sempre a dizer: há muitas descobertas na vida. Poucas estão abertas ao olhar, a maior parte delas está oculta. Eu não sou capaz de classificar as pessoas e de lhes atribuir notas. Eu as aceito tais quais elas são. Em cada ser humano há algo que não há em você.

À noite, Mamãe repassa as imagens do que viu de dia, ou faz um registro do que aconteceu. Papai, como é seu costume, analisa, encontra contradições, irrita-se com alguma pessoa ou com alguma coisa e, sem querer, estraga o humor de Mamãe. Quando Papai faz isso, e ele faz isso de tempos em tempos, Mamãe estremece ao ouvir sua voz e então lágrimas surgem em seus olhos.

7

Lembro-me, com a passagem dos anos, das imagens de todas as mulheres doentes de amor que vi à margem daquele rio, algumas delas com as mesmas faces de antes, porém a maioria com faces das quais tudo o que é efêmero desapareceu. Dentre elas havia algumas que amavam em meio a dores desesperadas e havia também outras em cujos olhares brilhantes pairava algo como o espanto, como se o mundo lhes tivesse revelado a plenitude de seus esplendores secretos.

E havia mulheres raivosas, que não estavam satisfeitas com seu corpo nem com sua alma, que culpavam seus pais por não terem se preocupado com elas e por não as terem preparado para a vida. E outras, tolas, que carregavam consigo suas tolices, até mesmo quando mergulhavam na água. Papai costumava apelidar aqueles veranistas de Arca de Noé, porque ali todos os animais se apresentavam ao olhar.

Àquela época, evidentemente, eu não compreendia qual era a relação. Àquela época, o mundo estava dividido em imagens aleatórias. Só com o passar do tempo, quando comecei a escrever, os homens e as mulheres passaram a surgir dos seus lugares ocultos, uns depois dos outros, e aqueles fragmentos aleatórios de vida começaram a se ligar uns aos outros.

Mamãe está certa: tudo o que eu vi há muitos anos, com meus olhos de criança, assentou-se sobre um território escuro e permaneceu ali.

Estou sentado junto à escrivaninha e as imagens se sucedem diante de meus olhos. Sinto que elas são interessantes, e talvez importantes, mas sinto também que não existe uma relação verdadeira entre essas imagens e a minha intimidade, nem entre elas e a história que estou tratando de escrever. Evidentemente, são imagens que absorvi ontem ou anteontem, ou há um ano – o tempo ainda não as elaborou.

Subitamente brota em meio a essas imagens uma que é diferente das demais, e eu logo me espanto: é uma imagem que me foi revelada há muito tempo. O brilho de uma manhã luminosa a envolve. Papai, Mamãe e eu estamos a caminho do rio e subitamente surge em meio à névoa uma bezerra castanha e malhada. Eu me aproximo dela, para acariciá-la, e a bezerra permanece imóvel. Eu a olho e ela olha para mim, e uma grande afeição nos liga um ao outro. Por um instante, Papai e Mamãe também partilham dessa nossa afeição. A tranquilidade contida nessa imagem me emociona e eu sei que ela voltou a mim de um lugar muito distante, tão clara quanto no dia em que surgiu.

É por causa de minha mãe que aparecem coisas admiráveis a cada vez que eu saio para passear com ela. Para ela é fácil encontrar coisas admiráveis. Eis aqui uma colônia de cogumelos sob um dos pinheiros. Nós os colhemos com cuidado e os colocamos numa cesta de crochê. Os olhos de Mamãe se arregalam. Em meio aos cogumelos, oculta-se um que é venenoso. Mamãe o apanha e o deixa de lado.

Tudo o que Mamãe faz me admira. Ela é capaz de fazer mais e mais coisas admiráveis quando estamos sozinhos no campo ou junto ao rio. É uma pena que Papai não veja o que Mamãe vê. Papai não é capaz de conter seu senso crítico. As fraquezas das pessoas o tiram do sério, e que bom que ainda há algumas pessoas no mundo das quais ele gosta, pois elas o conduzem para fora de si mesmo e o alegram por algum tempo.

8

A cada vez que, sentado à mesa, saio para minhas jornadas escritas, tenho medo de me perder por caminhos que não são os meus. É claro que há momentos em que estou tão mergulhado em minha jornada que nenhum barulho externo é capaz de me distrair. Mas o perigo de me perder do meu caminho me ronda sempre. Como é grande a minha alegria quando me aproximo do território conhecido, quando encontro algo das vistas que conheço desde a infância, como os álamos esbeltos, cheios de folhas prateadas! Nesses instantes, aproximo a cadeira da escrivaninha, para ficar mais perto das imagens que se revelaram aos meus olhos.

Às vezes não se trata de uma imagem, e sim de alguma particularidade: o pé de uma mulher jovem cujas unhas estão pintadas de verde. O pé é bonito, bem-formado, mas subitamente ele se entorta, como se cedesse a um desejo de esconder-se, ou talvez por causa de alguma dor súbita que o tomou.

Esse pé me agrada. Quanto mais eu o observo, mais ele me agrada. Eu não o desejo, mas ele me comove e me leva às lágrimas, como se não fosse um pé de mulher, mas um aspecto de um segredo que se encontra oculto em mim.

Um detalhe emocionante dos anos de minha infância às vezes é a pedra angular de um capítulo, que sustentará a estrutura de um livro inteiro.

O que torna uma narrativa incomum e diferente do simplesmente histórico são, evidentemente, as pessoas, os indivíduos nos quais está contido o tempo. Mas não só isso. Uma narrativa que não possui imagens ocultas, que preservam o tempo, que o cristalizam, que o moldam novamente e que o separam do passado – sem essas imagens, que às vezes são imagens desimportantes, que às vezes são apenas cintilações que lembram alguma imagem da infância, sem essas trivialidades não há vida verdadeira numa história.

É possível dizer isso de outra forma: sem a criança que existe em você, que vê o que vê, que guarda a lembrança dessas visões ingênuas ao longo dos anos, a narrativa facilmente resvala para o meramente cronológico, para as coisas que aconteceram e não tomaram forma, para o vago e para o usual.

A criança, seu espanto, seus medos súbitos, a tristeza incompreensível que às vezes a inunda, sua proximidade com os animais, seu mergulho em devaneios, sua ligação misteriosa com o pai e com a mãe, todas essas coisas, e outras mais, acompanham o instante em que se começa a investigar a intimidade. Outras imagens, decisivas e complexas, são secundárias e sem importância para o olhar da criança.

Gostaria de ir mais adiante e dizer: não há artista verdadeiro sem a criança que existe nele. A criança que existe nele o salva das falas supérfluas, da polêmica, dos sofismas e das atitudes distorcidas. Um escritor não é um homem em quem se encerra a sabedoria do mundo, mas um homem que combina imagens originais, nutrindo, assim, sua vitalidade.

Seria possível dizer que se trata de um mundo limitado, e isso está certo. Uma boa história vem da limitação e da concentração. Bastam dois ou três personagens que se revelaram a ele num momento de atenção e de consciência de sua infância, desde que ele seja capaz de se ligar a esses momentos da mesma maneira como se ligava à sua mãe, à noite, antes de dormir, ou a seu pai, num momento de compaixão, e eis que ele está ligado ao mundo e a tudo o que nele habita, enquanto em sua intimidade permanece a bênção.

9

Durante anos, vaguei por muitos lugares, até que retornei àquele estreito pedaço de terra aos pés dos Cárpatos, às margens do Pruth, onde Mamãe, Papai e eu passávamos nossas férias de verão. No instante em que meus pés pisaram outra vez essa terra sussurrante, minha maneira de escrever mudou completamente. Descobri uma mina da qual surgem pedras preciosas e descobri, ainda, a criança que existe em mim e que me ensina a enxergar.

A jornada da escrita não é um empreendimento fácil. É um encontro consigo mesmo ao longo de toda a sua vida e com tudo o que você tentou fazer: seus erros, seus fracassos, os encontros cansativos e os que o tornaram um objeto vazio, os amores difíceis, que deixaram feridas que não cicatrizam, e, sobretudo, todo o horror da morte, com o qual nos defrontamos, meus pais e eu, na minha infância. É com todas essas imagens e muitas outras com as quais você se defronta quando parte para a jornada da escrita.

Às vezes me parece que a jornada da escrita não é resultado da curiosidade e da vontade de avançar, mas sim um caminhar para trás, uma procura persistente pelo passado. Mais de uma vez, você se perde pelo caminho e se desespera. Mas há dias em que os detalhes se combinam uns com os outros, como se estivessem esperando há anos para se juntarem assim.

Para evitar mal-entendidos, digo: a escrita não é apenas uma busca nas profundezas das memórias, para de lá extrair imagens ocultas da infância. Todas as experiências de sua vida precisam estar ligadas a essas imagens. Só imagens da infância não bastam para criar uma história forte e cheia de significado. A infância é um ingrediente importante, indispensável, mas é incapaz de se sustentar por si mesma. As imagens da infância são o motor de uma história, são elas que proporcionam à história sua faísca inicial. Sem essas imagens, a história sucumbiria num mar de detalhes cinzentos. Mas é preciso ligar a elas as experiências do adulto, que são o pão e o sal da vida.

Perguntei a Mamãe se ela também viajava de férias com os pais na infância.

"Não, isso nem passava pela cabeça dos meus pais."

"Por quê?"

"A vida dos meus pais estava completa em casa, eu costumava passear pelas montanhas, costumava ajudar Mamãe, rezar, duas vezes por semana vinha um professor me ensinar as rezas e a leitura semanal da Torá."

"E você não tinha vontade de ver a cidade?"

"Na minha infância, às vezes viajávamos à cidade para ir ao médico, para comprar remédios, para comprar roupas de inverno. Mas depois voltávamos correndo para casa."

"Por que saímos de férias?"

"Para respirar um pouco de ar fresco. Não é bom sair de casa, deixar para trás o que é conhecido e costumeiro, nadar no rio e encontrar pessoas?"

Senti que Mamãe me dizia coisas nas quais ela mesma não acreditava e eu disse para mim mesmo: à noite, em nossas conversas antes de ir dormir, ela vai falar a mim com a sinceridade do seu coração e vai me revelar o segredo.

10

Nikolai, o dono da nossa cabana, nos traz, todas as semanas, dois cavalos de montaria e um potro crescido, e partimos em direção às montanhas. A cavalgada, uma vez que se domina o medo, é muito agradável, Papai e Mamãe cavalgam muito bem. E penetramos nas profundezas da floresta, onde há mais sombras do que luz.

Depois de duas horas de cavalgada vagarosa, paramos, prendemos os cavalos em árvores, Mamãe estende uma toalha no chão e nos sentamos para tomar o lanche das dez horas. Gosto dessas refeições em meio às árvores altas, cujas sombras se estendem sobre nós e nossa refeição. Certa vez, num desses lanches, encontramos um arbusto carregado de morangos e enchemos nossas mãos deles, colhendo-os. Essa descoberta agradou a todos nós, e Papai, que geralmente não ri alto, riu.

Permanecemos muito tempo sentados. Meus pais gostam da água do Pruth, mas nas montanhas eles ficam mais tranquilos. Papai nos narra episódios dos tempos de seu serviço militar, no exército austríaco. Ele repete ditos do sargento que era responsável pela ordem, mas tirando deles as palavras grosseiras, apenas aludindo a elas. O oficial convertido que comandava sua unidade tratava mal os judeus, chamando-os de frouxos, e os fazia correr pelo pátio. Papai se lembra dos acontecimentos e também dos detalhes. Mamãe gosta de ouvi-lo.

Depois da refeição, continuamos a cavalgada. Meu potro obedece a meus sinais e faz imediatamente o que peço. Ele sabe que eu gosto dele.

Papai e Mamãe se põem eretos sobre suas selas e olham em volta. Galopam em ritmo moderado, e só quando nos aproximamos do lago negro os cavalos despertam de sua tranquilidade e se põem a correr em direção à água. Papai e Mamãe os contêm e eu faço como eles.

O lago não é grande, mas sua água negra não é agradável de ver. Tenho a impressão de que dentro dele há criaturas assustadoras.

Papai e Mamãe não nadam nesse lago, e para mim isso é o sinal de que meu pensamento tem algum valor.

Nessa parada do nosso passeio, comemos ameixas e cerejas tardias. Papai retira seu cachimbo de um bolso do casaco, e um aroma agradável de tabaco se espalha à nossa volta.

Eu disse a mim mesmo: guardarei comigo esta visão e esta proximidade com meus pais também quando estiver longe daqui. Fico triste ao pensar nisso. Mamãe me pergunta o que aconteceu. Respondo rindo: "Às vezes sinto vontade de ficar triste". Mamãe fica satisfeita com minha resposta e não pergunta mais nada.

11

Enquanto olhávamos à nossa volta e descobríamos maravilhas de todos os lados, vimos um homem vestido com roupas de cidade rotas, caminhando apressado em meio às árvores. Ele nos olhou atentamente, apressou o passo e tentou se esconder. Mas Papai o reconheceu, não se conteve e gritou: "Alfred!".

O homem recuou, como se tivesse sido apanhado em seu esconderijo.

"Alfred", meu pai chamou novamente, com voz de quem faz um pedido íntimo, uma voz que só raramente meu pai fazia ouvir.

O homem, que tentava escapar, não ergueu a cabeça e não se mexeu. Ficou paralisado no mesmo lugar, como um animal que sabe que está em perigo.

"Desculpe!", gritou meu pai.

Ao ouvir essa palavra, o homem ergueu a cabeça e um sorriso estranho surgiu em seu rosto.

"Estamos hospedados às margens do rio e saímos para dar um passeio", desculpou-se Papai, como se estivesse penetrando num território que não era o seu.

"Também não ficarei aqui por muito tempo", respondeu o homem.

A alegria de Papai por ter encontrado um amigo de infância desapareceu e seu rosto se entristeceu.

"Desculpe", disse o homem, "seria uma alegria visitá-los, porém agora não posso fazer o que desejo. Mas, quando chegar a hora, vamos nos encontrar e conversar." E, sem acrescentar detalhes nem se aproximar de nós, seguiu seu caminho.

Perguntei-me o que ele queria dizer com "agora não posso fazer o que desejo". Soava como se ele estivesse preso. Uma bruxa, ou sabe-se lá o quê, talvez o prendera.

Papai e Mamãe ficaram espantados. Nosso propósito de nos aproximarmos da fonte para beber água, de subirmos ao mirante e contemplarmos o voo das águias e dos corvos se tornou como que sem sentido.

"Alguém o chamou", disse Papai. "Por que o deixei partir?"

"Ele quer estar só consigo mesmo", disse Mamãe com uma voz tranquilizadora.

"Ele disse, literalmente, 'agora não posso fazer o que desejo'. Isso significa que ele está em dificuldades", disse Papai.

Por um instante, pareceu que Papai iria montar no cavalo para segui-lo. Mas, para minha surpresa, tirou o cachimbo do bolso e o encheu de tabaco.

Alfred fora um aluno aplicado no colégio, mas não dos que mais se destacavam. Seu esforço por sobressair acabou prejudicando sua saúde. Mais de uma vez ele adoeceu e mais de uma vez ele teve que ser internado. Mas, quando voltava à escola, novamente tentava avançar, rangendo os dentes. Seus esforços eram corajosos e às vezes ele tinha sucesso. Mais de uma vez, porém, fracassou. E os fracassos cortavam seu coração, e seus colegas de classe se afastavam dele. Papai permaneceu fiel, encontrando com ele fora do colégio e o aconselhando a não passar dos limites. Alfred não dava ouvidos a esses conselhos. Desde a infância, era-lhe característico esse impulso de se destacar e, com o passar dos anos, tal impulso se acirrou.

Em muitas matérias, mesmo alcançando nota nove, não atingiu o grau de excelência. Ele sabia que todos os que eram excelentes em matemática não se esforçavam além da conta. A compreensão simplesmente se encontrava neles, e eles a usavam com indiferença. Alfred passava horas trabalhando em cada uma das lições, às vezes noites inteiras. E esse esforço o deixava doente.

Papai contou tudo isso a Mamãe. Senti que suas palavras vinham do fundo do coração. Ele também sempre tinha sido apontado como um aluno muito promissor, mas tampouco conseguiu chegar a se destacar.

Mamãe ouviu com muita atenção as palavras de Papai, mas não respondeu nada. Fiquei espantado por minha mãe não sentir que Papai se identificava com Alfred, como se fosse seu irmão gêmeo.

Seguimos adiante, em silêncio. O sol baixou e as sombras se tornaram cada vez mais pesadas. As imagens da manhã se confundiram com outras imagens do dia. Lembrei-me do encontro com os cavalos, de Papai se aproximando deles com um olhar cheio de afeição e falando com eles, sem ter necessidade de palavras. Logo depois, retomamos o caminho, vendo as árvores altas que exalavam o aroma da floresta.

O contato com os animais suaviza o olhar crítico de Papai, e ele olha para essas grandes criaturas com emoção. Às vezes ele lembra a si mesmo e a nós que, se tratarmos os cavalos como se deve, se respeitarmos sua força e não pusermos viseiras diante de seus olhos, eles nos servirão de todo o coração. Já percebi que Papai se sente próximo aos animais e fala com eles com toda a liberdade. E eles, ao que parece, compreendem sua língua.

Todos os anos, antes de sairmos de férias, surge a difícil questão: as montanhas ou a margem do rio? Papai tem uma inclinação a viajar para as montanhas. As cabanas nas montanhas ficam longe umas das outras, os veranistas são poucos, você fica só consigo mesmo e com a floresta à sua volta. Quando Papai exalta assim as vantagens das montanhas, Mamãe o lembra de que nas montanhas há córregos, mas não um rio que convida você a nadar sempre que tiver vontade.

"Mas os veranistas", diz então Papai com uma expressão sombria, "quando eu me lembro deles, quero fugir para o lugar mais distante possível dali".

Ao final chegamos a um trato: vamos à margem do rio e também às montanhas. Por algum motivo, nos dirigimos à montanha só uma vez por semana. A jornada que parte da margem do rio para subir as montanhas demanda muito esforço, e, quando voltamos, estamos abatidos por tantas impressões, tão embriagados pelo ar perfumado que, na manhã seguinte, temos dificuldade de levantar.

"Embriagar-se tanto assim basta uma vez por semana", diz Mamãe, sem dar mais explicações.

Os restos do dia ainda permanecem entre nós e seguimos devagar. O surpreendente encontro com Alfred não nos estragou só o apetite, mas também o humor.

Mamãe sugeriu que fizéssemos uma pausa. "Ainda temos café na garrafa térmica, e sanduíches e frutas. É melhor nos sentarmos e respirarmos o ar da floresta antes de voltarmos à margem do rio." Papai concordou e nos sentamos ao pé de um carvalho.

Meus pais tomaram café e eu comi uma pera. Minha mãe me disse para comer um sanduíche e acrescentou: "Não será todos os dias que terei um sanduíche assim". Essa frase me espantou, mas eu não disse nada e não perguntei nada. Continuamos sentados, em silêncio. Depois que Papai tomou o café, Mamãe perguntou: "Fazia quantos anos que você não via Alfred?".

"Muitos anos", respondeu Papai, sem olhar para ela. "A vida dele não foi fácil. Seu casamento não acabou bem. Dizem que ele faz todo tipo de trabalho temporário. Mas, de qualquer forma, é um jovem bem preparado."

"Os pais dele não o ajudaram?"

"Eles eram boas pessoas. Ajudaram-no em tudo o que puderam, mas por fim empobreceram."

Mamãe não perguntou mais nada.

12

Nikolai já nos esperava para receber os cavalos. Papai lhe agradeceu e disse: "São excelentes cavalos de montaria, não os forçamos além da conta. Eles compreenderam que nós queríamos passear e contemplar a vista, e não percorrer grandes distâncias".

"Pena", disse Nikolai.

"Por quê?"

"Eles galopam muito bem. Simplesmente flutuam sobre o solo. Não há mais cavalos assim."

"Não há o que lamentar. Da próxima vez faremos isso."

"O que os senhores viram?"

"O que não vimos! Mas há mais coisas para ver. Nós só começamos a ver."

Nikolai olhou para Papai e disse: "Você, ao contrário de seus irmãos, os judeus, não tem pressa. A pressa é uma doença terrível. É preciso conduzir-se conforme a natureza nos ordena".

"Eu também não sou perfeito", disse Papai.

"Mas, meu senhor, o senhor é um esportista. Sua maneira de caminhar e sua maneira de nadar são bonitas de ver."

"Obrigado", disse Papai.

"Nós olhamos para aquelas pessoas sentadas à margem do rio e tentamos aprender com elas o que é possível."

"Muito bem", disse Papai, uma resposta que, nele, expressava dúvida.

Fiquei triste por Nikolai ter levado nossos cavalos. Durante as horas que passamos em companhia deles, fomos presenteados com algo de sua tranquilidade e de sua serenidade. Quando Papai está perto deles, ou quando está cavalgando, ele está bem consigo mesmo. Sua ironia se transforma em humor, seus olhos se abrem e ele vê não só o que há de vacilante e de ridículo nas pessoas, mas também os pinheiros altos e o solo da floresta sobre o qual crescem os morangos e os cogumelos. E algo da admiração de Mamãe passa para ele também.

Depois que Nikolai desapareceu, uma chuva começou a cair. Era uma chuva fina, inaudível, que molhava os campos em toda a sua extensão. Eu estava tão cansado que, sem tomar meu chocolate e sem escovar os dentes, me deitei na cama e adormeci.

Meus sonhos, porém, não foram tranquilos. Meus pais desapareceram subitamente e eu não sabia o que fazer. Queria gritar "Mamãe!", mas minha voz ficou presa na garganta. Tinha medo de descer do potro, pois temia que ele também pudesse fugir, deixando-me sozinho na floresta.

Enquanto isso, vi que Alfred se aproximava de mim. Contei a ele, no mesmo instante, que meus pais tinham desaparecido e que eu não sabia o que fazer.

"Volte para casa", disse ele casualmente.

"Nossa casa temporária é longe daqui. Fica às margens do rio. Como chegarei lá?"

“Não tenho como ajudá-lo, você precisa se acostumar com uma vida na qual não há ajuda.”

Fiquei assustado com as palavras dele. Disse a ele: “Tenho apenas 10 anos e 7 meses de idade”.

“É melhor começar a vida o mais cedo possível.”

“Sozinho?”

“Sim, isso é uma ótima preparação. A vida é dura e cruel e precisa de muito preparo. Aprendi isso tarde demais.”

“De agora em diante estarei sozinho?”

“Sim”, disse ele e começou a se afastar de mim.

Fiquei tão assustado que acordei tremendo.

Volto à margem do rio. No fim dos anos 1930 pairavam no ar acontecimentos diversos, rumores e temores, mas a vida prosseguia com teimosia e em sua ordem costumeira. É verdade que na fábrica de Papai nem tudo andava bem, na escola me chamavam de judeu e me amaldiçoavam, mas Papai e Mamãe esperavam que tudo o que era assustador e ilegal à nossa volta desaparecesse e que a normalidade voltasse.

As férias à beira do rio eram, no fim das contas, como um abrigo. Ficávamos expostos não só ao sol e à água, mas também ao nervosismo que reverberava sob os guarda-sóis e sob as árvores frondosas.

Os camponeses que passavam diante de nós indo e voltando de seus campos nos olhavam de todos os lados e seus olhares expressavam arrogância e um ódio contido. Até mesmo Nikolai, que toda manhã nos traz os alimentos para o dia, não esconde suas críticas aos que permanecem deitados à beira do rio. Ele os denomina, com um pouco de sarcasmo, “os novos judeus”.

“Qual é a diferença entre o novo judeu e o antigo judeu?”, pergunta Papai, colocando-o à prova.

“Não há como comparar”, responde Nikolai com sua astúcia camponesa.

“Ao que parece, você prefere o judeu antigo?”

“O que se pode dizer a esse respeito?”, diz ele, acrescentando astúcia à sua astúcia.

Eu, evidentemente, não sabia que tudo à nossa volta acontecia como que à força: a comilança exagerada, a natação forçada, os prazeres físicos compulsivos, o fumar ininterrupto, a bebida entorpecente. Nem todos tomavam parte nessa dança demoníaca. Mas o medo do que estava por vir tomava conta de tudo. Até quando nos sentávamos junto à porta da cabana e tomávamos goles de café, Mamãe subitamente se levantava da cadeira, como se estivesse assustada.

A intranquilidade e tudo o que eu via também me contagiavam. Eu fechava os olhos e ouvia, à noite, as conversas entre Papai e Mamãe. Eles sussurravam, mas eu escutava as palavras, todas as palavras e todos os sons e todas as pausas que havia entre eles.

Papai acha que é preciso preparar-se para emigrar.

"Emigrar para onde?", espanta-se Mamãe.

"Para o Ocidente", responde Papai. "Estamos rodeados por uma população fanática e hostil e é melhor se afastar antes que a guerra chegue. Na última guerra, Papai demorou para emigrar e pagamos caro por isso."

"Vamos deixar para trás todas as nossas propriedades?", pergunta Mamãe.

"Vamos vender o que for possível vender, é melhor viver modestamente num lugar civilizado", diz Papai, erguendo a voz por um instante.

"Ao que parece, as pessoas ainda não estão falando em emigrar."

"Elas estão ignorando a realidade."

"Vamos voltar para casa e veremos. Daqui é difícil ver a realidade", disse Mamãe, pedindo que postergasse a decisão.

"O bom senso diz que o melhor é afastar-se daqui sem demora."

Essa foi a última frase que se infiltrou em meu sono e então adormeci.

13

A maior parte do dia, porém, se passa sem mudanças. Permaneço sentado à margem do rio, olhando para os filhos dos camponeses, crianças que têm a minha idade ou que são até mais jovens do que eu. Eles se jogam na correnteza do rio e nadam com agilidade, como se não fossem crianças, e sim criaturas aquáticas morenas.

Mamãe tenta me ensinar a boiar na água, mas a água não tem firmeza e não me sustenta. Tento nadar com todas as minhas forças. Ao final, me ponho em pé na água rasa e sigo com o olhar o nado dos peixes pequenos.

"Por que é difícil para mim nadar?", perguntei a Papai.

"Aprende-se a nadar numa piscina, e não na correnteza de um rio."

"Os filhos dos camponeses também aprenderam a nadar em piscinas?"

"Eles são filhos da natureza. Nós somos criaturas domesticadas."

Aquela foi a primeira vez que ouvi a palavra "domesticadas". E não sabia se ela se referia a uma qualidade ou a um defeito.

Olho para as pessoas e para a água e não me canso desse prazer. O olhar não tem uma utilidade prática, mas serve para absorver impressões, para assimilá-las, para armazená-las. Cada vez eu digo a mim mesmo distraidamente: esta acácia florida, vou me lembrar dela também quando estiver longe daqui.

Durante a maior parte das horas do dia, as margens do rio estão tranquilas, quase sem movimento. Aqui e ali pessoas conversam, aqui e ali pessoas se deleitam. Às vezes uma mulher subitamente tira a roupa e salta com sua nudez na água, como se estivesse se livrando de cordas que a estavam detendo. Mas, fora raras irrupções como essa, os movimentos das pessoas são cuidadosos e comportados. As pessoas permanecem deitadas de costas e absorvem o sol.

Em silêncio, como que casualmente, uma mulher estende a mão em direção à cintura de um homem jovem, como se não fosse uma mão humana, e sim algum animal longo e ondulante.

À tarde, o movimento se reaviva. A mulher que é conhecida como P., que tem cerca de 30 anos, uma das veteranas à margem do rio, permanece sentada e ri com uma voz rouca. Ainda outro dia ela estava apaixonada e se comportava de maneira desavergonhada. Hoje, ela está vazia de amor, abandonada. Ela ri ostensiva e ininterruptamente e, enquanto isso, descreve as características do seu amante: ele é forte e bonito, mas não é confiável. Às vezes ele some. Ao que parece, ele tem uma camponesa nas montanhas.

Ela conta e ri, como se não se tratasse dela, mas de outra mulher que se envolveu sem querer. Assim são os homens, ela conclui. Eles se parecem mais com criaturas licenciosas do que com pessoas decentes. Eles não conhecem nenhum tipo de fidelidade.

Alguns homens se levantaram. Depois de terem se erguido, eles permanecem em pé e, por algum motivo, parecem reprovar os que continuam deitados. Por um instante me parece que estão prestes a proferir uma advertência ou uma condenação. Estou enganado. Não há nenhuma intenção especial em sua posição em pé. Passados alguns instantes, eles se ajoelham e voltam a se deitar em seus lugares.

Quando P. olha para mim, ela me chama pelo meu nome e pede que eu me aproxime dela. Meus pais não permitem. P. não se ressente deles por causa disso e continua a conversar com eles, como se fossem velhos conhecidos.

A cada instante, a expressão do seu rosto muda. Agora, ela está sentada ao lado de uma mulher velha e presta atenção ao que ela diz. Ela continua a rir intermitentemente, mas seu riso não é alto. P. se esforça para ouvir e compreender as palavras da velha. Ela faz perguntas e volta a perguntar. A velha explica tudo com riqueza de detalhes. Os detalhes, ao que parece, não são nada alegres, mas P., para adoçar a tristeza dela, diz: "Nem tudo é negro. Às vezes nós obscurecemos nossos dias sem necessidade".

Todos os dias P. é a primeira a chegar à margem do rio. Há um canto que é seu. Nem todos se afastam dela. Há pessoas cujo rosto se ilumina diante de P., perguntam como ela vai e se detêm diante dela. P., se não fosse pelo riso selvagem, seria uma pessoa agradável, mas o riso, é preciso admitir, espalha a inquietação à sua volta. Eu gostaria muito de me aproximar dela e de vê-la de perto, mas meus pais não me permitem.

O amante de P., que há apenas alguns dias corria atrás dela, não é mais visto à margem do rio. Ele simplesmente sumiu. Quando ela se lembra dele, e o faz frequentemente, seu riso volta e soa selvagem.

Mas há pessoas que não são como meus pais, que sempre se reaproximam dela com uma atenção cuidadosa, como se em seu riso houvesse alguma revelação a respeito da nossa vida. Papai sentenciou: "Não se leva em conta o testemunho de um louco".

Às vezes ela mergulha em si mesma. A tristeza, da qual ela se defende com tenacidade, toma conta dela. Ela toma garrafa após garrafa, mas a cerveja é incapaz de entorpecer a tristeza que há nela. O rosto dela se torna mais triste a cada instante.

E então, surpreendentemente, o homem que teve a perna amputada vai até ela e lhe dá um conselho contra todas as tristezas. Ela presta atenção e faz perguntas, e o homem que teve a perna amputada fala com ela num tom moderado e paternal. Eu ouço todas as palavras, mas não compreendo bem o conselho.

P. prometeu a ele, isso eu ouvi bem, que de agora em diante não se deixaria mais atingir em seu coração pelas coisas e que não se entregaria mais à tristeza.

Seu interlocutor está satisfeito com a decisão e diz: "Um amante vem e um amante vai e a vida continua".

14

P. tem aqui seus irmãos e irmãs de alma. Eles não riem como ela, mas também bebem das garrafas e assim engolem suas tristezas.

Eu os reconheço com facilidade: as garrafas estão sempre em suas mãos e eles são todos muito silenciosos. Só com dificuldade consegue-se arrancar alguma palavra da boca deles. Em sua maioria, permanecem sentados, fitando o vazio. Às vezes um sorriso súbito brota entre seus lábios, como se eles tivessem percebido alguma coisa que até então estivera oculta aos seus olhos. Na maior parte do tempo, porém, permanecem inexpressivos. Eles bebem e ficam em silêncio.

"Por que eles vêm para cá?", alguém pergunta.

"Aqui eles podem beber e ninguém os incomoda", responde outro.

A maioria dos que bebem são pessoas introvertidas. Sua embriaguez é fácil de ser reconhecida, principalmente por causa do jeito como andam. Já de manhã eles não são capazes de andar direito. À medida que o dia passa, a paralisia de seus olhares se acentua e, quando cai a noite, só com grande dificuldade eles se arrastam de volta para as suas cabanas.

Em sua maioria, eles permanecem longe das outras pessoas e se entregam às garrafas. Mas também há alguns que se enfurecem e que, a cada tanto, se põem a gritar. Esses gritos súbitos me amedrontam e voltam a aparecer durante o meu sono.

Mamãe diz que é preciso compreender esses gritos como pedidos de ajuda.

Mas não há ninguém que ouse se aproximar deles. Só o dr. Zeiger, que conhece todos eles, se aproxima. Junto ao doutor, eles se esquecem de sua fúria e o olham como crianças que estão sendo repreendidas.

O homem que teve a perna amputada passa a maior parte do tempo absorto em si mesmo e, exceto com P., com quem, por assim dizer, tem uma relação especial, ele nem pensa em fazer confissões ou em discutir por causa de lugares à sombra, à margem do rio, ou em dirigir-se àqueles que não largam a mão da garrafa.

A cada vez que P. se aproxima, ele se inclina em direção a ela, ouve e também lhe diz alguma coisa.

Eu o ouvi dizendo: "Esqueça-o, arranque-o de seu coração".

"Estou tratando de fazer isso", diz ela, respondendo aos conselhos dele. "Preciso de um pouco de tempo. Foi um amor lindo, de corpo a corpo e de coração a coração, mas algo se estragou. Pode ser que eu também tenha alguma culpa. Um amor assim não acaba por si só."

"Pare de remoer esse assunto. Cada ser humano tem seus fantasmas interiores. Deixe-os quietos. Não os alimente com sentimentos de culpa."

É estranho como me lembro desses diálogos. Papai e Mamãe não tomavam parte nessas conversas casuais. Papai desprezava pessoas incapazes de se controlar.

"Por que nós viemos a este lugar?", perguntou a Papai um conhecido próximo.

"Não sei", respondeu Papai. "Precisamos perguntar ao nosso mestre Freud. Ele certamente saberá responder a essa difícil pergunta."

Lembro que a resposta de Papai fez seu conhecido rir.

Papai e Mamãe estão nadando e eu estou sentado, observando as pessoas sentadas à margem do rio. E o que eu vejo nem sempre são alegrias: testemunhei explosões de ódio, acusações duras e até mesmo brigas. Porém, durante a maior parte do dia, a margem do rio permanece tranquila. As pessoas comem seus sanduíches, bebem sua limonada e seu café e jogam cartas.

O pôquer é um jogo cheio de astúcia. Cada um oculta suas intenções. Há gente que ganha a vida com esse jogo e que volta para casa com uma pilha de dinheiro, evidentemente às custas daqueles que sempre perdem, daqueles que não só sempre perdem, mas que, apesar disso, voltam sempre a tentar a sorte. Papai diz que essa gente, dominada por seus vícios, estraga nossas férias luminosas.

Mamãe diz que é preciso estender a mão a essas pessoas e ajudá-las a se livrarem de seus vícios.

Papai não acredita que seja possível ajudá-las.

"Eles também são seres humanos", diz Mamãe.

"Sim, mas perderam a face humana."

Mamãe não se dá por vencida: "Mesmo pessoas que sofreram ferimentos graves querem ser reabilitadas".

Ao ouvir a palavra "reabilitar", Papai cerra os olhos, um sinal de que discorda totalmente do que ouviu.

Mas, além das pessoas que se amontoam à margem do rio, a corrente do Pruth está aos nossos pés. Sua força, mesmo no verão, é grande. Ele facilmente carrega árvores, pedaços de barcos e cercas. Certa vez, vi um cachorro lutando contra as ondas, e um dos veranistas, um homem que nada tinha de extraordinário, viu o sofrimento do animal, lançou-se à água e o salvou. Isso nos alegrou a todos e o salvador foi louvado.

Uma vez por dia surge de algum lugar uma grande barcaça, carregada de troncos de árvores, que nos mostra a força do rio. A barcaça é arrastada pela correnteza e rapidamente desaparece de nossa vista.

Há um ano eu vi uma barcaça carregada com vacas e bezerras. Elas estavam deitadas tranquilamente. O piloto da barcaça, um homem alto, com uma boina desgastada sobre a cabeça, segurava nas mãos uma longa estaca de madeira, com a qual tocava o fundo do rio, assim conduzindo a embarcação.

Depois que a barcaça carregada desapareceu, ouvi um dos veranistas dizendo: "Elas estão sendo levadas para o abate".

15

Mamãe e Papai despertaram um conflito desnecessário em minha alma. Evidentemente é possível dizer que eu mesmo estava em conflito a respeito do que incorporar deles. Gostava de Papai e de sua postura irônica, envolta pelo aroma do tabaco que se erguia de seu cachimbo. Mais de uma vez identifiquei em mim mesmo a voz dele.

Ele sabia como revelar as fraquezas de uma pessoa: este é mesquinho e aquele é hipócrita, e aquele outro se acha muito importante, este é viciado em dinheiro e aquele é viciado em cerveja e em conhaque. Este se destaca pela risada alta e aquele, pelas roupas chamativas. Este luta contra sua gordura e aquele, contra sua magreza. Na vida cotidiana, as fraquezas tendem a mascarar-se e a ocultar-se. Mas, nos lugares abertos, quando mulheres e homens tiram suas roupas costumeiras e se vestem com trajes de banho, as fraquezas se revelam ao olhar. Para alguém afeito à ironia, esse é um campo amplo que o convida a afiar o olhar e suas expressões. E assim Papai reconheceu muitas coisas ridículas, insensibilidades e estupidez nos movimentos e nas posturas dos veranistas à margem do rio.

Durante os dias de férias junto à água, Papai afiava seus instrumentos de ironia. Nem mesmo pessoas ingênuas, pessoas sofridas e castigadas escapavam dele.

O pressuposto dele era: as pessoas não são capazes de encarar a verdade. A esse pressuposto, somavam-se outros: as pessoas não são lógicas e não há explicaçao para seu comportamento. Os caprichos e os humores levam-nas à confusão e a fazer coisas que não se fazem.

Na maioria das vezes, Papai dividia suas opiniões com Mamãe. Mamãe prestava atenção e olhava para ele com espanto, como se estivesse dizendo: interessante, eu não tenho essa mesma visão de mundo. Não gosto do sarcasmo. Todas as criaturas sofrem de dores e de intranquilidade. Por que não se aproximar delas, mesmo que seu comportamento não seja agradável?

Mais de uma vez me perguntei por que Papai se recusa a aceitar as fraquezas dos membros da sua tribo, por que os ridiculariza, por que os chama de apelidos indignos. A verdade é que Papai também não se detinha diante de si mesmo. Ele falava bastante sobre os próprios fracassos: não terminou os estudos na universidade. Seu sucesso financeiro era mediano. Ele não era tão ambicioso quanto seu pai, que dedicava todas as suas forças à fábrica.

Por causa de suas palavras irônicas e sarcásticas, seus primos, que conheciam muito bem o mundo dos negócios e nele eram muito bem-sucedidos, se afastavam dele. Ele se recusava a aceitar seus conselhos e voltava sempre a dizer que não suportava a presença deles. Preferia perder dinheiro a ter que depender desses gananciosos. Mamãe costumava dizer: "Deixe para lá as fraquezas de caráter dos seus primos. Você não vai mudá-los". Papai não era capaz de concordar com isso. "As espertezas deles se revelam em tudo. Não quero ouvir a voz deles nem mesmo por um minuto."

Papai não gosta dos membros de sua tribo. Mas os indivíduos, os escolhidos, os sensíveis e os introvertidos, ele os ama de todo o coração. Como Papai, eles também tendem à ironia, à inquietação e a um cinismo venenoso. É também por causa dessas relações que ele veio para cá.

A maior parte das amigas de Mamãe era das escolas primária e secundária. Não eram muitas, mas permaneciam fiéis umas às outras. Costumavam vir à nossa casa e conversar com Mamãe. Eu gostava de me sentar e de ouvir a voz delas.

Mamãe costumava dizer para mim: "Em todas as pessoas há algo surpreendente".

"O quê, por exemplo?"

"Olhos que pedem por proximidade."

"E o que mais?"

"Um riso que toca o coração."

"Por que o homem que teve a perna amputada me assusta?" Não escondo isso de Mamãe.

"Ele é um homem que sofre. O olhar das pessoas que sofrem é duro. É preciso acostumar-se com elas."

Só aprendi muito tarde que Mamãe tem uma relação religiosa com a vida. Ela não vai à sinagoga e não reza, mas sua relação com os seres humanos, com os animais e com os objetos é atenciosa. Ela olha com silêncio admirado para as flores, para as frutas, para antigos utensílios domésticos. Dores, irrupções súbitas de sentimentos, choro ou riso exagerado deixam-na abalada, mas não se tornam um problema para ela. Ela conhece as pessoas que frequentam as margens do rio. Não é próxima de todos, mas se dirige à maioria das pessoas como se as conhecesse.

Papai é seletivo. "Os judeus são teimosos, são insuportáveis. Seu comportamento é grosseiro e deselegante. É verdade que há entre eles alguns escolhidos, que são como rosas em meio aos espinhos, dos quais eu gosto e com os quais eu me alegro."

Coisas desimportantes, como movimentos corporais, intranquilidade que se revela por meio da postura em pé ou sentada, medo súbito, espanto doloroso, admiração e tudo o que a acompanha, essas coisinhas, e muitas outras não menos encantadoras do que essas, não interessam a meu pai. Assuntos como a sociedade e a política lhe interessam. Não é à toa que ele se cerca de jornais e de revistas nas línguas que conhece. Durante as férias ele leva consigo revistas mensais e livros de História. Mamãe leva livros de escritores como Flaubert e Proust.

Se não fosse pelo rio, pelo qual Mamãe e Papai anseiam, acho que eles passariam a maior parte do tempo na cabana. Papai gosta do rio, mas não gosta das pessoas que ficam deitadas às suas margens. Nem delas nem dos objetos que as rodeiam.

16

Às margens do rio, não passa um único dia sem algum pequeno escândalo. E, desta vez, não se trata de um escândalo imaginário, e sim de um escândalo real: uma mulher fugiu com o amante. Ao que parece, ela fez isso à meia-noite. Quando o marido acordou, ao amanhecer, e não a encontrou na cama deles, saiu para procurá-la. Todos sabiam o que acontecera, o marido, porém, insistia, com uma teimosia estúpida, em dizer que sua Mizzi se levantara para contemplar o nascer do sol. Ela sempre se levanta para contemplar o nascer do sol e não pensa em homens desconhecidos. A ingenuidade e cegueira dele despertavam compaixão, mas também sarcasmo.

Ao meio-dia, depois que o assunto se confirmou, o homem que teve a perna amputada aproximou-se do homem traído e disse: "Não faz sentido procurá-la, ela fugiu, tudo leva a crer que ela fugiu".

"Não acredito."

"Você precisa se acostumar com essa ideia."

"Eu me recuso. Já estamos casados há mais de dez anos. Eu a mimei e sempre fiz tudo por ela. Não havia nada que ela me pedisse e eu não lhe desse."

"Tenho certeza de que você cuidava bem dela e de que sempre foi decente com ela. Mas, ao que parece, ela cuidava de outras coisas. As mulheres sempre têm pensamentos estranhos. É difícil prever o comportamento delas."

"Com quem ela fugiu?"

"Com Moritz."

Só então ele compreendeu um pouco do que lhe tinha sido dito. Continuou sentado, abatido, acendeu um cigarro e disse consigo mesmo: Mizzi fugiu. O que fiz de mal a ela? Ela nunca me disse nada, nunca se queixou.

O homem que teve a perna amputada, que olhava para ele o tempo todo com olhar irônico, mudou de tom e disse: "Não faz sentido se lamentar, há coisas mais difíceis na vida do que uma mulher infiel. Tire-a da cabeça".

"Como?", perguntou o homem, assustado.

"É muito simples. Agarre-a e jogue-a fora. Exatamente o mesmo que ela fez com você."

"Não sei como se faz isso."

"Faça exatamente o que eu lhe disse para fazer. Só isso. E imediatamente você vai se sentir melhor."

O homem que teve a perna amputada aconselha e há muita força em seus conselhos. Certa vez, ouvi-o dizer a uma mulher: "Volte para sua casa. Este lugar não é para você. Você não encontrará descanso aqui".

A mulher ergueu a cabeça, olhou para ele com temor e disse: "Por que vim para cá?".

"Não importa. Todos cometem erros e fazem tolices."

"Durante o ano inteiro sonhei em vir para cá. Sou uma mulher solitária e tinha certeza de que a companhia dos veranistas seria a mais adequada para mim. E, além disso, aluguei meu apartamento por um mês, agora não tenho casa, não estou aqui e não estou em casa."

"Não adianta chorar sobre o leite derramado. Alugue um quarto numa pensão. As pensões no bulevar das Castanheiras são decentes e não são caras. É melhor estar só consigo mesma do que com pessoas que tiram você de seu juízo."

A mulher permaneceu imóvel e subitamente pareceu despertar, dizendo: "Quem me disse para vir para cá? O rio Pruth é perigoso e eu não tenho coragem de entrar na água. As pessoas riem de mim. Por que elas riem de mim?".

"É impressão sua."

"Você está me dizendo para voltar para casa?", disse ela, mudando de tom.

"Sim."

"Quem vai me levar de volta para casa?"

"Nikolai."

"Eu não o conheço."

"Todos o conhecem. A casa dele fica na esquina, a 100 metros daqui. Ele a levará de boa vontade. Não há nada a temer. É um camponês decente, pode-se confiar nele."

"Obrigada", disse ela em voz baixa e se afastou.

Assim é o homem que teve a perna amputada. Ele me dá medo. Às vezes me parece que ele vai me tirar de meus pais, que vai me repreender e que vai me trancar numa gaiola. Não entendo a presença dele aqui. Durante a maior parte do dia, ele permanece sentado debaixo da acácia, fumando. Às vezes dá a impressão de que está totalmente voltado para si mesmo e de que as pessoas à sua volta não lhe interessam. Mas isso é um engano. Ele percebe tudo o que acontece aqui. Papai não gosta dele. Ele o ignora. Recomenda às pessoas que não ouçam os conselhos dele. Uma vez ouvi Papai dizer: "Ele é um demônio, e não um homem". Mamãe se espantou com essa sentença definitiva e não disse nada.

17

Rosa Klein lê a palma das mãos e as mulheres vão ao lugar onde ela permanece deitada debaixo de uma árvore para ouvir o que as aguarda no futuro. Ela se alegra com cada mão que lhe é estendida e anuncia com prazer: "Nunca vi uma palma como essa. Deixe-me observá-la, está cheia de sinais".

P. já a consultou. Rosa Klein a repreendeu: "Você não cuida de si mesma. Você não come na hora certa. Está sempre com a garrafa na mão. Não surpreende que sua linha da saúde seja fina e fraca. Não permita que ela se torne tão tênue".

P. lhe prometeu mudar seus hábitos, mas, como não mudou nada, tem medo de voltar a vê-la. Ela se lembra de Rosa Klein de tempos em tempos e diz: "Tenho medo de ir vê-la. Quem é que sabe o que ela ainda vai me dizer?".

Mas as outras mulheres não têm medo. A mulher grande foi junto com seu marido magro e imediatamente Rosa Klein disse: "Você não pode se permitir virar um hipopótamo". A mulher grande, como veio acompanhada de seu marido, não se assustou e disse: "Minha mãe era ainda mais gorda do que eu. Ela viveu muito e morreu aos 90 anos de idade. Nem todos os gordos já estão com o destino selado".

"Faça o que você quiser, mas não venha mais me procurar. Não vou enriquecer com seus trocados."

Papai a ignora. "Ela é o cúmulo da fraude", ele afirma. "As ciganas são melhores do que ela. Entre elas, o hábito de ler as mãos passa de geração em geração. Às vezes elas pronunciam palavras de sabedoria que lhes foram legadas pelos antepassados. Rosa Klein só imita um pouco os modos dos ciganos e assim ilude as pessoas."

Ainda o escutei dizer: "A burguesia judaica, que de modo geral é um tanto prática, facilmente se deixa levar por superstições. Rosa Klein se aproveita dos temores das mulheres e diz a elas o que querem ouvir".

"Para P. e para a mulher gorda, ela não diz palavras doces", comenta Mamãe.

Papai não desiste: "Isso também é uma astúcia".

Mamãe não permite que eu me aproxime do lugar onde ela fica deitada. Eu a olho de longe. Primeiro, ela observa a palma da mão, sem tocá-la, e, depois de observar, aponta para a linha da vida e seu rosto se ilumina. "Não se preocupe", diz ela. "Você viverá muito e verá netos, talvez até bisnetos."

"Eu não acredito", diz a mulher.

"O que suas mãos anunciam é mais forte do que seus sentimentos ou sua crença. As linhas que se encontram na palma de sua mão são a verdade pura – o resto são suposições. Por meio das linhas, seu corpo anuncia o que está oculto em você. Mas não se trata de uma sentença imutável. Por meio do esforço adequado, ainda é possível mudar, na verdade não muito, mas, ainda assim, é possível."

"Mas minhas duas filhas não são mais jovens e elas não se casaram. De onde eu terei netos?"

"Estou lhe dizendo o que estou vendo na palma da sua mão. Não sou capaz de mudar seu destino. Afinal de contas, sou apenas uma intermediária."

"E o que você me diz?"

"Que você terá uma vida longa, que terá netos e talvez bisnetos."

"Mas isso vai contra a biologia."

"Eu não lido com biologia. Eu lido com as linhas grossas, com as linhas finas e com as linhas muito finas que estão gravadas na palma da sua mão. Fora isso, não tenho nenhum conhecimento. Para dizer a verdade, sou uma ignorante em quase todas as áreas do conhecimento. No exame de conclusão do colégio, fui reprovada em matemática e tive que repetir o exame duas vezes. No final, obtive notas muito medíocres."

Papai afirma que essas revelações também são uma ilusão. Ela é uma trapaceira em tudo. Não há nela honestidade. Mas, por algum motivo, eu me divirto com ela. Permaneço longe e escuto e me parece que ela aplica todas as suas forças para alcançar as profundezas de assuntos complexos.

Uma vez ouvi Rosa dizer a uma de suas clientes: "Faça o que você quiser". Ao ouvir essas palavras, a consulente caiu no choro. Ao vê-la chorando, Rosa mudou de tom e completou: "Eu lhe recomendo não se entregar à melancolia. Preste atenção naquilo que dissemos e volte aqui dentro de alguns dias. Não vou sair daqui".

"Meu filho pede o meu consentimento imediato."

"Se você estiver tão segura de que ele vai se converter e de que vai se casar com a cristã na igreja, se você estiver em paz com isso – dê a ele seu consentimento."

"Eu não estou em paz com isso."

"Vejo na palma de sua mão que um filho de sua família quer se separar de você. Isso não é nenhuma novidade. Essa é uma marca que já está em sua carne há muitos anos. Se você aceitar essa separação, tudo vai se acomodar em paz."

"Que mal há numa conversão? Eu às vezes me pergunto isso."

"Uma conversão é um assunto difícil. Mas às vezes ela proporciona tranquilidade à pessoa. O que é bom para uma pessoa nem sempre é bom para outra", diz Rosa num tom pensativo.

"Ele não quer ser judeu. Todas as namoradas dele foram sempre cristãs."

"Não quero me intrometer muito, mas direi uma coisa: nos nossos dias não é nenhuma grande honra ser judeu."

"Não sei o que fazer."

"Volte daqui a alguns dias e vamos conversar", diz Rosa sem encerrar o assunto.

Rosa Klein é parte inseparável da comunidade de veranistas à margem do rio. As mulheres, e também não poucos homens, estendem suas mãos em direção às dela para que lhes seja dito o que já está determinado e o que ainda pode ser mudado. As dúvidas não faltam nesses encontros misteriosos, mas a curiosidade predomina sobre a hesitação e, mais de uma vez, formou-se uma fila diante do lugar onde ela fica deitada.

Uma de suas previsões concretizou-se totalmente. Muitos podem testemunhar esse fato. Três anos antes veio a ela uma mulher e lhe mostrou a palma da mão. Rosa Klein olhou atentamente para aquela palma e advertiu: "Você está correndo perigo de vida. Vá imediatamente ver o dr. Zeiger". A consulente, uma mulher desconfiada, não acreditou nela e voltou para sua cabana.

Naquela mesma noite, ela teve um ataque e morreu.

Depois dessa desgraça, Rosa Klein conquistou muitos seguidores.

18

Da última vez que estivemos às margens do rio Pruth, eu tinha 10 anos e 7 meses de idade. Mas as imagens que me foram reveladas ali não se apagaram com a passagem dos anos. Ao contrário, elas se tornaram mais claras e ganharam novas cores.

Eu me espanto com a abundância de lembranças que permanecem comigo. As imagens, os sons e os cheiros são muito fortes e não quero perder nenhum detalhe deles. Às vezes me esqueço: uma descrição detalhada é, na maioria das vezes, pesada e carregada demais.

Tendemos a nos apaixonar por palavras ou por frases e, às vezes, também por ideias que nos surgem durante a escrita e não damos ouvidos ao imperativo interior que nos ordena e volta a nos ordenar: só o que for necessário. O necessário nem sempre é brilhante. Na maior parte das vezes, trata-se de uma palavra simples ou uma frase despretensiosa.

Ao que parece, herdei de minha mãe a tendência à escrita, a abertura, a admiração, e sua capacidade de aceitar a realidade sem resmungar e de dar sem perguntar por quê. Esse presente, ou melhor, esses presentes, eu os guardo trancados a sete chaves.

O que tenho de Papai em mim não me permite entregar-me inteiramente. Ele examina, pesa, analisa. No passado, pensava que Papai fosse meu grande obstáculo, que me impedia de abrir amplamente as asas. Agora eu sei que, se não fosse por ele, eu teria me dispersado, teria perdido os limites e me tornado impreciso. Para escrever, é preciso ter sentimentos fortes, imaginação ardente e dedicação. Mas, sem reflexão e sem exame atento, os resultados desse esforço se parecerão com uma pasta disforme.

Eu me sento todos os dias junto à escrivaninha e conjuro imagens. A escrita não é uma caminhada atrás das lembranças. Uma lembrança perfeita não é uma boa matéria-prima para a criatividade. Uma lembrança perfeita se encarna nos nomes de pessoas e nos nomes de lugares. Em outras palavras, em acontecimentos que o tempo criou e moldou.

Ao contrário da lembrança perfeita, o relembrar-se recorre ao reservatório de imagens que se formou dentro de você. Você se serve delas devagar, como alguém que tira água de um poço escuro.

O relembrar-se é um esforço que contém muita emoção. Você reconhece, em meio aos fragmentos de imagens, a extremidade norte da margem do rio. Daqui é possível ver não só P. e o homem que teve a perna amputada, mas também o rio em toda a sua largura sussurrante e os barcos compridos que cortam as águas como facas afiadas.

Naquela margem do rio Pruth encontravam-se médicos, advogados, pessoas cultas que sabiam encadear seus pensamentos com ordem e com exatidão, mas meus olhos de criança se apegaram justamente a pessoas que não sabiam se expressar bem com palavras, que falavam de maneira confusa, gaguejando, ou com exagero, por causa de suas tristezas e por causa de seu desamparo. Como P., que estava mais preocupada com seu corpo do que com seus pensamentos.

Quando eu desperto essas visões do esquecimento, descubro-as em sua plenitude humana. Com o passar do tempo, aprendi: defeitos físicos e fraquezas de caráter são, desde sempre, parte da arte. As limitações libertam o que há de humano numa pessoa.

P. se preocupa de maneira compulsiva com suas pernas. Ela as estende a cada hora e as besunta com cremes cujo perfume enche o ar à sua volta. Todos conhecem os cremes de P. Ela os chama por apelidos e por nomes engraçados. Entre os cremes dela há alguns de marcas conhecidas, mas há também cremes baratos, que ninguém conhece.

P. não se contenta em besuntar as pernas. Ela fala com elas e com elas se relaciona como se fossem criaturas que tivessem vida independente. Em sua voz há sempre um tom de repreensão. Isso é por causa da incompreensão que a acompanhou desde a infância.

"Eu não sou só pernas", ela se queixa. "As pernas são uma parte pequena de minha existência."

"Por que você cuida delas o dia inteiro e fala delas e com elas? Aqui elas se tornaram um objeto em exposição permanente", repreende-a o homem que teve a perna amputada.

"E o que eu posso fazer? Negligenciá-las?"

"Você dá uma importância exagerada às suas pernas. Prefere suas pernas a todas as outras partes de seu corpo. Não surpreende que os homens persigam você como moscas", diz o homem que teve a perna amputada, sem mudar o tom.

P. não desiste com facilidade. "E o que posso fazer? Escondê-las? Vestir uma saia comprida? Eu sou jovem. Não muito jovem, dentro de um mês e pouco completarei 30 anos. Se eu não me cuidar, quem vai me dar atenção? Uma mulher não pode viver sem atenção."

"Você não tem conserto", responde o homem que teve a perna amputada em tom decisivo. Ao que parece, foi com essa mesma atitude que ele se submeteu à sua operação. Com os lábios cerrados e sem ter piedade de si mesmo.

Depois que foi operado, ele não suporta as fraquezas das pessoas, as pessoas mimadas e as pessoas covardes. "Tome seu destino em suas mãos e não fique parado como um Golem[1]", ouvi-o dizer a outro dos veranistas. Ele não tem medo das pessoas. Diz o que quer dizer. Mais de uma vez, ele ergueu uma de suas muletas, ameaçando. As pessoas moderadas se afastam dele. E, apesar disso, sua relação com P. é diferente. Ele presta atenção nela e a cada dia que passa descobre nela novas fraquezas. Ele não esconde nada: "Você é tão cheia de fraquezas quanto uma romã é cheia de sementes. Em breve, você nem sequer será capaz de se levantar do lugar, de tanta fraqueza".

"O que posso fazer?", ela pergunta, inclinando a cabeça.

"Não reclamar", responde ele imediatamente.

"Me dói", diz ela.

"Eu também tenho dores. Cada qual tem suas dores."

"Desculpe", diz P., engolindo a voz.

Mas há dias, ou melhor, situações, nas quais o espírito rude do homem que teve a perna amputada se torna suave e ele então dá uma nota de dinheiro, ou várias notas, à mulher que está passando necessidade. E então seu rosto se transforma: ele deixa de ser um juiz severo e se torna um pai misericordioso.

1 O Golem, uma criatura do folclore judaico da Europa central, é um boneco de barro a quem um célebre rabino, o *Maharal* de Praga, teria insuflado vida. [TODAS AS NOTAS SÃO DO TRADUTOR]

19

"Estou com medo", diz subitamente P., erguendo a cabeça como se estivesse despertando de um sonho.

"Do quê?", pergunta o homem que teve a perna amputada sem olhar para ela.

"Não sei. As pessoas aqui não estão tranquilas."

"Em todo lugar onde há gente, há intranquilidade. Se alguém quer tranquilidade, que vá à sua cabana."

"Eu me sinto sufocada na cabana. A cabana me enlouquece."

"Não há o que fazer. Ou você fica à margem do rio, ou vai para dentro da cabana."

Sua voz esfria, temperada com uma pitada de ironia, e revela, sem querer, as fraquezas de P. Ao que parece, P. nota que está sendo desnudada e se põe a chorar.

O homem que teve a perna amputada não sente vontade de tranquilizá-la. Só quando cessa seu choro ele se volta para ela e diz: "Nossa vida é cheia de altos e baixos. Ontem você amava e estava nas alturas e hoje o mundo lhe parece triste e sombrio. Deixe essa onda passar. Todas as descidas são temporárias. E para cada descida existe uma subida".

"Obrigada", diz P., enxugando as lágrimas.

"Por que você está me agradecendo? Não fiz nada."

"Você me consolou."

Ao ouvir essas palavras, um sorriso surge nos lábios dele, como se ele tivesse sido capaz de desnudá-la.

P. continua a lhe revelar coisas que estão ocultas em seu coração: "Esta noite sonhei que camponeses invadiram minha cabana. Queria gritar, mas estava amarrada e emudecida. Era incapaz de mexer a mão. Quando acordei, quis acender a luz, mas tive medo. Fiquei deitada na cama, tremendo. Quando uma pessoa mora sozinha, numa cabana, acaba tendo sonhos como esse. Quando eu estava com Franz, ele se levantava e fazia meus sonhos parecerem melhores. Desde que ele foi embora, os sonhos me ameaçam por todos os lados. Você também tem sonhos assim?".

"Não", responde com tranquilidade o homem que teve a perna amputada.

"Só eu tenho sonhos assim?"

"Você é quem os convida. O tempo todo você está insatisfeita, imaginando pessoas horríveis. Quando você aprenderá a aceitar a vida em vez de estar sempre insatisfeita?"

"E então os sonhos ruins desaparecerão?"

"Suponho que sim. Os sonhos ruins não se aproximam de uma pessoa que está satisfeita com a parte que lhe cabe, que não espera que o tempo todo lhe sejam colocados chocolates na boca."

"Não sei o que fazer."

"Já lhe falei. Não gosto de repetir o que eu já disse. Estou vendo que Franz ainda está enfiado dentro da sua cabeça. Não é possível amar e odiar ao mesmo tempo. Decida se você o ama ou se o odeia."

"Ele já é uma parte de mim mesma. Sou incapaz de tirá-lo de meu coração."

"Então não há o que dizer. Deixe a margem do rio e volte para ele. Não há sentido em ficar sofrendo."

"Tenho medo de viajar para junto dele. Ele vai gritar comigo."

"Não tenho mais nada a lhe dizer", afirma o homem que teve a perna amputada e lhe dá as costas.

Coisas insignificantes assim, dirá alguém, que importância elas têm? Por que se ocupar com elas? Mas o que se há de fazer? Apanhe coisas insignificantes como essas, no nosso caso os murmúrios e as dificuldades reais e imaginárias de P., e acrescente a elas as infantilidades e as tolices, e eis que, diante de seus olhos, a vida se revela sem vestimentas.

Por causa de suas limitações visíveis, ela é uma presa fácil. Sempre haverá um Franz ou outro qualquer para se aproveitar de suas fraquezas, que será seu amante por um mês e depois a abandonará. Ela é uma infeliz. Ela será sempre uma infeliz.

Muitas pessoas olham para ela com desprezo, tratam com grosseria suas desgraças e não demoram a dizer: "Outra vez esta P. está se lamentando".

20

Entre as pessoas que estão à margem do rio, há um homem cujo nome é Karl König, de estatura mediana, vestido com um terno branco de verão, a cabeça coberta por um chapéu de palha. Já prestei atenção nele. Caminha apressado e cabisbaixo.

"Ele é escritor", contou-me Mamãe.

"Sobre o que ele escreve?"

"Não sei", disse Mamãe.

Às vezes Papai conversa com ele e uma vez o convidou para atravessar com ele o rio Pruth.

Karl König sorriu e disse: "Obrigado pelo gentil convite. Ainda que eu saiba nadar, não me gabo de ser um bom nadador. Para mim, as margens do rio bastam".

Enquanto a maior parte dos que estão à margem do rio permanece deitada, bronzeando-se, ou se banham na água, ou nadam, Karl König se esconde em sua cabana para escrever. Quando ele sai da cabana, ao anoitecer, seu distanciamento se torna reconhecível.

Às vezes o homem que teve a perna amputada se volta para ele e lhe oferece um cigarro e então lhe diz sua opinião a respeito de algum tema. König presta atenção às suas palavras, lhe responde com cortesia e continua seu caminho.

"Sobre o que o senhor está escrevendo?", perguntou-lhe subitamente uma das veranistas em um tom de voz feminino.

"Sobre os judeus. Não lhe parece um assunto adequado?"

Ao ouvir essa resposta, o rosto da mulher se encheu de uma curiosidade artificial e ela disse: "E o que há para se escrever sobre os judeus?".

"Eles também são gente. Ou será que estou enganado?"

"Mas não há entre eles heróis, nem sacerdotes dignos de nota, nem estadistas."

"Mas há entre eles, minha senhora, pessoas que olham, pessoas que se surpreendem, que sentem dores, e também pessoas que amparam os outros na hora da necessidade. Isso não é suficiente?"

"Permita-me, senhor, distanciar-me de suas palavras. Os judeus são um povo ocioso. Os camponeses ucranianos são pessoas reais. Um camponês ucraniano é uma pessoa ligada ao seu solo, que ara, semeia e planta. Eles estão firmemente enraizados no solo. Quanto aos judeus, um dia eles estão aqui e outro dia eles estão ali: plantas sem raízes, parasitas que se alimentam das sombras. Exponha-os à luz do dia e eles murcham."

König se espanta com esse jorro de palavras, inesperado para essa mulher baixinha, que se encontrava em meio aos demais habitantes da margem do rio e não era diferente deles. Quando Karl König se espanta, ele ergue a cabeça inclinada e observa o que foi dito.

König é um homem de poucas palavras. Mais de uma vez tentaram envolvê-lo em discussões. "Eu não", responde König. Por causa dessa sua recusa, as pessoas pensam que ele é orgulhoso e pretensioso.

Dessa vez, ele se voltou diretamente à mulher e disse: "Eu me interesso pelos judeus porque eles me interessam desde a minha infância. É verdade que às vezes me enfurecem, mas na maioria das vezes são pessoas admiráveis".

"Por que eles lhe parecem admiráveis?", a mulher o interrompeu.

"Entre outras coisas, por sua capacidade de suportar as dificuldades da vida. A vida os golpeia e volta a golpeá-los, e eles são obrigados a se curvar, a se calar e a tapar os ouvidos. Às vezes, a maldade humana é pior do que os golpes da natureza. Mas veja que admirável: eles voltam sempre a erguer-se, juntam o que restou e se põem a caminho. E o que eles não forem capazes de fazer, seus descendentes farão."

"E o senhor acha que há beleza nesse sofrimento?"

"Às vezes eles se revoltam contra esse terror."

"O senhor diz que às vezes os judeus se revoltam? Em minha vida inteira nunca vi um judeu se revoltar."

"Às vezes basta um olhar cheio de desprezo ou um movimento com os ombros, que é um sinal de despeito. O que pode um homem fazer contra as doenças, contra as enchentes do outono, contra os desastres da economia, para não falar da maldade do homem? Tudo está além de suas forças, além de seu entendimento, e, quando não tem mais o que fazer, ele despreza. Na maior parte das vezes, esse desprezo não muda nada, mas ele preserva a dignidade e a honra. O desprezo não é uma reação digna?"

"Me parece que todas as pessoas são assim. Os judeus não são diferentes."

"Você está certa. Os judeus são como todas as pessoas. Mas eles sofrem com o estranhamento e com a hostilidade excessivos e por isso a vida deles é diferente da vida de todas as outras criaturas. Eles têm medo, eles se preocupam, eles se assustam com facilidade, até mesmo sem nenhuma causa visível."

"E isso não os torna feios?"

"Às vezes. Mas, como eles sofrem mais do que as outras criaturas, eles têm certas características únicas, reações diferentes, às vezes aspirações que vão além da preocupação consigo mesmos. Eles são capazes de generosidade. Eles me interessam. Sempre me interessaram."

"Aqui é seu laboratório?", perguntou a mulher num tom irônico.

"Não exatamente, eu não me ocupo de experimentos. Eu contemplo e aprendo, sobre mim mesmo e sobre as pessoas à minha volta. Também aprendo a me identificar com as pessoas."

"O senhor aprende a se identificar com as pessoas que ficam deitadas à margem do rio? Com P.? Com o homem que teve a perna amputada? Com aquele cuja mulher fugiu? Com a mulher grande cujo marido a alimenta e lhe dá de beber? O que há de bonito nisso? O que há neles para alguém se identificar?"

"Você mencionou bons exemplos. Cada um deles é digno de atenção, como ser humano e também como judeu. As pessoas não são perfeitas. Os judeus também estão longe da perfeição. Direi apenas isto: o sofrimento do homem que teve a perna amputada não se parece com o sofrimento de P. O sofrimento do homem que teve a perna amputada é um sofrimento visível e evidente. O sofrimento de P. não é reconhecível. A vida dela é dispersão. Ela não sabe o que fazer consigo mesma. Num momento quer impressionar e mostra suas pernas e noutro se senta e chora. Em outras palavras: todos nos parecemos muito com ela."

"Não quero me parecer com ela", apressou-se em dizer a mulher.

"Você não precisa se parecer com ela, mas ela é um modelo do humano. Eu, permita-me dizer, a respeito. Ela é uma mulher que permaneceu criança e que o tempo todo quer que prestemos atenção nela. Ela não sabe se defender e, por esse motivo, todos os tipos de parasitas caem sobre ela, lhe prometem mundos e fundos e ao final a abandonam."

"E onde está o ideal pelo qual vale a pena viver?"

"Eu, minha senhora, não me ocupo com ideais. Eu me ocupo com seres humanos. A dor da perna de um ser humano não me importa menos do que os ideais. Não se engane. Eu não sou um justo. Não sou melhor do que Franz, que abandonou P. Uma coisa ao menos, porém, pode ser dita a meu favor: não sou um moralista. Eu tento, com minhas forças limitadas, encorajar os seres humanos. Eles são absolutamente merecedores de compreensão e de empatia em suas dificuldades. E os judeus, por causa de seu caráter e de seu destino, estão, por assim dizer, mais expostos. Eles nem sempre agradam ao nosso coração, mas, o que fazer?, eles são parte de nossa carne."

"É por isso que o senhor veio para cá?"

"Sim, eu vim para cá porque sou judeu. Meus pais e meus avós eram judeus. Aqui é melhor para mim do que qualquer outro lugar. Dizem que um homem vê a si mesmo no próximo. Entendo melhor os judeus. É fácil para mim escrever a respeito deles. As loucuras deles são também as minhas loucuras. Não foi fácil para mim chegar a essa conclusão, mas desde que cheguei a ela estou em paz comigo mesmo."

Mamãe e eu permanecíamos ao lado deles, observando-os atentamente. Primeiro, olhei para Karl König de perto. O sobrenome dele é König – rei. Mas sua aparência não tem nenhuma majestade e nenhum esplendor. Sua estatura é mediana, e ele tem sempre um cigarro entre os lábios. Mas pronuncia as palavras com clareza. Por isso, também compreendi algo do que ele disse. E Mamãe me ajudou a compreender aquilo que eu não tinha compreendido.

Por um instante me pareceu que a mulher que estava falando com ele tinha parado. Eu me enganei. Ela continuou, com uma voz que não era desagradável. "Tenho que admitir que não estou satisfeita com o fato de ser judia. Não sei o que há de bom nessa coisa supérflua que há em mim. Eu gostaria de me livrar disto. A cada vez que venho aqui, fico enfurecida comigo mesma."

"Entendo-a perfeitamente, minha senhora. Em todos os judeus dos nossos dias surgem pensamentos como esses. São pensamentos muito judaicos. Mas o que se pode fazer? É difícil mudar o caráter e é difícil mudar o destino."

"Eu desprezo a mim mesma por não ser capaz de me separar de uma vez por todas desse destino diferente. Digo a mim mesma: não sinto nenhuma proximidade com os judeus. Sou uma criatura autônoma, independente."

"Eu respeito seus sentimentos, minha senhora", disse König, inclinando a cabeça. "Mas eu, o que posso fazer?, encontro em meio a estas criaturas desenraizadas um assunto abundante. Como eu disse, elas me cativaram desde a infância. Não se pode dizer delas que estejam livres de defeitos. Seus defeitos saltam à vista. Mas me parece que há entre elas algo que não há nas outras pessoas."

"O senhor diz 'algo que não há nas outras pessoas'? O que há de bom nesse algo? Nobreza de caráter?"

"Não diria nobreza, e sim humanidade."

"Não sei o que lhe dizer", afirmou ela, voltando-se para o lado.

Papai leu alguns dos textos de König na revista mensal local *A Literatura* e não ficou muito impressionado. Numa das histórias, estava representada uma mulher jovem, uma judia irritada, incapaz de se sentir em paz, seja em sua casa, seja em seu trabalho. Ao fim, ela abandonou o marido e se casou com um ucraniano. Papai acrescentou: "Nunca me interessei por mulheres irritadas. Duvido que o ucraniano fosse capaz de curar a irritação dela".

21

Já em 1938 não eram poucos os que sentiam que uma grande guerra estava prestes a estourar e que teria como alvo os judeus. Mas é claro que ninguém imaginava suas dimensões.

Os que ficavam à margem do rio diziam frases que soavam um pouco apologéticas e tranquilizadoras: a alta cultura alemã não permitirá que um ditador a domine. A barbárie é coisa do Oriente. A cultura ocidental conhece a moderação. Palavras contidas como essas e muitas outras citavam jornais e artigos em livros e eram proferidas com grande convicção.

Se alguém levantasse qualquer dúvida em relação a tais convicções, iriam contestá-la e atribuiriam o mal-entendido ao espírito judaico de quem se pronunciou. Voltavam sempre a declarar que a lógica diz que a cultura de um povo penetra em cada membro desse povo. A cultura alemã é uma grande cultura, que tem seus princípios morais.

Mamãe fica perplexa quando ouve frases do gênero. Essa linguagem lhe é estranha. As palavras fazem sentido, ela presta atenção em seus sons e às suas nuanças, e, se alguém se engana na pronúncia de algum nome ou em alguma conta, ela diz: "Todos nós cometemos erros. Errar é humano". Essa frase tira Papai do sério e ele volta sempre a afirmar: "Errar e repetir o erro é burrice".

Junto às pessoas que ficam sentadas, P., a mulher risonha e solitária, cujo riso e cuja tosse curta fazem seu corpo estremecer, lamenta-se o tempo todo: "Estou com medo. Estamos cercados por gente má. Para onde fugir? Vão me apanhar de qualquer maneira". Ela parece uma folha ressecada que caiu da árvore.

Ela teme sobretudo os camponeses ucranianos, que aparecem às margens do rio pela manhã, indo ao trabalho, e à tarde, voltando para casa. Os olhares deles não são hostis, mas P. sente que os trabalhadores subitamente tirarão facas de dentro do casaco e atacarão com fúria os veranistas.

P. e alguns de seus amigos são incapazes de ocultar seus temores. Às vezes P. cai num choro amargurado, uma mistura de medo e pena de si mesma.

"Por que tenho tanto medo? Por que não consigo dormir? Por que o mundo me parece uma armadilha?"

Não é à toa que as pessoas respeitáveis a detestavam e a usavam como mau exemplo e motivo de chacota. Elas detestavam a solidão dela e o amargor do homem que teve a perna amputada. Os dois eram o oposto absoluto de todos aqueles que olham para o futuro a partir dos exemplos do passado e dizem:

aquilo que foi é aquilo que será. Não se pode permitir que os temores nos dominem. Mas o que se pode fazer? Às vezes os solitários não apenas tocam as dores ocultas, mas são capazes de adivinhar o futuro. Não é seu intelecto que faz isso, e sim seus membros feridos.

"Não fosse por P. e pelo homem que teve a perna amputada, as férias aqui seriam diferentes. Por que diabos eles vêm para cá e contagiam a todos nós com sua melancolia? Cada um deveria saber qual é o seu lugar." Assim diz um dos veranistas sensatos, rangendo os dentes.

22

O homem que teve a perna amputada decidiu, ao contrário do que era seu hábito, pedir ajuda a Rosa Klein. Ele foi vê-la no lugar onde ela ficava deitada. Geralmente ele é quem dá conselhos às pessoas e não necessita de conselhos dos outros. Mas, dessa vez, depois de algumas noites sem sono, cheio de cansaço e de atordoamento, ele decidiu dirigir-se a Rosa Klein.

Rosa Klein sabe o que ele pensa a respeito dela, mas não tem a intenção de expulsar uma pessoa que vem pedir sua ajuda, e por isso ela o recebeu com objetividade.

"Desculpe-me", disse ele.

"Por que pedir desculpas?"

"Minha opinião a seu respeito é conhecida de todos. Vim para ouvir seu conselho quase contra a minha vontade", disse ele sem tentar esconder nada.

"Não me importa o que uma pessoa pense de mim. Eu leio a palma da mão das pessoas e digo a elas o que suas linhas me revelam. As linhas são, afinal de contas, objetivas, elas não se sujeitam a humores."

"Deixemos agora a objetividade de lado. Quero lhe perguntar o que fazer com tudo o que adquiri ao longo dos anos. Isso não foi fácil para mim. Não fiz o mesmo que fazem todos aqueles que possuem um patrimônio: não dividi minha riqueza, mas coloquei todos os ovos na mesma cesta. Meus pais acreditavam que o patrimônio deve ser investido em imóveis.

Se eu tivesse dividido meu patrimônio, minha situação seria diferente. Agora nos encontramos na iminência de uma guerra, quem é que sabe o que está por vir?"

"Mostre-me, por favor, a palma de sua mão", disse ela ao homem que teve a perna amputada, sem olhar para ele. Depois de ter olhado com atenção para a palma da mão dele, ergueu a cabeça e disse: "As linhas de sua mão não clamam aos céus. Não vejo grandes perdas. Sua saúde, no entanto, foi atacada, porém está estável".

"E não vão amputar minha outra perna?"

"Não nos próximos tempos, se é que um dia a amputarão."

"Eu lhe agradeço. É isso o que eu gostaria de saber. Peço desculpas pelo meu ceticismo."

"Você não é o único. Todos os que vêm me consultar têm algumas dúvidas sobre minha capacidade de ver seu futuro. Eu não fico brava com isso; minha profissão, se é que é possível chamar isso de profissão, me ensinou a aceitar as pessoas como elas são."

"Isso é muito bonito de sua parte", disse o homem que teve a perna amputada, erguendo-se sobre sua muleta.

"Não sou uma santa nem tenho forças sobrenaturais. Eu olho para a palma das mãos e tento descobrir seus segredos."

"Aliás, onde você aprendeu essa profissão?"

"Com os ciganos, ou melhor, com as ciganas. Desde a minha infância, fui ligada a elas. Meus pais tentaram me afastar delas, mas eu não dava ouvidos ao que eles diziam. Corria atrás delas e lhes estendia a palma de minha mão."

"E elas liam corretamente?"

"Elas são grandes adivinhas."

Depois de um momento de espanto, ele se voltou para ela e perguntou: "Você lê sua própria mão?".

"Não", disse Rosa, rindo. "Dizem que aquele que está preso não tem como libertar a si mesmo da prisão."

"Um belo provérbio", observou ele, entregando-lhe uma nota de dinheiro.

23

Durante aquelas férias, uma amiga de juventude de Mamãe, Gusta, vinha nos visitar. Era uma mulher bonita, a luz de sua testa iluminava seu rosto. Ela tinha 32 anos, a mesma idade de Mamãe. Vinha à nossa cabana à tarde e ambas se sentavam em banquinhos para conversar. Gusta, ao contrário de Mamãe, concluíra seus estudos na universidade e foi-lhe oferecido um posto naquele instituto.

Ela falava pouco, em voz baixa, e era evidente que gostava de se concentrar. Papai ficava recolhido no interior da cabana, com seu cachimbo e seu livro. Mamãe e Gusta permaneciam sentadas como se não tivessem visto uma à outra por muito tempo.

Eu gostava de ouvir a melodia da conversa delas. Era como se estivessem revelando, uma à outra, aspectos de sua intimidade. Às vezes alguma lembrança distante dos tempos do ginásio surgia, despertando um sorriso em ambas.

Subitamente elas se calavam, permanecendo mergulhadas em silêncio.

"Tenho tanto medo", ouvi Gusta dizer, "às vezes me parece que a terra sob nossos pés está estremecendo, e que nossa vida não voltará a ser o que era". Depois de uma pausa breve, ela acrescentou: "Evidentemente estou enganada".

"Eu também sinto uma intranquilidade, mas digo a mim mesma: os rumores vêm e os rumores vão. Talvez também ouçamos rumores bons."

"Há alguns dias vi mamãe num sonho e ela me pedia que tomasse cuidado, para não sair à noite nas ruas e para não voltar tarde para casa. Ela nunca falou comigo dessa maneira, nem mesmo quando eu era uma criança pequena", disse Gusta, rindo.

Papai não participa da conversa. Ao que parece, ele sabe que elas sentem, uma pela outra, uma proximidade que vem do coração, sem imposturas e sem cálculos.

Quando elas se despedem, Gusta diz: "Como é bom nos encontrarmos!".

A isso Mamãe responde: "Tão poucas de nós sobraram. Todas se espalharam pelas quatro direções do céu".

Eu me assustei com a voz de Mamãe, como se ela não estivesse falando da dispersão de suas colegas de classe, e sim de pessoas que desapareceram e não se sabe onde estão.

Quando Gusta deixa a nossa cabana, surge outro silêncio, como se uma parte dela tivesse permanecido em casa. Depois de cerca de uma hora, Mamãe pergunta: "O que vou preparar para o jantar?". A pergunta fica por um instante pairando no ar e por fim Papai responde, do lugar onde permanece sentado: "Uma melancia".

"Boa ideia", diz Mamãe.

Mamãe corta a melancia com uma faca grande. Ela executa essa tarefa com atenção e concentração. Sua concentração também não se dissolve enquanto ela coloca os pedaços nos pratos.

Enquanto estamos sentados junto à entrada da cabana e saboreamos a vermelhidão e a doçura dos grandes pedaços, percebo que não se trata de um sabor comum. É como se Mamãe tivesse nos servido uma oferenda, que antes tivesse sido ofertada a Deus, e da qual agora nos fosse permitido partilhar.

24

Há alguns anos o príncipe Von Thadden cortejava Gusta. Ele a cortejava com ardor e com uma teimosia dolorosa. Enviava-lhe presentes caros e flores e às vezes se postava diante da porta da casa dos pais dela para vê-la sair. Esse homem bonito, de origem nobre e dono de um vasto patrimônio, conhecido por ser um orador brilhante, não foi capaz de cativar o coração de uma jovem desconhecida. Há quem diga que esse fracasso deixou marcas nele e que, desde então, ele passou a frequentar cada vez mais os cassinos.

Quando fiquei sabendo dessa história, vi por trás das minhas pálpebras o príncipe em todo o seu esplendor: um homem alto, com um sorriso cordial nos lábios. Supus que, em sua juventude, ele tivesse sido o comandante de um pelotão, mas que, enquanto se encontrava diante da casa de Gusta, aguardando sua saída, parecia um soldado que havia sido colocado numa posição de vigia.

Certo dia, o príncipe atentou contra a própria vida. A maioria das pessoas associou isso às suas apostas e às suas perdas, mas houve também quem achasse que o amor frustrado lhe transtornara o espírito, levando-o a fazer o que fez.

Perguntei a Mamãe se era verdade que o príncipe atentara contra a própria vida.

"Quem contou isso a você?", perguntou Mamãe, assustada.

"Ouvi dizer", admiti.

"Deus do céu! Esse menino ouve coisas que não deve ouvir", disse ela, comovida.

De fragmentos de conversas e às vezes de uma palavra ou outra, eu faço uma imagem. Quando Papai diz: "É preciso proteger-se do pânico", sinto que Mamãe está sendo acusada por ele sem ter culpa. A palavra "pânico" significa vulgaridade e pensamentos desordenados para Papai. Às vezes me parece que a margem do rio é um exemplo de ridículo aos olhos dele.

À tarde, fico esperando a visita de Gusta. De longe, ouço seus passos e quando ela chega eu respiro aliviado. Mamãe não se alegra menos do que eu com essa visita. Ela imediatamente anuncia: "Assei uma torta de ricota com frutas do bosque, uma receita que aprendi com mamãe. Eu asso e cozinho exatamente como mamãe, sem pensar. Faço simplesmente como ela faz".

"Eu não herdei o talento de minha mãe para a cozinha", reconhece Gusta.

"Se não fosse pelo que aprendi com ela, eu não saberia o que preparar nas refeições."

"Você não apenas aprendeu com ela. Você tem seu próprio talento", diz Gusta, sorrindo.

Depois Mamãe puxa a mesinha pequena para perto e elas se sentam, tomam café e saboreiam a torta.

Papai não participa dessa pequena refeição. Fica sentado, lendo um livro ou uma revista, e às vezes sai para um passeio. Eu continuo sentado no chão, brincando de cinco pedras. Subitamente, Gusta se ergue do banquinho, senta-se ao meu lado com as pernas dobradas, e diz: "Antes eu também sabia jogar o jogo das cinco pedras, vamos ver se não esqueci".

Gusta não esqueceu. Seus dedos delgados lançam as pedrinhas para o alto com cuidado e ela volta a apanhá-las com facilidade. Mamãe também participa da brincadeira e nós três competimos para ver quem é o mais rápido. Fiquei tão alegre com essa competição que, emocionado, agarrei a mão de Mamãe e a beijei.

25

Ao longo daqueles mesmos dias, eu subitamente era tomado pela tristeza. Parecia-me que o vovô Meir Joseph temia pela nossa vida, que tinha se afastado da crença. Com Papai ele não fala a respeito desse tema doloroso, comigo, porém, fala com delicadeza, mostra-me as letras no livro de rezas, e volta sempre a inculcar-me os nomes de Abrahão, Isaac e Jacó. Isso me soa como um esforço desesperado.

As visitas à casa de Vovô são breves e ele tenta me preparar para a vida com pressa, com aquilo que lhe é possível. Eu quis falar sobre isso com Mamãe, mas não fui capaz de encontrar as palavras corretas e o assunto me escapou.

Mamãe, porém, foi capaz de me salvar de outro susto. Enquanto eu permanecia em pé, observando a gente sentada à margem do rio, o homem que teve a perna amputada lançou seu olhar em minha direção e disse: "Erwin, é proibido ficar olhando assim para as pessoas. Isso lhes causa dores, se é que você não sabe".

Mamãe veio em meu socorro e disse: "Por que assustar o menino? Ele não está fazendo mal a ninguém".

"Mas o olhar dele machuca. Não se pode invadir a intimidade de uma pessoa desse jeito."

"Ele é uma criança", disse Mamãe, insistindo.

"O olhar de uma criança não é menos afiado."

De dentro da cabana, olho menos e me esforço para ouvir. Sento-me sobre o assoalho e ouço a conversa de Mamãe com Gusta, e, ainda que eu não erga a cabeça para olhá-las, vejo-as muito claramente.

Durante uma das visitas de Gusta, ela estava usando um vestido preto e parecia uma jovem viúva.

Certa vez ouvi Gusta dizer: "Eu era muito jovem. Havia

acabado de concluir o colégio, e a corte que o príncipe fazia me assustava. Eu não sabia dizer o que ele tinha visto em mim. Ele se comportava comigo com uma cortesia que não me era conhecida, e isso também me assustava".

"Você conversava com ele?", perguntou Mamãe, sussurrando.

"Duas ou três vezes conversei. Esses encontros casuais também foram interrompidos por minha culpa. Eu não sabia o que dizer e o que responder. Ele me enchia de elogios, me convidava para visitá-lo em seu palácio. E eu, envergonhada, dizia a ele que estava ocupada e me afastava."

Mamãe acha que eu não compreendo aquele assunto complicado. É preciso admitir que eu só entendia um pouco, mas esse pouco me permitia imaginar o todo.

A cada vez que Gusta vem visitar Mamãe, a imagem do príncipe se torna maior aos meus olhos. Seus gestos são contidos e sua grande estatura diz: sem o amor, nos tornamos criaturas degeneradas. Não sei quem me disse essa frase. É possível que eu a tenha escutado de alguma das pessoas que permaneciam à margem do rio, e, por algum motivo, eu a relacionei com o príncipe. Eu sempre confundo o passado com o presente, sempre esqueço quem disse o quê.

Numa daquelas noites, quando Gusta se afastou de Mamãe, ela me pareceu uma mulher que estava renunciando a todas as suas propriedades e se preparava para ingressar num convento. Não surpreende que, num sonho, eu me encontrasse correndo pelos longos corredores de um convento, tentando desesperadamente abrir uma porta de ferro.

Acordei assustado, mas me mantive calado. Lembro-me da mão trêmula de Mamãe agarrando uma lanterna e dizendo para mim: "Isso não é a realidade. Isso não é nada". E, quando ela percebeu que eu não me acalmava, deitou-se ao meu lado e me abraçou.

Certa vez ouvi Gusta dizer a Mamãe: "Não tenho certeza de que tenha me comportado bem com o príncipe. Deus sabe que, naquele tempo, eu não tinha tempo livre para ele. Minha mãe estava muito doente e eu tinha que cuidar dela. Não havia espaço para mais nada em meu coração. Tinha medo de falar com ele e de lhe explicar. Eu ficava perplexa e envergonhada na companhia dele. Sua presença tenaz diante da minha casa e seus presentes numerosos também me levavam às lágrimas. Eu tinha a impressão de que a intenção dele era me separar de minha mãe. Agora, tenho certeza de que estava errada ao atribuir a ele esses pensamentos. Ainda assim, eu me pergunto o que ele viu em mim. Nunca tive a ambição de viver num palácio.

"Naquele tempo, eu era muito ligada a minha mãe e me recusava a ver sua morte iminente. Ela me contava longa e detalhadamente sobre sua infância nos Cárpatos. O pai dela, meu avô, a quem não tive o mérito de conhecer, era dono de uma propriedade rural, e minha mãe passou a infância em meio aos pinheiros, aos campos e às plantações. Quando eu era criança, ela não me contava nada, mas em sua cama de doente voltaram-lhe, com grande clareza, as imagens de sua infância, e com uma ordem surpreendente. Dia após dia ela me contava sobre as construções da propriedade rural, sobre a função de cada uma delas, sobre os currais e sobre os estábulos. E me falava muito sobre a sinagoga da família, que com o passar do tempo também se tornou uma sinagoga para pessoas que estavam de passagem por ali, e principalmente me contou sobre as pessoas, judeus e não judeus. Eu gostava da voz dela, que parecia separá-la de sua doença e que se voltava inteiramente para sua infância.

"E, certa vez, ela me disse: 'Tenho certeza de que o príncipe vai respeitar seu judaísmo. Ele é conhecido como um homem sensível'.

"'Onde você ouviu isso, Mamãe?'

"'É meu coração que me diz.'"

26

Todos os dias, antes do pôr do sol, Karl König sai de sua cabana. Gosto de observá-lo andando. Ele se parece com aqueles que permanecem à beira da água e, apesar disso, é diferente deles. Tenho a impressão de que ele manca, mas o mancar dele não chama atenção. O fato de mancar torna sua postura ereta e o deixa mais elegante.

“Hoje não vimos você nadando”, disse uma mulher, voltando-se para ele com indiferença.

“Eu queria terminar o capítulo. No fim das contas, nem acabei o capítulo nem nadei.”

“Como está progredindo o livro?”, pergunta ela sem levar em consideração que uma pergunta como essa é feita sob medida para ser desagradável.

“Há altos e baixos”, responde Karl sem prestar muita atenção na mulher.

“Desejo-lhe muito sucesso. Enquanto ficamos nos divertindo à margem do rio, você se senta em sua escrivaninha para trabalhar, e é de supor que você se esforce. As tarefas, neste caso, não estão sendo divididas de maneira justa.”

“Cada um faz aquilo que pode”, disse Karl König e saiu.

Papai não permite que lhe façam perguntas pessoais. Ele as ignora. Certa vez, uma mulher se aproximou dele e perguntou se a fábrica de papelão P. Rosenfeld S. A. pertencia a ele.

Papai disse, sem levantar a cabeça: “Não sei do que você está falando”.

“Eu lhe perguntei sobre a fábrica de papelão P. Rosenfeld S. A., que fica perto de onde moro.”

“A senhora está enganada.”

“Perdão.”

Papai acrescentou: “O trabalho de um homem, assim como suas propriedades, não são assuntos para se falar em público”.

“Perdão”, disse a mulher e tratou de desaparecer da vista de Papai.

Karl König é incomodado com frequência. Todos querem saber como está progredindo o livro dele. Há alguns que, por algum motivo, estão certos de que ele está escrevendo a respeito dos veranistas à margem do rio e que um dia encontrarão a si mesmos no livro dele.

“Eu não copio a realidade”, diz ele, desmentindo o boato.

“Todos os escritores escrevem sobre uma realidade que eles enxergam”, retruca uma mulher.

“Se a senhora estiver se referindo aos escritores que têm como tema sua realidade interior, estou de acordo com suas palavras. É verdade que, antigamente, os escritores copiavam a realidade e a mostravam para nós com uma infinidade de detalhes, e os pintores faziam a mesma coisa. Graças a Deus nos livramos dessa escravidão."

"E o senhor não se enxerga em seus próprios livros?", insiste a mulher.

"Você encontrará um Karl König em meus livros, mas não o Karl König que está agora ao seu lado, e sim a intimidade dele. Em outras palavras, as dúvidas do coração dele, seus sonhos e também um pouco dos seus temores."

"Gostaria de perguntar como o senhor faz isso, mas não perguntarei."

"Agradeço-lhe por não fazer uma pergunta tão difícil quanto essa."

Karl König às vezes se espanta com os conhecimentos de literatura e de escritores que os que permanecem sentados à margem do rio têm. Mas, afinal de contas, eles leem jornais, revistas e livros. A curiosidade deles em relação a Karl König é ilimitada. Sua presença é acompanhada de muito temor e, por assim dizer, eles não hesitam em lhe perguntar tudo o que lhes ocorre.

Karl König responde a todas as perguntas. Há pessoas que se espantam por ele não ser mais orgulhoso.

"Quantos livros você escreveu?", perguntou-lhe um dos velhos.

"Muitos livros. Nem todos são bons."

"Você tem critérios?"

"Sim, me parece que sim, mas é difícil falar a respeito deles."

"Qual de seus livros você me recomendaria?"

"Não recomendo meus próprios livros. Há livros melhores do que os meus", diz ele, tentando se livrar da pessoa.

Mas aquele que pergunta não desiste, e por sorte uma mulher qualquer se intrometeu, voltando-se para o velho e dizendo: "O escritor saiu para dar uma caminhada. Ao que parece, ele precisa desse tempo livre. Não se pode atrapalhar os pensamentos dele a respeito de assuntos que não são da nossa conta".

"Eu gosto dele", diz o velho com uma voz comovente.

"É possível gostar sem incomodar."

"Karl König não é um escritor estrangeiro. Ele é um de nós. Ele nos compreende. A quem vamos nos dirigir senão a ele?"

"Ele está ocupado com sua escrita. Você não vê que agora ele precisa de sossego?"

"Não estou pedindo muito. Só um minuto do tempo dele. Ou ainda menos do que isso. A presença dele me vivifica."

"O que para você é um minuto, para um escritor da estatura de Karl König é uma interrupção na sequência dos seus pensamentos e uma ruptura em sua escrita."

"Mas ele é um dos nossos", repete o velho, por sua vez.

"Deixe-o, meu caro, não o impeça de fazer seu passeio, o passeio dele é acompanhado por uma sequência de pensamentos próprios e de sua escrita. Se você o incomodar demais, ele vai embora daqui e vamos ter que nos arranjar sem a presença dele."

"Se você me recomenda fazer assim, vou me abster de mais perguntas."

"Agradeço-lhe, meu senhor. Karl König é um homem dedicado e nós temos que cuidar dele com sete pares de olhos. A presença dele entre nós é um grande presente."

27

Durante aquele mesmo verão à margem do rio, presenciei a alegria do desespero. O riso selvagem daqueles cujo mundo desaparecera, as garrafas de conhaque barato vazias atiradas em meio às pedras. Jovens esbeltas, orgulhosas e belas passeavam ao longo da margem do rio, cheias de si. E subitamente elas se detinham, voltavam-se para a água e, como num gesto de reverência, se curvavam e saltavam na correnteza do rio Pruth.

Assustei-me com seus saltos súbitos e as segui com olhos curiosos enquanto nadavam.

Quando saíram de seu banho, um riso triste faiscava nos cantos dos seus lábios, como se quisessem dizer: por que temos que deixar esta água maravilhosa? Onde mais é possível nadar como aqui?

Papai diz que o lugar dessas moças bonitas não é aqui, nesta área abandonada. As mulheres não sabem o que fazer consigo mesmas, os homens estão nervosos e, em vez de se manterem tranquilos, esforçarem-se e nadarem, eles ficam perambulando. São qualquer coisa menos graciosos. Os músculos deles são frouxos, suas palavras são confusas e desprovidas de ordem. É melhor para essas moças bonitas se afastarem da confusão, voltarem para a cidade, para as calçadas.

"Elas são judias", diz Mamãe, como se Papai pretendesse enviá-las a um lugar estrangeiro.

"O que há de judaico aqui, chapinhar na água, devorar um sanduíche depois do outro, beber limonada, aproximar-se dos outros, engordar? Se isso for judaísmo, é melhor para elas, para essas moças bonitas, se associarem a um clube esportivo decente, e não a este clube. Nesta tribo, como em toda tribo que se degenera, não há graça nem esplendor."

Dessa vez Papai insistiu muito em manter sua opinião. Compreendo cada vez melhor as diferentes facetas de sua ironia, principalmente quando ele fala a respeito da nossa tribo. Para mim, é difícil ver como uma tribo os que permanecem deitados à margem do rio. Eles não dançam, não usam roupas coloridas. Ao que parece, há segredos que seguem ocultos aos meus olhos, ou que não me foram revelados. Papai volta a usar a palavra "tribo" num tom sarcástico. Suponho que Mamãe não concorde com ele. Mas ela apenas raramente expressa sua opinião.

Às vezes me parece que só na água, enquanto estão nadando juntos, há concórdia entre eles. É bonito de ver como eles nadam, com ritmo, e fico triste porque meu nado não se desenvolve. Os filhos dos camponeses saltam melhor a cada dia. Eles se entregam à correnteza com facilidade e com segurança, sem movimentos supérfluos. Só para mim é difícil aprender.

28

Muitas coisas se revelaram para mim durante as várias férias às margens do rio. Agora aquelas temporadas me parecem ter sido apenas uma longa temporada de veraneio, e me causa dor que, nas últimas férias que passamos ali, tenha havido algumas brigas amargas entre Papai e Mamãe. Hoje eu sei: as brigas não foram por assuntos importantes, mas por coisinhas.

Por causa da tristeza que me tomava de tempos em tempos e por causa dos pesadelos à noite, algumas imagens surpreendentes caíram no meu mais profundo esquecimento. Eu tinha certeza de que jamais voltaria a vê-las. Estava enganado. Ao lado das páginas em branco, elas voltaram para mim, com clareza, e me perguntaram por que motivo eu hesitei em despertá-las do oblívio.

Às vezes me dói perceber que meus esforços por me lembrar só trazem, no final das contas, trechos e fragmentos. Mas, ao que parece, também me enganei a esse respeito. As imagens que ficaram em mim das longas férias floresceram e se tornaram completas. Às vezes mais completas do que quando as vi pela primeira vez. Os anos ao longo dos quais elas permaneceram ocultas em mim tiraram delas os excessos e deixaram sua essência inalterável.

P. afirma que, sem o rio Pruth, a vida dela teria se acabado antes do tempo. "O Pruth me vivifica."

"Você não nada e não se exercita, como é possível que o Pruth a vivifique? Isso está além do meu entendimento", contra-argumenta o homem que teve a perna amputada.

"Eu amo o Pruth de todo o meu coração", ela anuncia.

"Essa declaração também é incompreensível para mim. Como é possível amar um rio sem mergulhar nele como se deve? Para não falar de nadar como se deve!"

"O Pruth é como música", diz P., surpreendendo-o. "É possível sentar-se à sua margem e simplesmente ouvir. Depois de uma hora de audição, você está repleto de melodias."

"Ainda não vi você sentada em silêncio por uma hora inteira."

"Verdade. Nem sempre estou concentrada, mas estou sempre atenta ao som desse rio esplêndido. Ele me nutre em segredo. E aquilo que o Pruth não faz a garrafa o faz. A garrafa completa a música e juntas elas criam uma sinfonia."

"Sinfonia?" O homem que teve a perna amputada torce os lábios.

"Sim. Franz atrapalhou minha vida e me afastou das coisas que eu amava. Mas o amor pelo Pruth, ele não tirou de mim.

O Pruth é meu grande consolo. Enquanto eu viver, virei para perto dele."

"Às vezes me parece que você gosta mais da garrafa do que do Pruth."

"Isso não é verdade. A garrafa completa o Pruth."

"É difícil para mim compreender realmente o que você pensa. Ao que parece, as ideias das mulheres são diferentes."

"E o que há nisso de incompreensível?", diz ela sem desistir. "O Pruth aos meus pés e a garrafa nas minhas mãos. Eu observo sua correnteza amada e, enquanto isso, tomo uns goles da garrafa. Não conheço nada melhor e é uma pena que isso esteja prestes a acabar."

O homem que teve a perna amputada olha-a por um instante e por fim volta seu olhar para os barcos compridos que navegam orgulhosos contra a correnteza. Seu sorriso me faz pensar que ele está satisfeito com o que vê.

29

A cabana modesta, a margem do rio e as pessoas que nos cercavam estavam claramente diante de meus olhos na hora em que comecei a escrever meus livros *Badenheim*, *A era dos milagres*, *Solo de fogo* e outros. Foi de lá que tirei as imagens e sensações que estão nesses livros. Não foi fácil recordar e não foi fácil escrever. O contato com as imagens da minha infância é sempre um contato doloroso, ainda mais porque as pessoas que andavam por lá, meus pais e pessoas que eram próximas deles, não sabiam o que lhes reservava o futuro.

Eles eram judeus, mas já não davam importância ao judaísmo. Papai costumava dizer: "Não nego que sou judeu, mas tampouco me orgulho disso. O que as pessoas dizem a meu respeito não me interessa. Eu me esforço para ser decente e digno do respeito dos outros".

Mas os camponeses do lugar, jovens e velhos, olhavam-nos com raiva e com desconfiança enquanto caminhavam em direção aos campos ou quando voltavam de lá. É verdade que eles nos alugaram suas cabanas e nos abasteceram com mantimentos, mas não fizeram isso de boa vontade. Eles falavam conosco num tom de voz particular, um tom arrogante e exaltado, e aos domingos, quando se dirigiam à igreja, não eram capazes de se controlar e gritavam: "O Messias não suporta os judeus. Chegará o dia em que Ele os julgará".

"Que mal os judeus fizeram?", perguntei a Mamãe.

"Os judeus não são diferentes das outras pessoas."

"Por que as pessoas os odeiam?"

"Existem pessoas más, que discriminam os seres humanos, as nações, atribuem a determinada nação características ruins e pensamentos maliciosos. Elas não veem o que há de bom numa pessoa, mas o que é excepcional e ruim. Cabe-nos dizer em voz alta: não há diferença entre um ser humano e outro ser humano. Todos foram criados à imagem e semelhança de Deus", disse Mamãe, emocionando-se.

Assim é a voz de Mamãe à luz do dia. À noite, porém, antes de eu me deitar, suas palavras são mais suaves. À noite ela não faz uso de palavras duras. Ela me conta sobre sua infância nos Cárpatos e sobre a vida silenciosa de Vovô. E eu sinto que ela quer me mostrar os campos e as plantações que há em torno da casa de madeira de Vovô, a pequena sinagoga e as orações, para que eu me lembre deles.

Certa noite ela me surpreendeu e disse "Ouve, Israel"[2], acrescentando imediatamente: "Essa é a prece com a qual se encerra o dia. Cada uma das preces tem uma melodia adequada a determinada hora do dia. Quando se lê o *Shemá*, veem-se as cores suaves da noite".

"Por que você deixou os Cárpatos e foi para a cidade?", perguntei a Mamãe.

"Fui atrás de Papai. Ele ama a cidade, as ruas e os cafés, o teatro e o cinema."

"Por que é difícil para ele rezar?"

"Ele se afastou da crença de seus pais."

2 Primeiras palavras do *Shemá*, uma das mais importantes preces da religião judaica.

30

Desde que descobri Karl König, sigo seus passos. Tenho a impressão de que Papai também gosta dele. Durante o dia ele quase não é visto. Ao anoitecer, ele sai de sua cabana para dar seu passeio. Recentemente ele me surpreendeu, aproximou-se de mim e perguntou meu nome. Eu disse a ele. Ele me olhou e perguntou em que ano da escola eu estava e o que eu estava lendo.

"Jules Verne", revelei.

"Eu também lia Jules Verne quando tinha a sua idade. Por acaso você pretende ser escritor?"

"Sim", respondi.

Ele olhou para mim com um olhar direto e acrescentou: "Tem certeza?".

"Acho que sim", respondi, assentindo com a cabeça.

"Assim será", disse ele e saiu para sua caminhada.

Descobri que ele foi ver Rosa Klein. Rosa o examinou, sorriu para ele e perguntou:

"O que o traz aqui hoje?"

"Vim para saber como você vai."

"Estou cansada", suspirou Rosa. "Todos os dias dezoito mulheres, cada qual com seu destino, cada qual com seus problemas. E fico constrangida: o que dizer e o que não dizer? Fiz uma promessa de que não mentiria, mas também não é possível revelar a verdade por inteiro. Uma medida de verdade e uma medida de esperança – tenho que caminhar sobre o fio da navalha. Isso não é fácil. Demanda muito esforço. Neste momento, estou exausta. Quero pousar minha cabeça sobre a relva e dormir."

"E eu vim agora justamente incomodá-la", disse Karl, tentando desculpar-se.

"Você é um colega de profissão. É um descanso do meu trabalho fatigante."

"Você precisa saber que as pessoas gostam de você. Eu sempre ouço: já me consultei com Rosa. Por que você não se consulta com Rosa?"

"Nem todos gostam de mim. Sou acusada de não ter feito previsões corretas, de ter dito coisas que não deram certo, de não ter feito advertências quando deveria tê-las feito. E se exijo uma pequena mudança no modo de vida de algumas pessoas, imediatamente elas fogem de mim. Elas só gostam de ouvir coisas que são agradáveis aos ouvidos: um futuro brilhante, ou sabe-se lá o que mais. Elas têm tanto medo da verdade quanto dos hospitais. Volto sempre a dizer: não sou maquiagem. Não estou aqui para embelezar sua vida. Observo as linhas das mãos e digo o que essas linhas dizem para mim. Não sou capaz de mudar o destino de uma pessoa. Posso pedir a ela que preste atenção, para tomar cuidado, o destino é o que é. Mas, por meio de um esforço, é possível detê-lo um pouco em seu caminho."

"Tenho certeza de que existem mulheres capazes de compreender isso."

"A maioria delas não. A maioria quer um consolo barato e, quando peço que façam um determinado esforço, elas pedem um desconto. Se, por exemplo, digo a uma mulher: 'Detenha um pouco o caminhar apressado do seu destino, coma um pouco menos, nade, pois afinal é para isso que você veio até aqui', quando eu digo isso, ela começa a chorar, ou pede que eu lhe permita comer uns pedaços de chocolate antes de dormir. Ela não percebe que está à beira de um abismo. Agora você entende por que eu estou cansada quando termina o dia. Esse trabalho exige muito esforço e, no fim das contas, traz poucos resultados. Mas já falei demais. Como vai você? Me parece que você também trabalha de manhã, de tarde e de noite. Você também é um escravo cujos esforços não têm fim."

"Escrevo e apago. Há dias em que escrevo mais do que apago. E há dias em que só o que faço é apagar. Mas não me queixo. Há destinos piores do que o meu. Afinal de contas, tenho diante dos meus olhos uma página ou meia página que é mais ou menos digna de ser lida."

"E como está progredindo seu livro?"

"No momento, fico satisfeito com um capítulo. Um capítulo no qual há equilíbrio entre o pensamento e o sentimento, no qual há uma escolha de palavras aceitável, clareza, ritmo adequado. Um capítulo assim já é uma pequena vitória."

"Você também trabalha duro, mas você, se me permite dizer, administra conflitos entre você e você mesmo. Você também depende do julgamento das pessoas, mas eu sou julgada todos os dias, todas as horas."

"O autojulgamento tampouco é fácil. Às vezes um parágrafo eliminado acaba com a minha tranquilidade e me rouba o sono. Eu sou mais meticuloso do que deveria. Ser tão pedante é algo que me perturba. Herdei isso de meu pai, que descanse em paz. Não há o que fazer. É o meu destino. Mas não me queixo. Se não houver guerra, pretendo terminar o livro perto do fim do inverno, e isso não é pouca coisa."

"Fico feliz", diz Rosa com voz maternal.

"Mas com isso terei chegado apenas à metade do caminho, e a segunda metade não é menos difícil do que a primeira: a publicação. Cada manuscrito é examinado com sete pares de olhos e então os editores passam a se perguntar quantos exemplares poderão ser vendidos."

"Você é digno de uma grande edição, se me permite expressar minha opinião. Você se dedica de corpo e alma à sua escrita. Semelhante dedicação não é comum nos nossos dias. Não só isso, você gosta das almas que aparecem em seus livros. Todos odeiam os judeus. Há alguns que os odeiam porque eles mataram o deus deles e há alguns que os odeiam por inveja, e até mesmo os judeus encontram defeitos neles mesmos. Você, é preciso dizer em seu favor, não julga com ira os judeus."

"Chega. Vou fugir daqui. Hoje já recebi elogios demais. Isso é capaz de me envaidecer. Um pouco de modéstia não faz mal a ninguém, e não vai fazer mal a mim."

"Não se esqueça de vir me visitar."

"Virei", disse, saudando-a com a mão e saindo.

31

Nossa última temporada às margens do Pruth foi cheia de uma expectativa tensa por acontecimentos. A mulher risonha, P., não parava de se queixar de medo, e aquele mesmo homem que todos os dias caminhava ao longo da margem do rio, indo e voltando, começou a reclamar de dores no peito. Todos estavam certos de que ele simplesmente imaginava essas dores. O homem que teve a perna amputada voltava sempre a afirmar que se enganara completamente em seus investimentos. Em vez de investir seu patrimônio em moedas de ouro, investira-o em casas e em armazéns. "Meu coração me dizia para vender as casas e comprar ouro, mas eu dei atenção às vozes que vinham de fora e não segui meus próprios sentimentos. De que valem casas em tempos de guerra – de nada. Moedas de ouro podem ser costuradas no forro das calças. Mas as casas, não é possível levá-las nas costas. Todos os homens cometem enganos. Apostei todas as minhas fichas e perdi tudo."

P. olhou para ele admirada, tentando compreender profundamente suas preocupações. Ela queria dizer a ele algumas palavras de consolo, mas sua boca foi incapaz de pronunciar uma única palavra.

Ao que parece, as pessoas sentiam o que as esperava quando voltassem para casa: alguns aumentaram suas doses de bebida e passaram a jogar pôquer até tarde da noite. Ao que parece, Papai e Mamãe também sentiam o que estava para acontecer, mas suas sensações eram contidas. Eles contemplavam o que se passava à sua volta, cada qual à sua maneira.

Papai e Mamãe passavam a maior parte das manhãs nadando e se esforçando para me ensinar a nadar. E eu, que no início das férias estava progredindo bem e já era capaz de boiar, também fui tomado por uma intranquilidade súbita. Mamãe não se desesperou. Ela me encorajava, me ensinava os movimentos, e voltava sempre a me pedir que ficasse tranquilo. Mas suas palavras suaves apenas me provocavam cãibras.

Ao final da temporada, meu coração se voltava para as jovens esbeltas: algumas delas eram estudantes e outras eram aprendizes em lojas de moda famosas. Um silêncio digno pairava em torno de suas caminhadas. Não à toa Papai voltava sempre a dizer: "O lugar delas não é aqui. É uma pena que desperdicem as férias num lugar tão entediante quanto este. O lugar delas está nos parques, nos lagos, nas montanhas cobertas de florestas, no silêncio, e não em meio às fofocas que se ouvem aqui".

Reparei que quando Papai fala sobre elas a ironia desaparece de sua voz, e um tom de preocupação surge em seu lugar.

As palavras de Papai não me impediam de observá-las enquanto caminhavam e enquanto nadavam. Elas nadavam por horas a fio. O nado delas era ritmado e elegante, e quando elas saíam da água suas faces estavam umedecidas por gotas de água reluzentes e sua beleza brilhava ainda mais.

Uma delas voltou-se para mim e perguntou meu nome.

Disse a ela.

"E em que ano da escola você está?"

"No sexto", menti.

Como já disse, eu tinha 10 anos e 7 meses de idade, e estava profundamente apaixonado por elas. Não sabia como expressar minha paixão e fiquei paralisado como um Golem.

Num de meus sonhos, eu me encontrava à margem do rio e, de tanta vontade de estar perto das jovens esbeltas, saltei na água. Primeiro me pareceu que eu estava a ponto de alcançá-las e de me juntar a elas para nadar. Mas uma grande onda me tomou e a água começou a me puxar para baixo. Depois de muito esforço, fui capaz de subir e de nadar e, por um instante, me pareceu que eu tinha conseguido, mas me enganei. A água me puxou ainda com mais força para baixo. Eu queria que alguma das jovens me visse, ou que Papai e Mamãe, que permaneciam à margem do rio, percebessem minha aflição. Mas ninguém me viu e eu afundava cada vez mais. Deus do céu, ainda fui capaz de gritar. O grito, ao que parece, foi forte e desesperado e eu acordei.

32

Os dias passavam claros e amenos, mas sem chuvas. Minhas noites não eram agradáveis. As imagens do dia surgiam em meio ao meu sono e me deixavam preocupado. Lembrei que, nas férias anteriores, costumava chover durante a noite, o que era bom para o meu sono. Mamãe volta sempre a garantir que logo iremos para casa e que o bom sono voltará.

Enquanto eu ainda estava pensando em quando iríamos para casa, vi sobre a colina uma procissão de camponeses ostentando bandeiras coloridas, cantando em voz alta e grave.

Quanto mais eles se aproximavam de nós, mais forte se tornava o canto.

Logo ficou claro para nós que se tratava de uma procissão para trazer a chuva. Mamãe me tomou pela mão e me puxou para trás de um arbusto.

E, enquanto eles ainda estavam marchando e cantando, atacaram os veranistas, golpearam-nos com paus e os amaldiçoaram. Os veranistas fugiram para a água, assustados. P. e a mulher grande levaram golpes pesados. Os demais escaparam com cortes e ferimentos leves.

Houve muito nervosismo. Nosso dr. Zeiger cuidou das duas feridas e o socorrista Slobo, um judeu alto que tinha sido socorrista do exército austríaco na Primeira Guerra Mundial, fez curativos em todos os feridos, um depois do outro, enquanto dizia: "Não se importe com isso. Na minha vida, já vi ferimentos bem mais graves do que esses. Dentro de um ou dois dias já terão sido esquecidos".

P. foi atingida no rosto e na perna. Ela se lamentava, ofegante: "Quem vai olhar para mim agora? Não sou mais uma mulher, sou um monstro. Por que vim para cá? O que vim procurar aqui? Se não fosse por Franz, meus pés jamais teriam pisado nesta maldita margem do rio. É tudo culpa dele". A mulher grande também gemia de dor, mas não fazia acusações. Ela se encurvou e pediu ao dr. Zeiger que lhe aplicasse injeções leves e indolores. A voz dela era como a de uma criança. O dr. Zeiger lhe garantiu que as dores passariam logo. Seu marido baixinho não saía de perto dela. Ele a observava com espanto porque, apesar de seus ferimentos, ela não perdera a razão e porque aceitava com compreensão os próprios sofrimentos. "Minha mulher é uma heroína", dizia ele, descontrolado, pedindo que o médico confirmasse suas palavras.

Graças a Mamãe, que gosta de estar perto das pessoas, testemunhei muitas coisas e vi as duas mulheres feridas, e o dr. Zeiger, que se voltava para elas, prestava atenção em suas dores e lhes falava, escolhendo palavras suaves e tranquilizadoras.

E por causa de minha mãe vi muitas partes da procissão, os ataques da multidão, as pauladas que foram desferidas, aqueles que foram derrubados no chão e pediam socorro e aqueles que fugiram para a água. E o grande socorrista Slobo era inesquecível. Sua caixa de primeiros socorros estava cheia de ataduras, pomadas e tipoias para imobilizar braços e pernas.

Quando se fala em Slobo, imediatamente surgem as imagens dele e a de sua caixa. Nosso dr. Zeiger é fiel e amado. Ele olha para os doentes, faz perguntas, diz palavras encorajadoras e fornece comprimidos. Slobo aproximou-se de uma doente, examinou seu ferimento e, sem fazer perguntas, cuidou dela. Em sua maneira de fazer curativos há uma força assustadora.

Certa vez ele perguntou meu nome.

Eu disse a ele.

Ele continuou a perguntar:

"O que você quer ser quando crescer?"

"Socorrista", respondi, não sei por quê.

Ele caiu na gargalhada. Sua risada é tão grande quanto ele mesmo. Disse, então:

"Aprende-se a ser um socorrista no exército. Você quer ser soldado?"

"Quero ser comandante", respondi, vendo diante de meus olhos o príncipe de Gusta.

É assim que às vezes se confundem, em mim, a realidade e a imaginação. Mamãe não se intromete em minhas fantasias e às vezes até participa delas. Já reparei que as fantasias agradam a Mamãe.

Graças a Mamãe, vi coisas que por muito tempo procurei nas pessoas. Ela observa sempre os pequenos gestos, as coisas que não saltam à vista. Papai não aprecia como deveria esse olhar delicado. Ele procura por ideias e por ideais e eles voltam sempre a decepcioná-lo.

Mamãe, afinal de contas, era mais feliz do que ele. Ela sempre era capaz de encontrar um objeto ou uma flor e admirar-se com eles. Papai apreciava o modo de viver dela. Mas não tenho certeza de que a admirava.

Encontrei Nikolai. Ele imediatamente me reconheceu e me perguntou como eu estava. Ele me perguntou se eu já tinha aprendido a saltar da ponte.

"Ainda não", disse eu, estremecendo.

"Você é um rapaz forte e não pode ter medo. Seu pai é um excelente nadador e sua mãe também não deve ser desconsiderada."

"No ano que vem, pularei da ponte", disse, para que ele me deixasse em paz.

"Você tem que dizer a si mesmo 'eu não tenho medo', 'é uma vergonha ter medo'."

"Direi, meu senhor."

Ao que parece, Nikolai ficou satisfeito com minhas mentiras e me deixou em paz.

O encontro com Nikolai me deixou inquieto. Parecia-me que, da próxima vez que ele me encontrasse, me agarraria e me levaria para a ponte. Voltei para a cabana. Mamãe ouviu e disse: "Não ligue para ele. Os camponeses gostam de provocar, de gracejar e também de amedrontar os outros, como eles fizeram ontem".

33

A tempestade acalmou e havia a sensação de que, dentro de mais uma ou duas horas, as pessoas arrumariam as malas e deixariam o lugar onde tinham sido humilhadas e feridas.

"O homem é uma criatura que se habitua a tudo", sentenciou alguém, e estava certo sobre isso. É verdade que as pessoas tinham sido feridas, cortadas e golpeadas, mas não houve ferimentos mortais. Cerca de uma hora depois que a procissão de horrores acabou, as mãos do dr. Zeiger já estavam ociosas. Aqui e ali ainda se ouviam suspiros, mas não gemidos. O enfermeiro Slobo olhava satisfeito à sua volta: tinha atendido todos os que precisavam de sua ajuda.

O homem cuja perna tinha sido amputada estava sentado ao lado de sua velha amiga P. e murmurava: "Já passei por *pogroms* piores do que esse. Esse foi um *pogrom* minúsculo". Estava satisfeito por ter encontrado a expressão correta.

"Minhas pernas continuam a doer, e meu rosto também. O dr. Zeiger me garantiu que não vão ficar cicatrizes. Espero que ele esteja certo."

“Quanto a isso, não há por que se preocupar. O dr. Zeiger é um médico confiável.”
“Com o que eu haveria de me preocupar?”
“Com a guerra, minha cara. A guerra está cada vez mais próxima. Mesmo que ainda não escutemos o galope dos cavalos.”
“O que vale uma mulher sem um rosto bonito e sem pernas bonitas? Quem vai se interessar por ela?”
“Tudo está perfeitamente bem com você. Pode se sentir satisfeita consigo mesma.”
“E não vão ficar cicatrizes?”
“Nem mesmo uma única cicatriz”, disse o homem cuja perna tinha sido amputada, e riu.
O marido da mulher grande a alimentava com chocolate e palavras de consolo. Sua postura digna e atenciosa não tinha mais nada de ridículo. Ele olhava para sua mulher com atenção, como se ela estivesse passando por uma prova difícil.
A mulher não se queixava. Ela pediu chocolate e ele lhe deu um quarto de tablete. Seu rosto inchado e azulado lhe dava a aparência de uma pessoa que passou por uma operação, que é capaz de vencer o medo e que faz o que é obrigada a fazer. Ela riu, como se dissesse: “Hoje me é permitido comer tanto chocolate quanto eu quiser. Mereço isso por causa de minhas dores fortes. Não tentem me impedir de comer esta delícia. Isso me faz esquecer as dores e vivifica meu espírito”.
“Você sente dores?”, perguntou o marido, preocupado.
“Sim, mas são dores que consigo suportar.”
“Graças a Deus”, disse ele sem tirar os olhos dela.
A maior parte dos veranistas não voltou para suas cabanas. Continuaram deitados à margem do rio. As pessoas conversavam, mas não em voz alta, como se a maioria tivesse concordado que o que aconteceu tinha sido uma tempestade súbita, que causou ferimentos em algumas pessoas, mas que, no final das contas, fora suportável.
“Esses são os camponeses fanáticos”, ouviu-se, na voz clara de uma mulher. Desde que tínhamos chegado aqui eu prestava atenção nela. Ela se senta sempre de lado. Antes de vir para cá, sofreu uma operação, uma operação para a retirada de um tumor. A operação tinha sido bem-sucedida, o tumor

fora retirado e não foram encontradas metástases. O cirurgião lhe recomendou que saísse de férias e se alegrasse por ter sido salva de um destino severo.

"Graças a Deus", disse a mulher que estava sentada ao seu lado, alegrando-se.

"Hoje não se dá graças a Deus, e sim à ciência."

"Concordo."

"A ciência progride. Se não fosse pela ciência e pelo professor que cuidou de mim, eu já teria sido enterrada."

"Eu gostaria de dizer graças a Deus, mas por causa de sua vontade não o farei."

"Obrigada", disse a mulher e continuou: "Foi uma operação bem-sucedida, todos os cirurgiões que me examinaram garantiram que não havia o que fazer, que não valia a pena fazer a operação e que não valiam a pena os sofrimentos que ela causaria. Até que cheguei ao professor Grünwald. Ele me examinou e garantiu: operação. Confiei nele. É um médico muito confiável. Ele me garantiu que o tumor não voltaria. É um médico conhecido não só na nossa região. Sei que há pessoas que duvidam das promessas dos médicos. Mas nem todos os cirurgiões são como o professor Grünwald. Ele é único em sua geração."

"E você não tem nenhuma vontade de agradecer a Deus?", espantou-se a mulher sentada ao lado dela.

"Não", respondeu a outra, balançando a cabeça sem olhar para ela.

O *pogrom* minúsculo, conforme era chamado aqui, passou e não deixou consequências graves. As pessoas falavam dele como de acontecimentos da natureza que não se podem conter. Os camponeses ainda pertencem à natureza e não há sentido em esperar que a natureza se porte com boas maneiras. Houve também outras explicações que eu não ouvi ou não compreendi.

Depois desse desastre, os olhos de Mamãe arregalaram-se, como se ela estivesse tentando enxergar não só o que lhe mostravam, mas também os movimentos discretos, que permaneciam ocultos aos olhos dos demais por causa da agitação. Mamãe nunca falava com palavras escolhidas ou exaltadas, tampouco o fazia agora. Era como se ela voltasse a dizer: deixe as imagens entrarem e se aprofundarem em você. Algum dia você vai reencontrá-las.

À noite, antes de dormir, eu disse a Mamãe: “Acho que eu quero ser escritor”.

“Quando você pensou nisso?”

“Há alguns dias sonhei que um homem baixo se aproximou de mim e disse: prepare-se, menino, você vai ser escritor.”

“Onde foi isso?”, espantou-se Mamãe.

“À margem do rio, naquela parte onde não há veranistas.”

“E o que você disse a ele?”

“Não sabia o que dizer.”

“E o que mais ele disse?”

“Não entendi a maior parte do que disse. Ele era da minha altura ou talvez mais baixo do que eu, mas me amedrontou.”

“E você não disse nada a ele?”

“Não sabia o que dizer.”

“Não se preocupe. Você primeiro precisa concluir o colégio, estudar na universidade, e então veremos.”

“Por que esse homem me amedrontou?”

“Não estamos acostumados com pessoas tão pequenas”, disse Mamãe, e nós dois rimos.

34

A visão dos criminosos não se apaga de meus olhos, assim como não esqueço a música que os acompanhava. A música também não parou enquanto eles desferiam pauladas e as pessoas à margem do rio gritavam. Agora me parece, por algum motivo, que a música foi a causa do *pogrom*. A música arrastou os perpetradores em sua onda e os embriagou.

Foi graças a Mamãe que me salvei dos golpes. Mamãe, no final das contas, é mais pragmática do que Papai. Ele, por causa do pedantismo e de seus princípios, dos quais nunca está disposto a abrir mão, perdeu muito dinheiro durante a vida. Mamãe não se intromete nos negócios dele, mas se entristece por ele estar insatisfeito e até bravo consigo mesmo.

“Mamãe, por que Papai está bravo?”

"Comportamentos irrefletidos o enfurecem. Ele espera que as pessoas se portem de maneira humana."

Tenho pena de Papai porque as pessoas o enfurecem a cada instante. Só quando limpa seu cachimbo, enche-o de tabaco e o acende, a expressão de seu rosto se suaviza e ele se encontra consigo mesmo.

Às vezes Papai se volta para mim e pergunta: "Erwin, vejo que você está sonhando. Posso lhe perguntar por onde você andou?".

"À margem do rio", não escondo dele.

"E o que anda acontecendo por lá?"

"Eu estava pensando naquela mulher que fala sozinha."

"Desculpe a palavra, mas ela é meio louca."

"Deixe-a sonhar", intervém minha mãe. "Quem é que sabe quanto tempo para sonhar ainda lhe resta?"

Papai baixa a cabeça. As palavras de Mamãe o surpreenderam e ele não respondeu nada.

Ao anoitecer, o dr. Zeiger, que é amigo de Papai, veio nos visitar. Entre outras coisas, ele está tratando dos ferimentos de P. Ele faz piadas sobre o comportamento de P. e a chama de criatura infantil, apaixonada por si mesma. "Ela insistiu que eu lhe garantisse que sua perna e seu rosto ficariam livres de cicatrizes. Quando eu disse a ela que um médico não é Deus e que não é capaz de tudo, ela se pôs a chorar amargamente. Não parou de tremer até que eu lhe dissesse: 'Os ferimentos são apenas superficiais, muito provavelmente estarão cicatrizados dentro de uma semana e não restará nenhum sinal'.

"'Não ficarei com cicatrizes?', ela perguntou.

"E eu quis fazer graça com ela e disse: 'As cicatrizes vão estar com aqueles que não gostam de você.'

"'Quem são eles?', ela perguntou.

"'Franz', disse eu, tentando alegrá-la.

"'Não, não', ela voltou a se lamentar. 'Ele me ama e continua a me amar. É só esperar um pouco. Logo ele voltará para mim.'

"Vá mudar uma criatura assim. Eu conheço Franz. É um mulherengo, um imprestável, mas as mulheres ficam loucas atrás dele, mesmo sabendo quem ele é. Ele simplesmente as cativa e as abandona, uma depois da outra. Eu não entendo as mulheres."

O dr. Zeiger é um amigo fiel de Papai. E o dr. Zeiger também chama algumas pessoas de ilógicas ou de loucas, mas, ao contrário de Papai, ele trata delas. E quando elas o chamam no meio da noite, ele se levanta da cama e vai socorrê-las. Um médico não tem como não atender ao chamado de um paciente. A esse respeito, há uma diferença de opiniões entre ele e Papai. Papai acha que o chamado de um louco não é digno de fazer uma pessoa se levantar no meio da noite. Ele ri e diz: "Eu não vou mais mudar".

No instante em que parecia que o ataque dos camponeses estava sendo esquecido, e tudo voltava a ser como antes, um dos camponeses se aproximou, aparentemente bêbado, puxou uma faca comprida e gritou: "Jesus odeia os judeus, eles amarguraram a vida dele e ao final o crucificaram. Sinto em mim, todos os dias, as dores de Jesus. É preciso vingar-se dos judeus, e todos os que se vingam são salvos".

No instante em que parecia que ele estava prestes a se aproximar de nós para nos ferir, Slobo, que estava deitado, levantou-se, aproximou-se dele, arrancou a faca de sua mão, ergueu-o como quem ergue um feixe de feno e o jogou no chão. O camponês espantou-se. Ao que parece, ele não esperava por essa reação imediata e ficou mudo. E, quando voltou a si, gritou: "O que você fez comigo? Você não tem vergonha? Isso é jeito de tratar uma pessoa?".

"Você ainda tem coragem de dizer alguma coisa?"

"Eu não tenho medo de judeus."

Slobo não lhe respondeu, simplesmente deu um chute nele. Ele se dobrou e disse: "Não se chuta uma pessoa. Quem chuta uma pessoa será castigado".

Slobo olhou para o homem como se ele não fosse um ser humano, e sim alguma criatura imunda.

Ele então compreendeu que as palavras não o ajudariam e tentou levantar-se, apoiando-se nos braços, mas não conseguiu.

Os que estavam à margem do rio e testemunharam a cena ficaram surpresos. Slobo baixou a cabeça e disse: "Ninguém pode se comportar dessa maneira. Uma pessoa que ameaça outras com uma faca exclui a si mesma da humanidade. Diante de uma ameaça assim, é preciso reagir imediatamente e com toda a severidade. A fraqueza sempre despertou a crueldade".

"Deixe-me", disse o camponês.

"Não vou deixar antes de você jurar que nunca mais vai puxar uma faca."

"Eu sou um cristão. Não machuco ninguém."

"Você não vai dar um passo antes de jurar."

Enquanto isso, alguns camponeses se agruparam. Pareciam pequenos perto de Slobo.

"Ele me jogou no chão, ele me chutou", queixou-se o camponês.

"Você ainda está se queixando? Você veio com uma faca para atacar pessoas inocentes e ainda se queixa?"

"Digam a ele para me soltar", disse o homem aos outros camponeses.

"Enquanto você não jurar, não solto. Ameaçar as pessoas com uma faca é crime."

"Jure!", disse um dos camponeses.

"Eu juro", disse ele e sorriu.

"Isso não é um juramento. Diga em voz alta: juro por Deus que não mais atacarei e não mais machucarei judeus."

"Juro por Deus que não atacarei nem machucarei judeus", disse ele, levantando-se. Estendeu a mão em direção a Slobo e acrescentou: "Se não fosse por você, que é militar, eu não teria jurado".

"Isso não me agrada", disse Slobo com uma voz severa. "Jure por Deus, e não por mim."

"Certo, você está certo. Devolva a minha faca."

"Não agora. Você está num período probatório. Dentro de dez dias, ao final da temporada, venha me procurar e então veremos."

35

Papai gosta de jogar xadrez desde a juventude e houve uma época em que ele era viciado nesse jogo, participando de vários torneios e ascendendo ao topo, mas alguma coisa, que nunca ficou clara para mim, cortou também essa carreira. Algumas vezes o ouvi dizer: "Nem todos os talentos são completos. É preciso acrescentar ao talento diligência e perseverança". No início, parecia-me que essas eram palavras comuns. Só depois compreendi que ele estava se referindo a si mesmo.

Mamãe aprecia o pensamento lógico de Papai e lamenta que ele não tenha estudado ciências exatas. Nesse campo, ela acredita, ele poderia ter sido muito bem-sucedido.

O dr. Zeiger é um médico excelente. Ainda que ele viva na província, sua fama chegou até a capital. Seus pacientes são judeus em sua maioria, muitos dos quais miseravelmente pobres – destes, ele não cobra nem um centavo.

Ele é um celibatário cujo celibato modesto fica evidente em sua maneira de caminhar. Seus doentes são como sua família. Ele os visita antes de serem internados, enquanto estão internados e depois de serem internados. Passa a metade do dia nos hospitais e à noite os doentes o chamam.

O dr. Zeiger não se queixa de seu destino. Seu humor e seu leve sarcasmo o salvam não só de seu cansaço, mas também de suas depressões. As mulheres o divertem. Ele compete com Papai para ver qual dos dois imita melhor a voz de mulheres mimadas. É preciso dizer que, nesse caso, ele vence Papai.

Enquanto eles se divertiam assim, colocaram as peças sobre o tabuleiro e a partida começou. O dr. Zeiger, como é costume entre os enxadristas, narra entre um lance e outro pensamentos e episódios e desafia seu adversário.

Papai tem sempre artifícios em abundância, e o dr. Zeiger é obrigado a reconhecer que Papai é um enxadrista de talento. Os esforços dele de nada lhe valem. Ele não vê aquilo que Papai vê: quatro ou cinco lances adiante.

"Uma pena que você não tenha se estabelecido como enxadrista na capital. Na cidade há torneios sérios. Uma pessoa afia a mente e ao final chega ao topo."

"Perdi o momento", responde Papai.

"Um homem de 32 anos é um homem jovem."

"É difícil, pois, como em todas as artes, começa-se a treinar já muito cedo, e com constância. A constância é a chave de todos os sucessos."

Em nossa casa não se usava a palavra "constância". Agora eu sei: essa era uma palavra que causava dor. Papai estudou Direito, mas no terceiro ano abandonou os bancos escolares. De nada adiantaram os pedidos insistentes dos pais dele. Ele achava que seus sucessos eram muito modestos e que nunca seria capaz de se destacar. Certa vez ouvi Mamãe dizer: "Freddy odeia a mediocridade. Ela o tira do sério. No colégio, era um aluno brilhante e sua fama o rodeava, mas ele desiste com facilidade".

Enquanto isso, o dr. Zeiger repete, como sempre: seus irmãos, os judeus, estão sempre temerosos e nervosos, expostos aos seus humores, e veem em cada sombra um inimigo ameaçador. Eles saem de férias todos os anos, mas não sabem descansar. Eles levam seus temores consigo e transformam as férias em medo real.

E, quando voltam para casa, correm como doentes para consultar os médicos, para que eles façam o impossível. Os medos deles não são passíveis de cura e são a causa de todas as suas doenças, tanto das reais como das imaginárias.

"E assim será para sempre, dr. Zeiger?", pergunta Papai, querendo ouvir mais.

"Entre os judeus, o medo era acompanhado pela fé de que Deus os ama. O temor e a fé andavam de mãos dadas por gerações de gerações. Mas, entre as últimas gerações, a fé se perdeu e só restou o medo."

"A tribo vai desaparecer?", pergunta Papai com um sorriso triste.

"É difícil saber. Isso é uma questão de tempo."

Mamãe presta atenção e não se intromete. Mas todos sabem que essa conversa lhe causa dor.

36

Aqui tampouco o dr. Zeiger tem sossego. Ele recebe chamados durante a noite. Ouvi Papai dizer: "Se eu fosse ele, não teria vindo para cá. Um médico também precisa de um pouco de sossego e de um pouco de férias".

"Costumo me levantar durante a noite, normalmente meia hora antes de começarem a bater na porta. Para mim, despertar uma vez durante a noite é algo normal. Despertar pela segunda vez, antes do amanhecer, já é outra coisa. Para a minha sorte, a maior parte das vezes sou chamado no meio da noite. Outros chamados, mais difíceis, são raros."

"Se eu fosse você, proibiria os chamados noturnos. São uma crueldade. Lembro bem que, quando me despertavam no meio da noite, no exército, eu passava o dia inteiro com tonturas e vomitava."

"Já me acostumei a isso. Na maior parte das vezes, sou chamado sem motivo. Mais de uma vez, porém, aconteceu de eu salvar gente da morte certa. Desde então, digo a mim mesmo: apesar disso, nem tudo é em vão."

"No futuro não virei mais para cá", diz Papai, surpreendendo o dr. Zeiger.

"O que aconteceu?", pergunta o dr. Zeiger, rindo afetuosamente.

"Para mim, é difícil suportar a companhia aqui."

"Eu sirvo as pessoas como médico há quase vinte anos. Há pacientes e pacientes. Há pessoas grosseiras e há pessoas delicadas, que nunca chamaram um médico no meio da noite. Elas vêm me procurar pela manhã e mesmo assim ainda pedem desculpas. Mas há pacientes incapazes de se controlar, que me chamam no meio da chuva e do frio. Não é possível saber de antemão em que condições eles se encontram, e por isso você se levanta e os atende."

"Você escolheu para si mesmo uma vida difícil, dr. Zeiger."

"Não fui eu que escolhi. A vida me escolheu."

"Você nunca quis se mudar para um bairro melhor? Aí me parece que haveria mais respeito por um médico."

"Você está enganado, meu amigo. Quem paga mais também exige mais. Um paciente pobre nunca vem com exigências."

"Ainda assim, eles o perturbam."

"Não sou capaz de mudar o mundo, mas sou capaz de trazer um pouco de alívio para umas poucas pessoas."

"Dr. Zeiger, eu não entendo, você está prejudicando sua própria saúde."

“Não me sinto prejudicado. Não gostaria de ter outro destino. Faço o que sou capaz de fazer, e às vezes menos do que seria capaz de fazer. Passo a maior parte dos meus dias perto de meus pacientes. Gosto deles e eles gostam de mim. Do que mais preciso?”

“E você não precisa de um pouco de privacidade?”, disse Papai, surpreendendo-o.

“A partir do instante em que você escolhe uma profissão como a medicina e se dedica a ela, a privacidade se torna supérflua.”

“Nem mesmo aqui você tem sossego.”

“O sossego que eu consigo ter me basta, absolutamente. Aqui não sou chamado a noite inteira. Às vezes chego a dormir seis horas seguidas.”

“Você está satisfeito com os veranistas aqui?”

“Eles também são criaturas de carne e osso. Não são diferentes de nós. A cada um o seu destino.”

“Eu os acho um pouco ridículos.”

“É verdade. Todos nós somos um pouco ridículos. As preocupações, as doenças, os temores, a intranquilidade nos tornam um pouco ridículos, e não percebemos isso.”

Papai não desiste: “Eles não sabem como se controlar. Estão sempre se intrometendo em tudo, sempre dando palpite, sempre invadindo sua privacidade”.

“Assim é o ser humano. Não há o que fazer.”

“Você ainda lhes dá razão?”

“Eu tento facilitar as coisas para eles.”

“Não consigo entender isso, dr. Zeiger. Ao que parece, ainda preciso aprender muita coisa.”

37

Enquanto isso, a vida às margens do rio voltou ao normal. O *pogrom* não foi esquecido. As pessoas mostram umas às outras seus hematomas azuis. Algumas se queixam de não conseguir dormir à noite, mas a atmosfera de nervosismo se acalmou.

P. permanece sentada ao lado do homem que teve a perna amputada, e volta sempre a lhe contar que o dr. Zeiger lhe garantiu que os ferimentos não deixariam cicatrizes.

"Você pode confiar nele."

"O dr. Zeiger é um médico honesto e eu confio totalmente nele. Mas por que ele diz 'sou apenas um médico, e não Deus'?"

"Acredite em mim. Fora ele, os médicos estão todos atrás de dinheiro."

"O dr. Zeiger tratou meus ferimentos e não pediu um centavo."

"Ele é a exceção que confirma a regra."

P. conteve a respiração e disse: "Hoje eu estou mais otimista do que você", e começou a rir.

As jovens esbeltas apareceram, aproximaram-se da margem do rio, colocaram-se diante da água e mergulharam. Há em sua maneira de saltar uma beleza admirável. Observo cada um de seus gestos e digo para mim mesmo: algum dia, quando eu crescer, poderei revelar meu amor por elas. Sei que sou capaz de amar todas elas. Sei que não é possível amar todas, mas, o que fazer?, estou apaixonado pelas cinco e é difícil para mim abrir mão até mesmo de uma só delas.

Entristeço-me ao ver que, apesar dos esforços de Mamãe, meus progressos na natação até agora têm sido limitados. Se eu soubesse nadar como se deve, me juntaria às jovens, dominaria minha hesitação e me aperfeiçoaria.

"O que fazem aqui essas ninfas?", perguntou o homem que teve a perna amputada, erguendo a cabeça de dentro de sua jaqueta militar. "Elas não pertencem a esta comunidade peculiar. Está na hora de se associarem ao clube Spartacus. Lá é o lugar delas, e não aqui."

"Elas são judias, não se esqueça", diz uma voz desconhecida.

"Não parecem", diz o homem que teve a perna amputada e volta a esconder a cabeça dentro de sua jaqueta larga.

Papai volta sempre a me lembrar que eu não toquei em meus cadernos, que não fiz os exercícios de matemática e que não escrevi os resumos de minhas leituras. Os dias passam e se tornam cada vez mais curtos, e dentro de uns dez dias voltaremos para casa.

Essas advertências de Papai me entristecem. Sou um bom aluno, faço minhas lições de casa, mas durante as férias é difícil para mim abrir os cadernos e os livros escolares. Leio Jules

Verne com voracidade. Também leio Karl May com interesse. A leitura me faz esquecer a escola, a aparição assustadora do vice-diretor e a inspetora que fica junto à porta e anota cada atraso.

"Dentro de mais uns dez dias voltaremos para casa e não sei se nos veremos de novo", ouvi uma voz rouca dizer. Essas frases que esvoaçam por aqui, que não se sabe de onde vieram, permanecem, é claro, em minha cabeça, e a cada tanto me lembro delas.

Numa daquelas noites ouvi Rosa Klein se queixando: "Por que o dr. Zeiger nunca vem me ver? Todos vêm me ver, se não aqui, então em minha casa, e entre eles também há médicos. Só o dr. Zeiger ignora a minha existência".

"Ele está ocupado com muitos pacientes", respondeu alguém.

"Essa não é a resposta certa", diz Rosa. "Ao que parece, ele duvida que minhas leituras tenham algum valor. O que eu posso fazer? É só isso o que sei fazer."

"E por que você se importa com a visita dele?"

"Nós somos uma só família. Além disso, tenho aqui irmãos e irmãs de alma. Eu os amo e eles me amam. É verdade que também há pessoas que têm reservas em relação às minhas leituras, mas todas elas se relacionam comigo. É muito duro se sentir ignorada. Dói mais do que a reserva. Quanto a mim, vejo o dr. Zeiger como um membro de minha família que se afastou de mim e quero me aproximar dele, mas não sei como fazê-lo."

"Não se preocupe. Um dia desses ele vai se aproximar de você", disse uma das seguidoras de Rosa.

"E se eu morrer antes disso?"

"Deus nos livre! Eu repito, ele virá vê-la."

"O tempo voa, e a cada ano que passa eu sempre volto a dizer: este ano ele virá. Mas a temporada passa depressa e o dr. Zeiger volta sempre a me ignorar."

"Diga a si mesma, como você costuma dizer: não faz mal."

"É difícil para mim dizer isso. Dói. Não se esqueça. Eu conheço o dr. Zeiger ainda dos tempos de colégio. Ele estava um ano na minha frente e, já naquela época, era conhecido como um gênio. As meninas corriam atrás dele, mas ao que parece ele foi seletivo demais e perdeu a oportunidade. Uma vez quase me aproximei dele, mas não ousei. Quando se trata de mim mesma, sou hesitante e insegura. É mais fácil dar conselhos aos outros do que a si mesmo. Assim é."

"E você ainda o ama?"

"Acho que sim. Às vezes me parece que temos coisas em comum. Mas pelo visto ele não pensa assim. Desde os nossos tempos de colégio passaram-se muitos anos. Ele estudou medicina e progrediu e eu desperdicei meus anos lendo mãos. É verdade que fui capaz de ajudar um pouco as pessoas, mas não como o dr. Zeiger. Mais de uma vez eu disse a mim mesma que precisava me aproximar dele, olhá-lo nos olhos e perguntar-lhe: por que você me despreza, não fomos alunos do mesmo colégio? Sim, é verdade que eu não era uma boa aluna em ciências, mas era excelente em história."

"Então aproxime-se dele", aconselha uma de suas seguidoras.

"Mas isso é algo que vai contra a minha natureza", responde Rosa.

"Às vezes é preciso dominar a própria natureza."

"Não vou mais mudar", diz Rosa, tentando encerrar a conversa.

38

Nikolai nos trouxe os cavalos depois de tê-los limpado, escovado e selado. Dessa vez ele não se atrasou. Mamãe tinha preparado antecipadamente as garrafas térmicas, os sanduíches, as verduras e as frutas. Fiquei alegre com o potro e com sua bela sela. Acariciei-o e ele baixou a cabeça. Apressamo-nos em sair antes que o tumulto começasse às margens do rio.

"Até que enfim", disse Papai.

"Estamos no horário", respondeu Mamãe.

Papai e Mamãe às vezes falam usando palavras isoladas e frases cortadas que, ao que parece, eles compreendem, ao mesmo tempo que ocultam certas coisas de mim.

"Uma pessoa não deve se insinuar num lugar que não é o seu", disse Papai. Não compreendi o significado dessa frase.

Mamãe não respondeu nada e é difícil saber se isso significa que ela está de acordo ou que não está de acordo.

As discórdias entre Papai e Mamãe são muitas, e são estranhas. De vez em quando surge uma nova. Como eu já disse, só o Pruth os une. Eles nadam fazendo movimentos semelhantes e com a mesma força. E, quando saem de dentro da água, parecem esportistas que estão treinando para uma competição.

Certa vez ouvi P. voltar-se para Mamãe e dizer a ela: "Vocês parecem pessoas saudáveis e felizes".

"Na vida nada é cem por cento. Precisamos nos contentar com oitenta por cento."

"Eu sou só vinte por cento", disse P. e riu.

"Você está se subestimando, minha cara."

Fiquei espantado com a expressão "minha cara" que minha mãe usou.

A manhã estava clara e gotas de chuva reluziam sobre a relva. Avançamos num trote leve e logo começamos a subir.

Papai está cansado da margem do rio e das pessoas que há ali. Na noite anterior ao nosso passeio pelas montanhas, ele elogiou as montanhas, dizendo que elas não ficam apinhadas e que nelas um homem pode ficar só consigo mesmo. O excesso de gente sufoca as pessoas e não se pode ver nada por causa do tumulto.

Nos últimos dias, nos afastamos dos frequentadores da margem do rio e encontramos um canto distante para nós. Papai e Mamãe nadam e eu tento melhorar minha natação. Meus esforços são visíveis, e Papai e Mamãe estão satisfeitos.

Subimos a montanha devagar e, quanto mais subimos, mais aumenta o silêncio, mais denso ele se torna, e coisas admiráveis não demoram a se revelar: aqui uma árvore repleta de maçãs vermelhas, no meio das sombras da floresta. Nós nos detemos para observá-la e, enquanto observamos a árvore, surge em meio às demais árvores um veado esbelto e tenso. Por um instante ele nos observa assustado e então foge.

Seguimos adiante, trotando devagar, sem pressa. Sinto os ruídos das margens do rio cada vez mais distantes de nós. Logo poderemos ouvir o silêncio.

"Temos que vir para cá não só uma vez por semana, mas pelo menos duas vezes. O tumulto lá embaixo penetra nos ouvidos, e a cara das pessoas estraga a vista. Lá tudo nos puxa para baixo", irrompem as palavras do coração de Papai.

“Vamos juntar nossos bons amigos e trazê-los para cá, para o alto”, sugere Mamãe, meio em tom de brincadeira.

“O dr. Zeiger seria escravizado por seus pacientes aqui também. Nas montanhas eles continuariam a se queixar de suas dores imaginárias. A privacidade é uma coisa na qual eles não pensam.”

“É preciso reconhecer que o dr. Zeiger aceita sua escravidão de boa vontade e até mesmo com humor”, diz Mamãe.

“É como eu lhe disse, eles o escravizam.”

“Ele virá conosco, garanto. E Karl König virá também. Vamos criar um grupo nosso. Vamos chamá-lo de ‘Os judeus da montanha’”, diz Mamãe, tentando alegrar meu pai.

39

Dessa vez vamos ao mosteiro de Sergei. Papai ama Sergei e ama seu mosteiro, e mais de uma vez subiu até lá sozinho para vê-lo. Quando Papai fala com Sergei, seus olhos se iluminam. Isso é algo que me parece admirável. A cada vez que Mamãe fala sobre a fé de seus pais, meu pai ergue os ombros. Mais de uma vez ouvi em nossa cabana a palavra “anacronismo”. Por causa da estranheza dessa palavra, ela se apegou à minha lembrança.

Mas sobre a fé do monge Sergei, Papai fala com respeito e com um sorriso luminoso. Certa vez ouvi-o dizer: “A fé do monge Sergei é estética. Ela está livre de todas as palavras excessivas e se sustenta por si só. Não há nela sentimentos de inferioridade nem arrogância”.

“Meus pais trabalham em silêncio e não fazem pregações moralizantes aos outros”, disse Mamãe.

“Eles são a exceção que confirma a regra.”

“Há outros judeus como eles.”

“Não sei onde estão.”

As diferenças de opinião entre Papai e Mamãe voltam a me espantar a cada vez. É difícil para mim decidir para qual dos dois lados tende minha própria opinião. Na maioria das vezes, tendo a concordar com Mamãe, mas há dias em que as palavras de Papai simplesmente me cativam.

Depois de duas horas de cavalgada tranquila, prendemos os cavalos e o panorama que se abriu à nossa frente, naquele lugar elevado, atingiu meus olhos com toda a força de sua beleza: colinas ondulantes verdes e amarelas, aqui e ali uma vaca ou uma ovelha, jardins que sobreviviam às tempestades, casinhas que pareciam cubos cinzentos.

Quando Mamãe fica admirada com algo, ela fala muito, não só sobre o que os olhos dela estão vendo, mas também acrescenta lembranças. Diante das palavras dela, Papai permanece em silêncio. Já aprendi: palavras brilhantes fazem Papai se calar. Ao final, Mamãe também se cala.

Perguntei a Mamãe se naquelas montanhas também viviam judeus.

"Muito poucos, é difícil ficar isolado. A maioria dos judeus vive nas cidades ou nas aldeias."

"E eles não se incomodam por estarem apinhados?", perguntei.

"É sempre possível isolar-se quando se tem vontade de estar só. O melhor é estar junto com gente de quem você gosta. Por natureza, as pessoas querem amar e também, às vezes, ser amadas."

Mamãe desdobrou uma toalha. Tirou de dentro da mochila a garrafa térmica, os sanduíches e as frutas e as verduras. As pequenas refeições em meio às árvores altas proporcionam tranquilidade e despertam o apetite. Os sanduíches embrulhados em guardanapos de papel-manteiga pareciam apetitosos. Eu os comia, um depois do outro, e se não fosse pela palavra "gula", que Papai usa com frequência ao falar sobre as pessoas que ficam à margem do rio – eu ainda teria comido mais um ou dois sanduíches.

Papai tira o cachimbo do estojo, espalhando à sua volta um aroma de tabaco, e, enquanto isso, nos conta sobre seus dias no colégio, e sobre todos aqueles colegas que se formaram ali e que tiveram sucesso nos negócios e nas ciências. E também sobre aqueles cujos estudos foram interrompidos no meio, como Alfred.

"A cada um o seu destino", concorda Papai. Mamãe não usa a palavra "destino".

Junto às árvores altas, as diferenças de opinião entre Papai e Mamãe se atenuam um pouco e me parece que os anos que passaram juntos reduziram as contrariedades, e que eles se alegram por estarem sentados assim, um junto do outro.

Papai continua e nos conta a respeito de suas excursões às montanhas no verão, excursões prolongadas, cheias de aventuras e de momentos sublimes. Chegava a noite e cada um montava sua barraca, enrolava-se num cobertor e dormia.

"Daquelas excursões participavam cinco ou seis alunos do colégio, não mais. Conhecíamos a região, as antigas fortalezas, os mosteiros. Os Cárpatos me encantaram desde a minha infância, mas só nas excursões de verão eu os conheci de perto. Naquela época eu sonhava em ficar em algum dos mosteiros, conhecer sua história durante o dia e à noite escrever as minhas impressões. Meus pais achavam que eu deveria estudar Direito. Esses estudos não me atraíam, mas naquela época eu não tinha forças para me opor."

40

A vida de meus pais se encontra mergulhada em mim. Quando eu crescer, também irei ao colégio. Quando eu terminar o colégio, vou me inscrever na universidade. Mas não interromperei meus estudos como Papai. A interrupção dos estudos é como uma ferida aberta. Mamãe tenta cuidar dela, mas, por algum motivo, essa ferida se recusa a cicatrizar.

Mais de uma vez ouvi Mamãe se voltar a Papai e lhe dizer: "Há muitas pessoas que gostam de você e o apreciam, seus conhecimentos não são inferiores aos dos seus amigos que concluíram a universidade. Você é mais sensível do que eles".

Papai ouve e não responde nada. Às vezes me parece que as palavras de Mamãe jogam sal na ferida dele. Uma vez ouvi-o dizer: "Não tente facilitar as coisas para mim".

Mamãe se inscreveu na universidade, mas não começou os estudos. Ela amava a casa dos pais nas montanhas. O pensamento de que ela haveria de passar muitos anos longe deles a fez voltar atrás. Certa vez eu a ouvi dizer: "Não tenho uma cabeça acadêmica".

Pensávamos chegar ao mosteiro de Sergei antes do meio-dia,

dessa vez, porém, nos atrasamos por causa de Mamãe. Ela descobriu umas ruínas cobertas por trepadeiras e nos pediu que descêssemos dos cavalos para olhá-las. Papai achou aquela curiosidade inconveniente naquele instante.

É claro que se tratava de uma sinagoga abandonada. Letras hebraicas meio apagadas ainda estavam inscritas nas paredes, mas exceto por elas tudo estava exposto ao tempo, pronto para desabar.

Pensar que um dia nesse edifício judeus rezavam, e que agora o lugar tinha sido abandonado completamente, foi algo que amedrontou Mamãe. Ela ficou parada, muda e pensativa, e ao final disse: "Por que as pessoas abandonaram este lugar santo?".

"Isso aconteceu há muitos anos", disse Papai, tentando atenuar a tristeza dela.

Enquanto continuávamos a subir, o humor de Papai melhorou e ele nos contou, emocionado, que desde a juventude ele se sentia atraído pelos mosteiros e pelas construções antigas próximas a eles, que se encontram em sua maior parte no topo das montanhas. Em cada mosteiro há um poço equipado com uma bomba que extrai água fresca e doce. Os monges são silenciosos, e suas faces, iluminadas. Estão sempre dispostos a conversar com qualquer jovem a respeito da natureza, da fé e da vida no mosteiro. "Há muitos anos perguntei a um monge se ele estava contente com a vida. Ele olhou para mim e disse: 'Aqui somos servos de Deus e o servimos. Existe algo melhor do que isso? Você está perto do Rei de todos os Reis, diariamente, durante todas as horas do dia, começando com as preces da manhã e até a meia-noite. Os servos de Deus são felizes com o mérito que lhes foi concedido de permanecerem no templo dele e de servi-lo'. Compreendi que a minha pergunta tinha sido tola e fiquei com vergonha por tê-la feito. O velho monge, ao que parece, percebeu minha perplexidade e disse: 'Pense no que eu lhe falei, mas não fique triste. A tristeza é uma doença terrível'. Em todos os meus encontros com os monges compreendi que, à parte seu serviço a Deus, os monges nesses seus lugares isolados lutam contra a tristeza e a melancolia. Normalmente eles não falam sobre essa luta, mas certa vez um dos monges me revelou que a tristeza é um dos grandes inimigos dos monges. Há monges que têm dificuldade em se levantar nas horas das rezas e há outros que têm dificuldade em batizar no inverno. E há outros que ficam enlouquecidos de desejo."

Mamãe ouviu, boquiaberta. Ela sabia que Papai se sentia atraído por uma vida de abstinência como aquela, mas só naquele instante ela compreendeu até que ponto ia essa atração, e por um instante me pareceu que Mamãe lamentava por levá-lo todos os anos à margem do rio, sem levar em consideração sua resistência, e ela disse, como se estivesse pedindo desculpas: "No ano que vem alugaremos uma cabana nas montanhas".

Papai sorriu, como quem diz: pena que só agora você teve essa ideia.

41

Enquanto isso, chegamos ao mosteiro. O portão estava aberto. À nossa frente estendia-se uma praça cercada de construções térreas. As portas estavam trancadas e um silêncio pairava na praça e nas construções baixas. O mosteiro propriamente dito era rodeado por carvalhos muito altos e nós nos aproximamos dele com passos comedidos. Conforme nos aproximávamos, o silêncio se tornava mais denso. Papai ia à frente. Mamãe e eu seguíamos atrás dele, como se estivéssemos participando de uma procissão.

No interior do mosteiro pairava uma penumbra, sombras delicadas desenhavam-se no piso feito de pedras. Reparei que tudo ali era feito de pedra, até mesmo as esculturas ao longo do corredor.

No fim do corredor, Papai bateu a uma porta. "Entre!", disse alguém no interior. Avistamos, então, um aposento sombrio: uma mesa estreita, uma cama e uma prateleira de livros. Sergei chamou meu pai pelo nome, levantou-se de onde estava e nos abraçou. Falava em alemão e eu entendia o que ele dizia. Ele convidou Mamãe a sentar-se no banquinho.

"Queria ter chegado mais cedo, mas tivemos atrasos ao longo do caminho", disse Papai.

"Em nosso caminho sempre há atrasos", respondeu Sergei, e ambos riram.

Já sabíamos que aquela seria uma visita breve, pois dentro de uma hora Sergei sairia para a reza da tarde. Papai perguntou qual era a diferença entre a reza da tarde e as demais rezas. Sergei respondeu: "As rezas se parecem umas com as outras, e as diferenças são pequenas. O mais importante é rezar na hora certa".

Mamãe pelo visto queria perguntar sobre aquela resposta acerca da hora certa, mas não perguntou. Ela disse: "Há também freiras no mosteiro?".

"Antigamente havia, não longe daqui, um mosteiro de freiras, mas, por algum motivo que desconheço, as freiras foram levadas para outro lugar. E agora o antigo mosteiro é usado para hospedar monges que vêm de lugares distantes para passar algum tempo aqui. Os monges também precisam mudar de lugar, de tempos em tempos", disse ele, rindo.

Papai contou a ele que estávamos passando férias lá embaixo, às margens do Pruth.

"O que se faz durante as férias?", perguntou Sergei, apertando os olhos.

"Nadamos muito; à tarde, lemos."

"E não há mais judeus que rezam?", perguntou Sergei, espantado.

"Há, mas não às margens do rio", apressou-se em responder Papai.

"Estranho", disse Sergei.

"O que há de estranho nisso?", perguntou Papai.

"O Povo de Deus não reza."

"Os judeus são conhecidos como o Povo de Deus?"

"Não conheço epíteto melhor do que esse."

"Assim seja", disse Papai.

Subitamente Sergei voltou-se para mim e perguntou meu nome.

Eu disse a ele.

"E quantos anos você tem?"

"Tenho 10 anos e 7 meses", respondi, tentando ser exato.

Papai olhou para mim e me parecia que ele estava satisfeito com a minha resposta.

Sergei estendeu o braço e, tirou da prateleira um livro e o mostrou a Papai.

"Você lê hebraico?", perguntou Papai, surpreso.

"Estou aprendendo. É uma língua admirável. Comecei pelo livro do Gênesis e agora estou lendo o livro do Êxodo. Estudo diariamente."

"Você vai acabar se tornando um monge judeu."

"Não me parece que haja monges entre os judeus."

Sergei falou com paixão sobre a língua hebraica e suas singularidades. "Quem quiser se aproximar das escrituras sagradas precisa aprender o hebraico."

"Na minha infância estudei, mas esqueci", disse Papai, enrubescendo.

Reparei que Mamãe, sentada, acompanhava com muita atenção a conversa.

"É impossível aproximar-se de Deus sem a língua hebraica. Ela é a chave para o templo do Rei. Cheguei a essa conclusão no ano passado."

"Você me surpreende, Sergei."

"Nós costumamos ler o Antigo Testamento, mas não na língua original."

"E o que se perde com a tradução?", perguntou Papai, surpreso.

"A música, a brevidade, a objetividade, a retidão. Aparentemente tudo está contido na tradução, mas isso é apenas aparentemente. Falta o principal. Tome, por exemplo, a palavra "Deus", que no hebraico é no plural. O Antigo Testamento, que fala de um Deus único, o chama pelo plural. Há um motivo para isso. Os judeus que leem hebraico são capazes de compreender o sentido oculto das palavras."

"Verdade, antigamente todos os judeus sabiam ler hebraico e eram capazes de compreender mais ou menos o que estavam lendo. A partir dos 3 anos de idade os meninos aprendiam a ler hebraico e também liam, semanalmente, um trecho determinado da Torá. Assim era, de geração em geração."

"Que pena."

Sergei levantou-se e disse: "Chegou a hora da reza, me desculpem. Ficaria muito feliz se vocês me acompanhassem até a capela pequena. Na capela, fazemos a reza da tarde".

Papai ficou perplexo não só com a interrupção da conversa, mas também com a maneira como Sergei falou com ele. Na verdade, Sergei o obrigou a se referir à tradição que Papai havia abandonado muitos anos antes.

Fomos até a capela: Sergei e Papai na frente, eu e Mamãe atrás. Quando nos aproximamos da capela, Sergei dirigiu-se a Papai e disse: "Não hesite. Venha me visitar e vamos continuar nossa conversa a respeito da fé e da oração e a respeito de muitos outros assuntos".

Abraçou Papai e nos estendeu a mão para nos despedirmos. Só então reparei na altura dele, em seus cabelos que escorriam sobre os ombros, em seu sorriso delicado, na contração de seus lábios. Era evidente que nossa visita lhe agradava, mas a reza estava começando e era preciso observar cuidadosamente os horários.

Só quando saímos do terreno do mosteiro, meu pai interrompeu seu silêncio. Mamãe quis acalmar sua intranquilidade e disse: "Sergei é um homem agradável".

Os dois cavalos e o potro, que tínhamos prendido nas árvores, estavam saciados com as folhas da relva e ficaram satisfeitos com a nossa volta. Papai tentou dizer algo, mas lhe faltavam as palavras. Ele acariciou as crinas dos cavalos, como se esperasse que, dessas carícias, as palavras fossem brotar. Ao final disse: "Sergei se dedica com todo o seu coração à fé".

"Mas por que ele desperta em nós sentimentos de culpa e de inferioridade?", disse Mamãe em voz baixa.

"Sentimentos de culpa? De inferioridade?", perguntou Papai.

"Sentimentos de culpa porque não nos dedicamos aos textos sagrados como ele. E de inferioridade porque não há, em nosso mundo, nada a que nos devotemos inteiramente."

Ao que parece, Papai não esperava uma resposta assim e disse: "Acho que você está exagerando. A relação dele com os judeus é uma relação de amor".

"Pelos judeus religiosos, e não pelos judeus livre-pensadores."

Montamos nos cavalos e nos pusemos a caminho. Cavalgávamos devagar e em silêncio. Eu sabia que meus pais não tinham vontade de voltar para a margem do rio. Naquela hora do dia, o lugar fervilhava de gente como um caldeirão.

42

Depois de uma hora de cavalgada em ritmo lento, Mamãe disse: "Vamos entrar na taverna Frutas do Bosque para comer alguma coisa. Está na hora de comer".

"Está bem", disse Papai, como se tivesse mergulhado nos pensamentos dela.

"Eles sempre têm uma boa sopa. E uma boa sopa eleva o coração", disse Mamãe e, ao que parece, alegrou-se por ter encontrado as palavras naquele instante.

Papai ergueu a cabeça de seu casaco, e seu rosto permanecia cerrado.

Deixamos os cavalos trotar e, passada meia hora, estávamos na entrada da taverna. Muitos anos antes, tínhamos estado ali. Eu tinha 6 ou 7 anos de idade. Lembrei-me do dono da taverna, um homem de baixa estatura, atarracado, e do sorriso bondoso que pairava sobre seu rosto. Daquela vez, meus pais tomaram uma sopa e eu pedi uma taça de sorvete.

"Hóspedes importantes, hóspedes ilustres", disse o dono da taverna ao nos receber.

O primeiro salão, no qual entramos, era um bar. Um aroma de cerveja pairava no ar e a visão ficava enevoada. Alguns camponeses estavam sentados nos bancos de madeira compridos, segurando canecas de cerveja, bebendo e rindo em voz alta.

O dono da estalagem nos conduziu ao salão lateral, bem iluminado por janelas amplas. Ao contrário do salão onde funcionava o bar, aqui o ar estava fresco. As mesas estavam cobertas com toalhas brancas.

Mamãe falou ao dono da taverna numa língua da qual eu entendia apenas a metade das palavras: ídiche. O dono da taverna nos recomendou sopa de beterrabas com creme de leite, e Mamãe concordou imediatamente. O sentimento de opressão que tínhamos trazido do mosteiro se dissolveu aos poucos, e a testa de Papai voltou a iluminar-se.

A sopa de beterraba não tardou a ser servida e estava saborosa.

Sobre as mesas do salão bem iluminado, que era separado dos demais cômodos da casa, estavam espalhados livros e castiçais, mantos de oração e objetos litúrgicos, cuja finalidade me era desconhecida. O dono da taverna apressou-se em nos contar que, aos sábados e nos dias de festa, o lugar se transformava numa sinagoga.

"E onde moram os judeus?", perguntou Mamãe.

"Antigamente havia judeus morando aqui. Eles se dispersaram. Não é fácil viver num lugar distante como esse. Aqui não há justiça nem juízes. O governo está nas mãos dos bandidos."

"E como vocês permanecem aqui, apesar disso?", perguntou Mamãe.

"As propinas resolvem todos os problemas", respondeu ele, sussurrando.

"E aqui sempre foi assim?", perguntou Mamãe.

"Desde sempre", disse o dono da taverna, e seu rosto se abriu.

"E os judeus ainda vêm aqui?"

"Às vezes. Não muitos. Mas graças a Deus sempre há um *minyan*[3] aos sábados."

Depois da saborosa sopa de beterraba, a mulher do dono da taverna nos serviu peixe grelhado na brasa, batatas e ervilhas. Mamãe perguntou sobre a comida, e a dona da taverna respondeu de boa vontade. Papai parecia introspectivo, não falava e não perguntava. Acho que o encontro com Sergei o entristecera.

Olhei para o dono da estalagem. Um homem de baixa estatura, com uma barba rala, atento, e, quando ele presta atenção em algo, um espanto toma conta de seu rosto. Ele contou a Mamãe que até então já preparara cinco baús para que, se precisasse fugir, estivesse pronto. Ele ainda era jovem durante a guerra anterior. Não tinha se preocupado em preparar suas coisas a tempo e por isso acabou sem nada. Agora, disse ainda, já tinha preparado quase tudo. A guerra se aproximava e o melhor era estar pronto. Papai ergueu a cabeça e olhou para ele como quem diz: esse homem é ligado à vida e, aconteça o que acontecer, vai se salvar. O dono da estalagem serve os camponeses no bar e sua mulher nos serve um almoço saboroso, mas os pensamentos do casal já estão voltados para a fuga. Até agora, nós não fizemos nenhum tipo de preparativo, estamos

3 Certas preces da liturgia judaica só podem ser proferidas diante da presença de um número mínimo de dez homens, denominado *minyan*.

ocupados com pensamentos e com sensações, nos afastamos dos veranistas à margem do rio e, se não fosse por Mamãe, já teríamos deixado a cabana e voltado para casa, ou alugado uma cabana nas montanhas.

No silêncio do salão separado surge diante dos meus olhos o caminho que percorremos desde o amanhecer: a visita ao monge Sergei. A visita, que deveria servir para expandir nossa mente, nos precipitou na turbulência. Mamãe não disse o que ela diz às vezes: "As boas notícias não virão de fora". Certa vez Papai respondeu a esse dito de Mamãe: "O interior coletivo está vazio". Essa frase curta deixou Mamãe muda.

Enquanto comíamos nossa refeição, eu disse a mim mesmo: preciso escrever tudo o que nos aconteceu. Mas por onde começar, o que escolher em meio a toda essa abundância – e o que deixar de lado? Isso está além das minhas forças.

Sempre há diferenças de opinião entre Papai e Mamãe. Mesmo quando novas visões chamam a atenção deles e os levam a olhar atentamente e em silêncio à sua volta, como nesse salão: olhar para os ornamentos de prata, para os castiçais reluzentes, para os mantos de oração, para as coroas de prata, para os saquinhos coloridos com filactérios.

Esses objetos rituais estavam preparados para as pessoas de fé que viriam e que os utilizariam. Agora eles estão separados daqueles que os usam. No sábado virão as pessoas, vestirão suas roupas sagradas, e Deus se unirá com aqueles que acreditam Nele.

Algumas vezes vi Mamãe em sua primeira casa sussurrando suas preces com os olhos fechados. Papai afastou seus olhos dela, como se dissesse: me enganei, ela permanece profundamente mergulhada no mundo das antigas crenças. Todos os meus esforços para separá-la desse mundo foram inúteis.

Os pais de Papai também seguiam os preceitos da fé, mas o colégio e a universidade o afastaram deles e de sua maneira de viver, as visitas eram raras e breves, eles morreram com cerca de 50 anos e Papai evitava falar a respeito deles.

A mulher do dono da taverna trouxe chá e torta de maçã e disse: "Hóspedes, provem essa torta que eu fiz, tirei-a do forno há apenas uma hora. Acho que ficou boa. Eu confio no gosto de vocês". Havia em sua voz um tom conhecido, como se estivéssemos voltando a ela depois de muitos anos e fôssemos um milagre a seus olhos.

Mamãe disse: "É bom voltar a um lugar conhecido e provar comidas que nos lembram a nossa casa".

"São tão poucos os judeus que chegam até aqui. Se não fosse pelos poucos que se reúnem aqui aos sábados e nas festas, a distância já nos teria destruído."

"Tentaremos vir com mais frequência", disse Mamãe.

"Esperarei por você, minha cara. Que idade tem seu filho?"

"Ele tem 10 anos e 7 meses", disse Mamãe, olhando para mim.

"Espero que vocês o eduquem para seguir os preceitos religiosos e para os atos bons", disse a dona da taverna, esquecendo-se de que não éramos seguidores da tradição.

"Ele é um bom menino", disse Mamãe, como se estivesse me protegendo.

Olhei para a mulher e para Mamãe e vi que havia uma semelhança entre elas. A mulher repetiu: "Provem a minha torta. Já faz muitos anos que eu preparo uma torta assim às quartas-feiras". Esperei que Mamãe fosse lhe perguntar por que às quartas-feiras. Mas Mamãe não perguntou.

Mamãe se despediu calorosamente da dona do estabelecimento, abraçou-a e disse: "Esse lugar vivifica a alma. A comida é excelente e me lembra a comida de minha casa. Vamos voltar aqui, se Deus quiser".

"Deus sabe o que os dias trarão em suas asas. Esperemos que, dessa vez, seja menos doloroso deixar este lugar do que na guerra anterior."

Só agora eu compreendi: Papai e Mamãe estão fugindo do que está por vir.

43

Montamos nos cavalos e seguimos pelo nosso caminho. O sol estava baixo e agradável, mas Papai e Mamãe não estavam contentes. Eles cavalgavam como se estivessem sendo obrigados a fazer esse percurso de volta.

Quando nos aproximamos da margem do rio, vimos de longe, voltando para suas cabanas, os que tinham estado ali durante o dia todo. O olhar de Papai tornou-se inquieto e contrariado. Mamãe tentou tranquilizá-lo, mas, ao que parece, não encontrou palavras adequadas.

Nikolai já estava à nossa espera junto à cerca da cabana. Papai apeou primeiro, cumprimentou-o e disse: "Os cavalos foram bons e fiéis. Eles nos levaram de um lugar para outro e não houve obstáculos". Papai falou em voz baixa, mas suas palavras me soaram artificiais, talvez porque ele tivesse usado a palavra "fiéis".

"Hoje em dia já não se encontram mais cavalos como esses", disse Nikolai num tom cheio de importância.

"Verdade", disse Papai distraidamente.

"Agora vamos levá-los ao lugar deles. Vamos lhes dar de beber e de comer", disse ele e, sem falar mais nada, tomou seu caminho.

Sentamo-nos no jardim, cansados e confusos. Papai não escondeu de nós sua simpatia por Sergei e pelo tipo de vida que ele levava. Mamãe tinha dúvidas com relação à abstinência dele. Será mesmo que a abstinência leva à purificação da alma?, indagavam seus olhos.

Estávamos famintos e Mamãe resolveu apanhar pepinos, tomates, rabanetes e cebolinhas na horta. Papai dominou seu cansaço e sua melancolia e disse: "Vou preparar a salada e você, o restante".

Mamãe ficou satisfeita com essa ajuda, disse "Obrigada, querido" e imediatamente colocou uma toalha sobre a mesa, tirou de dentro da despensa queijos, creme de leite e ovos e perguntou: "O que mais?".

Mamãe preparou ovos fritos, e Papai trouxe à mesa, solenemente, a salada, depois de tê-la temperado. A salada exalava um aroma fresco. Do café erguia-se um aroma agradável. Ficamos sentados até tarde, sem dizer nada, e sem diferenças de opinião. Papai fumava seu cachimbo em silêncio.

Eu estava cansado, mas não queria perturbar o anoitecer e os sussurros da noite, o coaxar dos sapos e os gritos das aves de rapina. O rosto de meu pai e o de minha mãe estavam iluminados pela luz da lâmpada Lux. Em minha alma, eu sabia que um entardecer como esse e que uma noite como essa não voltariam mais, e queria observar cada detalhe enquanto durasse.

Por um instante Mamãe interrompeu seu silêncio, voltou-se para mim e disse: "Meu filho, por que você não vai dormir? Já é tarde".

Pensei: "Mais um pouco", e sabia que, dessa vez, Mamãe não me obrigaria a deixar a mesa.

Ouvi Mamãe dizer: "Se os boatos forem falsos, e eu espero que sejam, eu gostaria de viajar para Praga. Não sei por que ainda nunca fomos para lá".

"Com prazer", disse Papai.

"Essa cidade inflama minha imaginação desde a infância: a sinagoga Altneuschul, o Maharal de Praga, o antigo cemitério. Gostaria de passear de rua em rua e sentir o passado – em nossa cidade há tão pouca história judaica."

"Com prazer", repetiu Papai.

"Sempre senti que essa cidade é capaz de renovar nossa vida. Mas por que nunca decidimos viajar para lá? Hoje senti com muita força que devemos viajar sem demora para Praga."

Papai riu, concordando. Mais de uma vez eu o vi ser levado pelos desejos de Mamãe. E dessa vez também seu rosto se iluminou, olhando para ela.

"Esperemos que os boatos ruins sejam falsos, eles têm que ser falsos", repetiu Mamãe.

A noite caía. De longe erguia-se o murmúrio contido do Pruth. Eu disse comigo mesmo: nesta noite não há diferenças de opinião entre Papai e Mamãe, o anseio de Praga os une. Neste verão já não viajaremos para lá, mas no próximo viajaremos no trem expresso até Praga. Papai e Mamãe vão vestir suas roupas brancas de verão e eu também vestirei meu terno branco engomado. E juntos vamos caminhar pelas ruas estreitas e cheias de curvas, nas quais há lojas de tecidos, de tabaco e de especiarias, uma junto da outra, e o aroma de café moído se erguerá de um café.

Perguntei a Papai se poderíamos comprar ali um tabuleiro de xadrez grande.

"Compraremos", disse ele, contente por eu ter pensado nisso.

"E o que vamos comprar para Mamãe?"

"Um chapéu de abas largas. Mamãe ama chapéus."
"E quanto tempo vamos ficar em Praga?"
"Quanto tempo quisermos", disse Papai tranquilamente.
Fiquei tão contente que me faltaram as palavras e minha garganta se fechou.

44

Levantamos cedo na manhã seguinte. Mamãe preparou um café da manhã leve: café, fatias de pão com manteiga e com geleia de cereja. Comemos e não nos demoramos.

A margem do rio estava vazia e nos apressamos para nos afastarmos das pessoas que viriam. Papai seguia na frente, Mamãe ia atrás dele e eu atrás de ambos.

Chegamos à margem do rio e olhamos à nossa volta. Os olhos de Papai diziam algo que ele já dissera mais de uma vez: a água está esplêndida e é muito bom que não haja ninguém aqui.

A água fria do rio não era um impedimento para Papai. Ele se esticou e mergulhou na correnteza do rio. Mamãe não demorou a mergulhar. Ela o observava com afeição enquanto ele nadava, como se dissesse: a alegria da vida de Papai é a natação. Na água ele se sente na plenitude da vida, e a vida faz sentido para ele. Se morássemos junto ao rio, as feridas de sua alma se curariam e ele viveria uma vida mais plena.

As palavras de Mamãe, as que ela diz tanto quanto as que ela não diz, ecoam em mim e às vezes preenchem completamente meu sono. Já as palavras de Papai são claras, cortantes e capazes de ferir.

Enquanto observo Papai nadando, avisto, diante de meus olhos, a escadaria da entrada da escola e os meninos ucranianos que frequentemente batem em mim. O pior de todos eles, Piotr, certa vez gritou em minha direção: "Suas boas notas não vão lhe servir para nada no dia do Juízo Final. Vamos tirar sua roupa e você vai ficar nu como no dia em que nasceu e então vamos bater em você para castigá-lo".

Estranho, justamente aqui, longe da escola, nessa hora luminosa da manhã, junto às águas tranquilas, senti que as ameaças de Piotr não eram simples ameaças, e que ele era capaz de realizá-las quando eu voltasse à escola, dentro de uma semana.

Desde que voltamos das montanhas, não consigo me acalmar. Tenho sensações que me eram desconhecidas antes. Olho para as papoulas delgadas e para os campos de girassóis iluminados pela luz do entardecer e digo para mim mesmo que essas flores continuarão aqui depois que nós tivermos deixado, dentro de pouco tempo, a cabana. Tudo continuará a ser igual sem nós. Sinto que somos hóspedes nesta vida. Assim também me senti em nossa última visita a Vovô. Vovô reza, se interessa pelos livros, se senta e fica calado. Ele cuida de sua grande propriedade e da fé de seus pais e mostra afeição abundante por todos os membros da família que estão à sua volta. Nós, ao contrário, somos hóspedes passageiros.

Quando Mamãe volta à casa de seus pais, ela se adapta aos costumes da casa: ajuda Vovó a cuidar da horta e da casa e me parece que não posso lhe fazer perguntas nem incomodá-la.

Papai e eu não temos nenhuma ligação com aquele pedaço de terra, nós pairamos sobre ele, passamos horas caminhando pelas montanhas ou nos sentamos ao lado das fontes e olhamos para sua água transparente.

A natureza tranquiliza Papai, mas a fé não. Cada vez que ele ouve uma prece ou uma bênção, seu rosto se fecha. Por isso nossas visitas à casa dos avós são breves.

A sinagoga de Vovô fica perto de sua casa. Nas preces da véspera do sábado não há um *minyan* e Vovô reza em seu quarto. Ele reza durante uma hora inteira e quando sai e se aproxima de nós me parece que está mais alto. Imediatamente nos sentamos junto à mesa para receber os anjos do *shabat*.

Vovô e Vovó estão enraizados nos Cárpatos. Às vezes me parece que o grande Deus reside aqui, mais do que em qualquer outro lugar. Talvez por causa de Vovô ou por causa da maravilhosa pequena sinagoga que ele construiu ao lado de sua casa.

No sábado vamos à sinagoga, mas Papai não nos acompanha. Fico triste porque, nesse momento solene, Papai se separa de nós e se afasta, indo para as montanhas para ficar só consigo mesmo. Mamãe conhece Papai muito bem e não o exorta a nos acompanhar às rezas.

Vovô se envolve com o manto de orações e aponta as letras do livro de rezas para mim. Quando estou envolto pelo manto de orações dele, me parece que Deus está ainda mais concentrado em cada uma das letras do seu livro de rezas.

Aos sábados, judeus das aldeias da redondeza vêm e a sinagoga fica lotada. Vovô se alegra com cada um deles e seu rosto se ilumina ao vê-los. Ao contrário das preces silenciosas de Vovô nos dias de semana, as preces do sábado são pronunciadas em voz alta. A construção de madeira estremece com o clamor das preces.

O rosto de Vovó fica contido durante o sábado. Seus gestos são curtos e ela serve todos os pratos que preparou, um depois do outro.

Enquanto todos estão concentrados em suas preces, Papai passeia pelas montanhas, sozinho. Agora entendo a afeição que ele tem pelo monge Sergei. Assim como Sergei, Papai também gosta da solidão e do isolamento. Em companhia de outras pessoas, ele não se sente à vontade. Às vezes me parece que Mamãe e eu somos um fardo para ele.

Perguntei a Papai se ele acredita em Deus. "Antes eu acreditava", ele me revela.

"E agora?", perguntei e imediatamente me arrependi de ter perguntado.

Papai não se sente à vontade diante dessa pergunta direta e é como se ele dissesse: por que você vem me pressionar? Por fim, ele diz:

"Já que você perguntou, não vou esconder a resposta e direi a você: estou feliz por Mamãe estar ligada aos pais dela e à sua fé. Isso está certo. Mas eu, por vários motivos, alguns que conheço e muitos outros que desconheço, não fui capaz de me ligar a meus pais e por isso minha ligação com Deus se desfez. Para mim, seria difícil me envolver num manto de orações e rezar, ainda que eu quisesse fazer isso. A natureza, as montanhas, as florestas e as fontes são a minha fé. Em meio à natureza, sinto aquilo que eu sentia na minha infância: a beleza e a força da Criação. Meus pais e meus avós sabiam como expressar sua adoração pela Criação. Mamãe recebeu dos pais dela uma grande sensibilidade. Com ela você será capaz de aprender. Mas não comigo."

“Desculpe, Papai”, disse eu.

Papai me abraçou e senti o calor de sua mão.

Numa daquelas noites, Vovô me perguntou o que eu queria estudar. Pensei e então disse: “Quero escrever como Jules Verne”.

“Quem é Jules Verne?”, perguntou Vovô, inclinando a cabeça em minha direção.

“Um escritor que faz livros para crianças.”

“Interessante”, disse Vovô e então se calou.

Vovô já me ensinou a reconhecer as letras hebraicas e agora ele lê as preces comigo. Ele ensina com delicadeza e tranquilidade. Sinto que nas letras das rezas está oculto um segredo.

Quando Papai volta das montanhas, ao término do *shabat*, seu rosto está corado por causa do sol e por causa da escuridão das florestas. Ele entra em casa sorrateiramente e se senta sobre um banco junto à mesa, como se fosse um hóspede, e não um membro da família. Mamãe fica perplexa, mas não diz nada. Ela lhe serve uma sopa de verduras e ele agradece, como se não fosse merecedor daquele presente de suas mãos.

Para Papai é difícil estar na casa de Vovô. Isso fica claro pela sua maneira de se sentar, sempre encolhido. Quando deixamos a casa de Vovô, o rosto dele se descontrai, como se uma carga tivesse sido tirada dos seus ombros.

Se não fosse por Papai, talvez outras lembranças da casa de Vovô teriam ficado gravadas em mim. Por causa da perplexidade e dos movimentos corporais nervosos de meu pai, escaparam de meus olhos algumas das expressões de meu avô, mas isso não tem importância, tudo o que estava perto de mim e tudo o que me era querido voltará para mim com extraordinária clareza.

Na última visita que fiz à casa de Vovô, senti que aquela seria a última. Para dominar esse sentimento, perguntei a Mamãe: “Quando voltaremos para visitar Vovô?”.

“Em breve, eu acho.”

Porque ela acrescentou as palavras “eu acho”, meus temores não se acalmaram.

Depois de cada uma das visitas que fazia à casa de Vovô, tudo o que eu via se ligava a meus sonhos.

Num desses sonhos vi meu avô passeando comigo pelas plantações. Subitamente ele estendeu a mão, apanhou uma pera, pronunciou uma bênção e seus olhos se encheram de lágrimas.

Sempre que preciso tomar alguma decisão, voltam-me aquelas imagens do verão na propriedade de Vovô, e em meio a elas está também meu pai: perplexo, intimidado, sem saber o que fazer consigo mesmo.

Vovô e Vovó respeitavam essa perplexidade dele e a intranquilidade que o tomava. Eles preparavam comidas de que ele gostava, como bolinhos doces recheados com ameixas e sopa de beterraba com pequenas folhas de beterraba. Mas, o que fazer?, essas comidas não o faziam esquecer sua intranquilidade. Sempre que havia uma oportunidade, ele desaparecia e saía em direção às montanhas. Mamãe tinha medo de que ele desparecesse e aguardava, tensa, pela sua volta.

45

A margem do rio está lotada. Os veranistas estão deitados por toda parte e me parece que querem fugir, mas não encontram uma saída. Mamãe está nervosa. O barulho à volta dela faz seus olhos brilharem. Papai, como é seu hábito, fechou-se em si mesmo. Seu olhar se estreitou e a ironia faísca em seus olhos. "Tire o barulho dos judeus e eles deixarão de ser judeus", sussurra ele a Mamãe. Ela conhece esse ditado e ri consigo mesma.

"Quando vocês vão voltar?", pergunta uma mulher, dirigindo-se a minha mãe.

"Daqui a alguns dias", responde Mamãe sem erguer a voz.

"Eu não sei o que fazer. Não me sinto tranquila nos últimos dias. Meus nervos parecem estar a ponto de arrebentar. Meu médico, dr. Blau, ficou na cidade. Sem ele, minha vida não é vida, mas como farei para chegar até ele? Eu não precisava ter me afastado. Uma pessoa como eu não pode sair do seu lugar. Meu lugar é a minha casa, mas, por algum motivo, me deixei seduzir e agora estou pagando o preço."

"Sente-se um pouco, vamos pensar juntas", disse Mamãe, e as duas se sentaram na relva.

A mulher prosseguiu: "As pessoas me aconselham a consultar Rosa Klein. Eu não gosto das feitiçarias dela. Ela inventa o futuro, os diagnósticos e sabe-se lá o que mais. Ela não é nem enfermeira nem médica. É simplesmente uma bruxa. Quem é que sabe que maldades ela é capaz de fazer?".

Subitamente ela voltou o rosto para Mamãe e disse: "De onde eu a conheço? Você me parece conhecida".

"Suponho que seja daqui. Costumamos vir para cá todos os anos."

"Meu nome é Bertha Wechselholz. Meu marido, que descanse em paz, era conhecido por ser um advogado de primeira categoria. Todos os anos, costumávamos viajar para Baden, perto de Viena, onde nos hospedávamos numa pensão bonita e agradável, e livre de judeus. Não há nada que se compare ao verão em Baden. Voltávamos de lá como se tivéssemos nos tornado outras pessoas. Mas desde a morte de meu marido tenho medo de viajar para lá. Alguém, que o diabo o carregue, me recomendou vir para cá. Foi um erro. Foi um grande erro. Eu, de fato, preciso de companhia, mas não de companhia como essa que há aqui. Essa gente aqui me deixa louca. O que você me recomenda fazer?"

"O que seu sentimento lhe diz para fazer?", pergunta Mamãe com um cuidado exagerado.

"Meu sentimento está sempre me enganando."

"Vamos dizer de outra maneira: você quer ver o dr. Blau?"

"Sim, quero muito. Ele não é só um médico da alma, ele é um homem extraordinário. O olhar dele me tranquiliza. Ao lado dele, sinto-me segura."

"Por que você está hesitando? Vá vê-lo!", disse Mamãe, arregalando os olhos.

"Tenho muito respeito por você", disse Bertha, como se Mamãe a tivesse salvado de uma situação sem saída. "Mas onde vou arranjar uma carruagem?"

"É muito simples. Vá procurar Nikolai. Ele ou o irmão levará você para a cidade. E em três horas você estará na clínica do dr. Blau. A distância até a cidade não é tão grande quanto lhe parece."

"Muito obrigada, minha querida", disse Bertha, levantando-se. "Por que não pensei nisso antes? Obrigada mais uma vez. Eu estava desesperada. Não sabia o que fazer."

"Não há o que agradecer", disse Mamãe, levantando-se também.

Papai estava um pouco afastado delas. A ironia faiscava em seus olhos, mas ele não se intrometeu.

Por fim, Bertha foi procurar Nikolai. Mamãe ficou acompanhando de longe o caminhar dela. Papai, aparentemente, queria manifestar-se, mas se controlou e permaneceu em silêncio.

Os boatos sobre a guerra estão em todos os cantos. As pessoas, como se estivessem engaioladas, tentam entortar as grades que as cercam por todos os lados. O rio corre e parece pronto para receber ainda muitas pessoas que entram na água para nadar ou remar. Mas, em vez disso, as pessoas ficam andando de um lado para outro.

O céu está claro, com pouquíssimas nuvens. Pastagens abundantes se estendem em todas as direções, tranquilas e verdejantes. Vacas e cavalos pastam.

"Por que tanto espanto?", pergunta Papai, dirigindo seu olhar para os que estão sentados à beira do rio.

"A guerra está próxima", diz Mamãe num tom de oradora.

"E o espanto detém a guerra?", pergunta Papai. "O espanto está sempre presente aqui. Dê a ele uma chance e ele sairá imediatamente de seu esconderijo."

"A proximidade da guerra não o espanta?", pergunta Mamãe.

"Sim", diz Papai. "Mas de que serve o espanto? O espanto não coloca os pensamentos em ordem, só os torna febris."

46

Subitamente, fui tomado por saudade da nossa casa, do nosso jardim e do meu quarto, que se abre para o jardim. Gosto dos fins de tarde de verão, que se estendem por horas a fio e se enchem de cores. Nós nos sentamos fora e bebemos chá em copos altos, sustentados por alças de prata, e eles me parecem objetos de culto, de tempos distantes.

Esses utensílios de vidro reluzente são como se fossem inseparáveis das mãos de Mamãe. Quando ela os segura e se inclina sobre eles, tenho a impressão de que está rezando em silêncio. Sei que é uma ilusão: Mamãe só reza quando está na casa de Vovô. Mas o que se pode fazer? Durante o longo anoitecer, no verão, quando o dia se estende até as profundezas da noite, meus pais mergulham em pensamentos profundos, que se parecem com preces.

Antigamente eu costumava incomodar Mamãe com perguntas. No ano passado, aprendi a não fazer perguntas durante essas horas de tranquilidade. Já reparei: quando Papai e Mamãe seguram as alças de prata dos copos altos, eles transformam seu rosto habitual e se cobrem com outro rosto.

Ocorreu-me que, nessas horas, quando a luz do dia e a luz da noite se misturam, meus pais deixam para trás sua vida cotidiana, sua movimentação agitada, e se juntam não só a seus pais, mas aos pais de seus pais e a seus antepassados. Os copos altos em suas mãos os ajudam a se ligarem a eles, como se estivessem rezando uma reza sem palavras.

Depois da meia-noite, eles pousam os copos sobre a mesinha baixa, e seu rosto costumeiro volta a surgir. Eles, porém, não conversam e não discutem, cada qual se recolhe em seu canto e mergulha em si mesmo. Eu, meio adormecido, olho para eles por um instante e compreendo que isso que acaba de acontecer é o resultado de um grande esforço.

Há noites em que Mamãe tira um castiçal do armário envidraçado e acende uma vela e a coloca sobre a mesa. Mamãe comprou esse castiçal no mercado. É um castiçal antigo, simples, e em sua base está escrito: *Shabat kodesh*[4].

Mamãe disse: "Um castiçal só é como um olho só. Em geral, os castiçais estão sempre aos pares". Desde que ela disse isso, vejo esse castiçal como se ele estivesse separado de seu antigo par. Ele passa de casa em casa, e agora chegou à nossa. Mamãe tenta atenuar sua tristeza e, nas longas noites de verão, ela coloca uma vela nele, e ele então espalha à sua volta a luz que acumulou em suas muitas jornadas.

Há em casa muitos objetos que Mamãe comprou, ou que recebeu de presente de seus pais. Uma vez ela me disse que os objetos também têm vida, e que é preciso tratá-los com cuidado.

4 Santo Shabat. Ao anoitecer da sexta-feira, quando se aproxima a chegada do *shabat*, é costume acender duas velas em dois castiçais.

Em nosso armário envidraçado há um livro de rezas muito antigo, forrado de veludo. Uma vez por ano, no Yom Kipur, Mamãe tira esse livro de rezas do armário e reza, lendo-o. Mamãe recebeu esse livro de rezas precioso de meu avô, e ele é decorado com imagens artísticas, e exala um aroma agradável de folhas secas.

No Yom Kipur Papai e Mamãe jejuam, mas não vão à sinagoga. Papai permanece no quarto de dormir, lendo; Mamãe se senta na sala, com um lenço sobre a cabeça, e reza.

No Yom Kipur, Papai fecha as venezianas, e uma escuridão suave, misteriosa, nos separa do mundo exterior. Quando a escuridão se torna espessa, Mamãe se levanta do lugar onde está sentada, se aproxima de Papai, beija seu rosto e imediatamente se apressa para também me beijar. Seu rosto está pálido e me parece que, em seu jejum e em suas preces, ela pediu que a intranquilidade de Papai se acalmasse, e que os temores deixassem de me assustar durante o sono.

47

Ainda conseguimos visitar tia Júlia: a menina-problema da família. A vida de tia Júlia, uma moça tão bonita e cheia de dons, não seguiu por caminhos retos. Ela era a irmã mais jovem de Mamãe, tinha sido uma aluna destacada em matemática no colégio, e todos previam que teria um futuro brilhante. O destino, porém, afastou-a dos trilhos dos grandes feitos. O jovem pelo qual ela se apaixonou, do qual estava noiva e com o qual pretendia se casar, subitamente voltou atrás. Tia Júlia, chocada e com o coração partido, veio morar em nossa casa.

Lembro-me dela andando de um quarto a outro, seguida por sombras. De vez em quando, ela baixava a cabeça e se voltava para Mamãe. Mamãe se sentava ao lado dela no sofá, na sala. Tia Júlia não se queixava. Seu olhar vagava de um lado para outro, mas sem se fixar em nada. Ela permanecia sentada em silêncio por horas a fio. Era isso o que restava de sua voz cristalina, cujos sons fluíam antes nos meus ouvidos com grande alegria.

Muitas vezes Mamãe e Júlia permaneciam sentadas juntas até tarde da noite, conversando. Ou melhor, Mamãe falava e tia Júlia olhava para ela com atenção. Às vezes a voz de Mamãe penetrava em meu sono e suas palavras soavam como se ela estivesse lendo um poema. Papai não interferia nessas conversas. Ele se retirava para o quarto com um livro. Ele gostava de tia Júlia e, junto com Mamãe, tentava ajudá-la. Ao voltar da fábrica, os olhos dele pareciam perguntar: "Como está Júlia?".

Tia Júlia passou alguns dias em nossa casa, incapaz de dizer qualquer coisa. Lembro-me de sua estada como uma sequência de silêncios profundos. Às vezes música clássica soava do toca-discos. Tia Júlia estava mergulhada em si mesma e, apesar disso, a presença dela preenchia a sala de visitas. Eu queria ficar perto dela, mas não ousava.

Às vezes ela me fazia perguntas. As perguntas dela eram precisas e objetivas: o que você aprendeu hoje em matemática? Mas, por causa da palavra "hoje", parecia-me que tia Júlia acabava de despertar de um sono profundo e que queria saber o que acontecera na realidade desde que se ausentara. Uma vez ela me disse: "Eu gostava das aulas de desenho. O professor gostava dos meus desenhos e os pendurava na parede. Você gosta de desenhar?".

"Eu gosto de olhar para os desenhos", eu disse a ela, e era verdade.

Lembro-me muito bem de nosso último café da manhã com tia Júlia em nossa casa. A nuvem tinha se afastado de seu rosto, ela acariciou minha cabeça e perguntou-me se eu tinha gostado do livro *As mil e uma noites*, que ela tinha me dado. A refeição transcorreu sem palavras.

Depois que terminamos, Mamãe e tia Júlia vestiram seus casacos e, por algum motivo, me pareceu que elas estavam prestes a começar uma longa viagem, cheia de dificuldades, e me assustei. Perguntei a Mamãe: "Para onde vocês vão viajar?".

"Volto logo", disse ela com um tom distraído.

Passados alguns dias, fiquei sabendo: meu avô tinha uma casinha às margens do Pruth, que ele alugava para um dos engenheiros da estrada de ferro. O engenheiro morara lá por alguns anos e, ao término da construção da ferrovia, voltou para a cidade, e a casa estava vazia.

Tia Júlia decidira que queria morar ali até que passasse sua tristeza. Mamãe tentou dissuadi-la, mas tia Júlia insistiu. "Agora, preciso de clareza, de árvores e de água. Não tenho medo de ficar sozinha."

Pela primeira vez na vida fiquei sozinho com Papai. Ele encomendou comida pronta de um restaurante, e um garçom grande, vestido de branco, nos trouxe em panelas reluzentes. É verdade que eu não tinha medo, mas quando voltava da escola sentia que a casa, sem o toque da mão de Mamãe, se encolhera. Sentia um frio que brotava de todos os cantos.

Papai comprou sorvete e bolo de papoula para que eu esquecesse a saudade, mas minha saudade de Mamãe se tornava maior a cada hora que passava. Perguntei a Papai se não seria possível viajar até o lugar onde Mamãe estava, talvez pudéssemos ajudá-la.

"Tia Júlia precisa estar consigo mesma, só vamos incomodá-las."

Não compreendi como nosso amor seria capaz de incomodar tia Júlia, mas não perguntei mais nada.

À noite, sonhos me perturbaram. Vi Mamãe e Júlia errando por um deserto. O rosto delas estava vermelho e elas estavam abandonadas naquele lugar desolado. Num tom de súplica, Mamãe pedia que voltasse para a nossa casa, mas tia Júlia insistia: "Deixe-me aqui. Agora, aqui é o meu lugar".

"O que você vai comer e o que você vai beber? As noites aqui são frias."

"Não se preocupe comigo. Vou me virar." Em seu rosto havia uma expressão resoluta e definitiva.

Mamãe permanecia ao lado dela, revirando as mãos. O terrível desespero de Mamãe era tão forte que me despertou no meio da noite, mas não ousei me aproximar de Papai e chamá-lo. Fiquei deitado na cama de olhos abertos até o raiar do dia.

Mamãe permaneceu com tia Júlia por três dias. Juntas, arrumaram a casa, compraram o que era necessário, e, quando Mamãe voltou para casa, seu rosto estava exausto e os olhos, arregalados. Ela não me beijou nem beijou Papai e, sem nem mesmo tirar o casaco, afundou numa poltrona.

Papai aproximou um banquinho, sentou-se ao lado dela e perguntou: "Como foi lá?".

"Não há nenhuma casa nas redondezas, só pastos, árvores e água. Não há ninguém. Eu não queria deixá-la ali, mas ela insistiu muito. Não houve jeito."

Todos os meses, Mamãe viaja para visitá-la. Ela gostaria de vê-la com mais frequência, mas Júlia não lhe permite interromper sua solidão. Quando Mamãe volta de lá, traz consigo um silêncio profundo e olhos inflamados.

"E o que faz Júlia?", pergunta Papai com cuidado.

"Trabalha na horta, colhe frutas no pomar e racha lenha para a lareira."

"E o que ela faz no resto do tempo?"

"Lê e ouve música."

"Ela está sofrendo?"

"É difícil para mim saber o que ela está sentindo."

Vivemos a solidão de tia Júlia noite e dia. Essa dor não deixa nossa casa por um instante. Quando volto da escola, encontro Mamãe na sala e a preocupação envolve seu rosto. Imediatamente ela pede desculpas. "Desculpe. Não preparei o almoço. Vamos fazer alguma coisa rápida."

"O que aconteceu, Mamãe?", pergunto, tentando me aproximar dela.

"Nada."

Sei que Mamãe está tentando me afastar desse assunto doloroso, mas o que fazer? Cada palavra e cada gesto, em nossa casa, me lembram que tia Júlia impôs sobre si mesma uma reclusão pesada. Em vão Mamãe tenta tirá-la dessa prisão. Papai, que é dono de uma fábrica, onde está sempre em contato com muita gente, também fica sem saber o que dizer.

O que fazer? Essa pergunta paira sobre todas as horas do dia.

As viagens de Mamãe para visitar Júlia são acompanhadas de tensão e medo. A carruagem chega de manhã cedo e é carregada com víveres e roupas, e Mamãe se põe a caminho. Papai e eu permanecemos no umbral da porta e observamos a carruagem se afastar.

Lembrei-me dos dias em que Júlia vinha nos visitar. Ela vinha da casa de Vovô e trazia consigo a alegria da juventude. Seu riso claro. Ela foi aceita na universidade e, ao fim do primeiro ano de estudos, já estava apaixonada. Mamãe, Papai e eu concordamos que Arthur, seu namorado, era uma pessoa que nos agradava. Um homem silencioso, que ouvia atentamente e falava pouco. Ele estudava na Academia de Música e, algumas vezes, organizava concertos em nossa casa. Quem esperava que esse amor seria despedaçado?

48

Papai pediu a Nikolai que trouxesse os cavalos de manhã cedo. Deixamos a margem do rio em segredo e saímos para visitar tia Júlia.

Quais são as diferenças entre a planície e a montanha? Na planície não há árvores altas para proteger, você fica desprotegido, a luz atinge seu rosto e o cheiro do trevo cortado que vem da vastidão dos campos embriaga suas narinas. Talvez por causa dessa exposição súbita, estremeci e gritei por socorro. Ao que parece, eu estava muito pálido. Mamãe se ajoelhou e levou um gole de limonada à minha boca. Ficamos sentados na grama. Fiquei envergonhado por nos termos detido por minha causa e disse: "Não é nada. Já vai passar". Mas Mamãe achou que deveríamos voltar para a cabana, e assim fizemos.

Papai me botou junto dele e amarrou o potro na sela de Mamãe. Quando chegamos à cabana, eu já estava com febre. Mamãe colocou uma aspirina na minha boca e preparou um copo de chá. Uma fraqueza tomou conta de meus ossos e eu estremecia.

À noite veio o dr. Zeiger, que me examinou e sentenciou: resfriado. Ele forneceu a Mamãe mais comprimidos e disse: "Meu querido, você terá que ficar três dias na cama e no quarto dia se sentirá melhor". Por algum motivo, me parecia que dentro de pouco tempo eu começaria a seguir por um caminho escuro e doloroso, e que seria atormentado por três dias, mas que, ao final do caminho, o potro me levaria à cabana e meus pais me receberiam.

Naquela noite, o dr. Zeiger ficou em casa para jogar xadrez com Papai. Mamãe preparou o jantar. Ouvi pouco das conversas entrecortadas e dos silêncios que havia entre elas, e então ficou claro para mim que os pais de Papai morreram quando tinham 50 anos de idade. O avô por causa de um diagnóstico errado e a avó por causa de uma infecção que não foi tratada como deveria. O dr. Zeiger ficou sabendo tarde demais desse assunto doloroso. Ele fez o possível, mas não foi capaz de salvá-los.

O dr. Zeiger repetiu seu famoso provérbio: "Um médico é apenas um médico".

Durante a noite tive febre e os sonhos perturbaram meu sono. Mamãe não saiu do lado de minha cama. No sonho, vi o monge Sergei e tia Júlia, eles conversavam sobre a solidão. Mamãe não interferiu na conversa, mas Papai estava satisfeito. Ele disse algo que nunca tinha dito antes: "A solidão nos enaltece".

Mesmo depois de três dias, a febre não passou. Alguns dos veranistas ouviram falar de minha doença e se reuniram diante da porta da nossa cabana. Mamãe saiu para junto deles e lhes contou o que me acontecera desde que tínhamos saído para visitar tia Júlia. Consegui perceber a tensão dos veranistas. Mamãe disse: "Agora Erwin está descansando na cama. A febre dele ainda não baixou, mas o dr. Zeiger nos assegurou que, dentro de pouco tempo, ele vai se sentir melhor".

"É preciso chamar um médico mais conhecido", ouvi alguém dizer com uma voz que se erguia.

"Vamos esperar mais um ou dois dias", disse Mamãe paciente.

Mas o homem insistiu. "Eu não esperaria."

"O menino não está vomitando. Não está se queixando de dores. Ele fala com clareza. Deve ser um resfriado. Chá e aspirina vão curá-lo."

"Por que arriscar?", insistia o homem.

Dessa vez Papai não se controlou, saiu da cabana e, com uma voz que não era habitual, gritou: "Deixe os pais decidirem o que é bom para seu filho. Nós confiamos no dr. Zeiger, ele é um dos melhores médicos da cidade, se não o melhor de todos. É verdade que ele não está atrás de dinheiro, ele ajuda as pessoas pobres sem aceitar delas nenhum pagamento. Só porque ele não é tão ganancioso quanto os outros vocês não confiam nele? Eu confio totalmente nele".

"Faça como quiser, só vim aqui para manifestar minha preocupação", disse o homem, retirando-se.

"Confiamos no dr. Zeiger de coração e alma", disse Papai às costas dele.

Pelo visto, as pessoas não estavam esperando uma reação assim e, por um instante, pareceu que estavam prontas para desistir e voltar para a margem do rio. Enganei-me. Mamãe continuou a falar com as pessoas que estavam reunidas ali e pediu desculpas pela explosão de Papai.

Ouvi murmúrios silenciosos e, ao final, uma voz clara se ergueu: "Vocês podem fazer o que quiserem. Viemos para avisar e para advertir. Saibam que gostamos do menino Erwin. Não se pode negligenciar um menino que está com febre há mais de três dias. É preciso respeitar o dr. Zeiger, mas há médicos melhores do que ele".

Papai estava prestes a lhes responder, mas se conteve com as mãos cerradas. Mamãe tentou, mais uma vez, aplacar os ânimos das pessoas que estavam reunidas ali, mas suas palavras suaves não as acalmaram. "É preciso trazer imediatamente o dr. Fürst", elas repetiam sem desistir.

E assim fiquei sabendo que às margens do rio há diferenças de opinião a respeito das habilidades médicas do dr. Zeiger. Ele nunca trabalhou num hospital. Acusaram-no de ser um "médico social". É verdade que ele é fiel aos pobres, mas alegam que isso não faz dele um clínico de alta categoria. É verdade que nós gostamos dele e que ele faz parte da nossa família. Mas, o que se pode fazer?, só o hospital forma bons clínicos, capazes de fazer bons diagnósticos.

E, por um instante, me pareceu que eles não estavam discutindo por causa da minha febre, mas sim por causa das habilidades médicas do dr. Zeiger. Mamãe tentou acalmar as pessoas reunidas ali e disse: "Se a febre não baixar, vamos mandar uma carruagem buscar o dr. Fürst".

"Por que esperar, por que hesitar? Cada dia pode ser fatal."

"Garanto a vocês que não estamos hesitando. Por que vocês não confiam em mim? Eu cuido de Erwin como cuido da menina dos meus olhos", disse minha mãe à beira das lágrimas.

As últimas frases de Mamãe atingiram as faces das pessoas e elas se dispersaram. Papai, porém, não silenciou. Ele murmurou: "Agora você está entendendo por que eu não quero vir para cá. Essas pessoas não sabem o que é privacidade. Fazem tudo em público, como histéricos".

"A intenção delas é boa", disse Mamãe, e com isso acabou botando mais lenha na fogueira.

"Não se pode justificar uma atitude grosseira e uma intromissão como essa", prosseguiu Papai, reclamando. Não compreendi, porém, o restante das palavras que irromperam de sua boca.

As pessoas se dispersaram em meio a muito barulho, e palavras se somavam a palavras. Estava claro que estavam falando de mim, da minha doença e de meus pais, que esperavam e demoravam e não chamavam um médico especialista.

O barulho passou e senti a raiva de Papai aumentar e tornar-se mais forte a cada instante. Ao final, ele gritou: "Nunca mais voltarei para cá. Se você quiser, venha. Eu não virei".

No dia seguinte, minha febre cedeu de 40 para 38 graus. Mamãe saiu para anunciar às pessoas à margem do rio que eu estava melhor. Papai permaneceu na cabana. Nikolai nos trouxe pão e leite, queijo e manteiga, perguntou sobre minha saúde e disse: "Os moradores da cidade tendem a adoecer com facilidade. A cidade deixa as pessoas doentes".

Ao que parece, Papai sabia que ele estava se referindo aos judeus, mas não disse nada. Nikolai murmurou desejos de melhoras e já estava para partir, mas permaneceu onde estava e acrescentou: "Pessoas que não estão ligadas à natureza tendem a adoecer com facilidade". Também diante dessa observação, que era parecida com a anterior, tanto no sentido como no tom, Papai permaneceu em silêncio.

Um camponês trouxe uma carta de tia Júlia. Mamãe a leu, sentada no banquinho.

"Eu estou aprendendo a apreciar as coisas simples da vida: a luz aqui é forte e cheia de tonalidades. No pomar, as maçãs e as ameixas amadureceram. Subo na escada e as colho. É uma alegria que eu não conhecia. Começo meu dia com uma xícara de café e um pedaço da torta de maçã que preparei, saio para a horta, cuido das plantas e arranco o mato, conforme o necessário. Se os canteiros estão secos, eu os rego. Às nove horas, volto para casa e preparo uma salada. Acrescento queijo e um pedaço de pão preto. Depois da refeição, sento-me e leio *A montanha mágica*, de Thomas Mann. Entre uma leitura e outra, ouço música. Ao meio-dia, preparo uma sopa de verduras e bolinhos de folhas de beterraba, depois volto para *A montanha mágica*. O livro combina exatamente com este lugar. Leio devagar e absorvo as frases extensas, que despertam os sentimentos e o pensamento.

"A solidão aqui é cheia de luz e de música. A relva, as árvores e a água, tudo está na medida certa. Ao anoitecer, eu nado no Pruth. A água é tranquila nessa época do ano e sua temperatura, agradável. Nado junto com os patos e esse sentimento me era desconhecido até agora.

"Se não fosse por certos pensamentos que às vezes surgem e logo desaparecem, minha vida aqui transcorreria em águas tranquilas. Mas não se preocupe. Apesar de tudo, eu me sinto bem. A cada dia descubro coisas novas, quero dizer, coisas simples: a penugem que há sobre as ameixas, para não falar do gosto delas. Sempre gostei de ameixas, e agora esse gosto se tornou mais forte em mim. E aprendi outras coisas aqui: as plantas não são menos próximas de nós do que os animais. Não sei se as plantas têm sensações e sentimentos semelhantes aos nossos. A fruta maravilhosa que amadurece pacientemente nos galhos, a quem ela se destina senão a nós?

"Desculpe-me por me estender tanto e desculpe-me pela minha subjetividade excessiva. Não se preocupem comigo. Eu vivo e descanso e aprendo a cada dia alguma coisa nova.

"Espero a visita de vocês,
sua Júlia."

49

Para o café da manhã, Mamãe preparou um mingau de semolina, sobre o qual ela espalhou flocos de chocolate. Provei do mingau e o sabor me agradou. Mamãe olhou para mim e disse: "Você está com uma aparência muito melhor".

Saí e imediatamente reparei que o campo de girassóis tinha sido ceifado durante os dias em que estive de cama. O campo ceifado parecia cinzento e triste. Todo esplendor dourado havia sido extinto, era como se nunca tivesse existido.

Papai e Mamãe estavam vestidos com roupas de banho, eu vesti minhas roupas comuns e nós três nos dirigimos à margem do rio. Ao longo do caminho, Papai disse: "O rio ainda existe e ainda se pode nadar nele. A vida ainda é suportável". Ao ouvir as palavras dele, Mamãe ergueu a cabeça, olhando-o com amor.

Papai e Mamãe nadaram e eu os segui com o olhar. Eles nadavam em estilo clássico e seguiam em direção ao coração do rio. A certa distância deles, navegavam dois barcos compridos. Novamente voltei a pensar que, na água, Papai e Mamãe ficavam semelhantes um ao outro. Uma pena que eles tenham que voltar para a terra firme.

P. se aproximou de mim e perguntou: "Como foi sua doença?".

Eu nunca tinha ouvido uma expressão assim e disse: "Passou".

"Você teve sonhos?"

Não sabia como escapar da pergunta dela e disse: "Sim".

"Eu também sou visitada por pesadelos quando estou doente. Às vezes não sou capaz de suportá-los e acordo no meio da noite e preparo um copo de chá. O melhor é ficar desperto e não sonhar. E agora, você se sente melhor? Depois de uma doença, a vida parece muito melhor. O apetite aumenta, os pensamentos sombrios desaparecem aos poucos. Suponho que você não vá nadar hoje."

"Certo", disse eu.

"Depois de uma doença, a pessoa se sente fraca. Às vezes a fraqueza continua por uma semana, e às vezes até mais. Mas é um cansaço agradável. Quantos anos você tem, Erwin?"

"Dez anos e sete meses."

"Você parece mais velho."

Quis dizer a ela novamente que tinha 10 anos e 7 meses de idade, nem menos nem mais, mas não disse.

"Quando eu tinha a sua idade, meus pais não me levavam com eles ao seu lugar de férias. Sempre me deixavam com a empregada, uma mulher desagradável que me dava tapas na mão a cada vez que eu as encostava na toalha de mesa limpa. Não tenho boas lembranças dessa época. Todos viajavam. Alguns para o veraneio e outros para a colônia de férias, só eu ficava para trás, com a empregada. Meus pais, de abençoada memória, eram pessoas boas, mas, com relação a mim, eram, como posso dizer?, insensíveis. Quando, no fim do ano, eu levava a eles um boletim escolar com alguma reprovação, Mamãe reclamava comigo: 'Não tenho como mostrar esta nota para ninguém. Como é possível que você tenha sido reprovada?'.

"As palavras dela me faziam chorar, mas ela não se aproximava de mim para me consolar. Meus pais nunca me disseram uma palavra boa. Papai era mais calmo do que Mamãe, mas ele estava sempre ocupado com sua loja e eu só o via nos fins de semana. Mamãe ficava o tempo todo em casa, insatisfeita, nervosa, irritada comigo e com todos. Ela nunca me perguntou: 'O que está doendo em você?'.

"Você tem sorte. Você tem uma mãe e um pai que amam você, que prestam atenção em você, que ensinam você a nadar, que ajudam você, suponho, a fazer suas lições. Você precisa agradecer a Deus por ter pais assim. Meus pais não gostavam de mim. E desde então ninguém gosta de mim, as pessoas me evitam, me chamam de todos os tipos de apelidos. Me chamam de P. como se eu não tivesse um nome. Você entende o que estou dizendo?

"Quando eu quero chamar a atenção das pessoas para o pouco de beleza que há em mim, elas dizem: tudo só para se exibir. Elas não estão certas. Elas me maltratam."

Eu não sabia o que dizer e fiquei parado como um Golem. Para minha sorte, meus pais saíram da água. P. os olhou atentamente e logo se afastou.

Naquela mesma noite, sonhei que P. veio e me raptou. Tentei escapar das mãos dela, mas ela foi delicada e bondosa e disse:

"Vou amar você um pouco. Se eu amar você, minha vida vai mudar, acaricie minha cabeça, minha nuca e meus seios. Não tenha medo. Se você me amar, vai crescer depressa e ficar forte. Ninguém me entende, todos pensam que sou uma tonta, me chamam de todos os tipos de apelidos. Eu tenho um nome. Meu nome é Pepi. Continue me acariciando, gosto disso. Sussurre no meu ouvido, diga que você me ama, eu amo seus sussurros. Só não conte para Mamãe e para Papai o que fizemos juntos. Isso precisa permanecer em segredo. Cada vez que você tiver saudades de mim, me chame em seu pensamento e eu virei para junto de você no meio da noite. À noite tudo muda, tudo fica mais agradável".

Acordei e me alegrei em ver que já era dia. Papai e Mamãe estavam preparando o café da manhã.

50

No dia seguinte, Papai chamou uma carruagem e fomos visitar tia Júlia. Era um dia fresco e bonito. Passamos diante da margem do rio e as pessoas acenaram para nós. O homem que teve a perna amputada também ergueu seus dois braços compridos.

Lágrimas escorreram pelo rosto de Mamãe e ela não as enxugou.

"O que aconteceu?", perguntou Papai.

"As pessoas me emocionaram."

A carruagem tinha sido recentemente pintada e seu molejo nos conduzia com suavidade. Mamãe se afastou de mim e de Papai e ficou só consigo mesma.

Depois de uma hora de viagem agradável, Nikolai voltou a cabeça para Papai e perguntou: "Aonde exatamente vocês querem ir?".

"À aldeia Ivanon, não à aldeia mesmo, mas à casa isolada que fica junto ao rio. O engenheiro que era responsável pela estrada de ferro morou ali por alguns anos."

"Eu sei", disse Nikolai. "Acho que o engenheiro não mora mais ali."

"Agora quem mora ali é minha cunhada."

"Sim, sim, às vezes nós a vemos trabalhando na horta."

Ao longo de todo o trajeto, Papai não disse mais nada a Nikolai. O rosto dele, assim como o de Mamãe, se fechava cada vez mais. Parecia que eles estavam pensando juntos sobre o destino de tia Júlia, que escolheu se afastar das pessoas e se estabelecer num lugar isolado.

"Estamos chegando", anunciou Nikolai. Papai e Mamãe ergueram seus rostos do lugar profundo onde os tinham mergulhado, como se estivessem saindo do fundo da água.

Reconhecemos tia Júlia com facilidade: ela estava escavando os canteiros. Quando nos viu, ergueu as mãos e gritou "Deus do céu!", como se tivesse sido apanhada em seu esconderijo.

Mamãe estava emocionada, abraçou-a e murmurou: "Desculpe nossa invasão. Não queríamos ir embora da margem do rio sem visitar você".

"Eu estava esperando por vocês. Estava esperando por vocês ansiosamente", disse tia Júlia num tom artificial.

Papai permaneceu imóvel. Ficou olhando para as duas irmãs como se elas não fossem sua mulher e sua cunhada, mas sim um enigma impossível de resolver.

"Venham, entrem, este é o meu reino. Bonia já o conhece. Mas vocês nunca estiveram na minha casa", disse ela, voltando-se para Papai e para mim. "O lugar é encantador. Eu não imaginava quão encantador."

Vimos imediatamente: a casa era ampla, mas livre de qualquer ornamento, como num mosteiro. No primeiro cômodo havia uma estufa branca, um fogão, uma mesa e duas cadeiras, um candelabro preso à parede e, no cômodo contíguo, uma cama coberta com uma colcha simples e uma mesinha com um candelabro. No assoalho havia uma esteira. No terceiro cômodo havia uma mesa baixa e sobre ela um toca-discos. Ao lado dela, uma poltrona de bambu e, no canto, uma estufa alta.

"Este é meu reino. Onde vou acomodar vocês? Sentem-se sobre a esteira."

Tia Júlia estava emocionada e se desculpou: "Minha casa não está preparada para receber hóspedes. Desde que vim para cá, ninguém exceto minha irmã veio me visitar. Aqui tenho tudo de que preciso. Estou cercada pelo céu e pela água, e as árvores se erguem à minha volta, à minha direita estão os milharais, e os campos de girassóis estão à minha esquerda. E tenho minha própria horta, e um pomar que fornece frutas em abundância. O leite, o queijo e a manteiga, eu compro dos camponeses. Do que mais precisa uma pessoa? À noite eu leio *A montanha mágica*. Na prateleira, Flaubert e Proust esperam por mim. Não é difícil amar esta praia. Aqui a alma se expande. Do que mais preciso?".

Ficamos ali sentados, admirados. Tia Júlia nunca tinha falado tanto. Era como se ela temesse que nós fôssemos lhe perguntar alguma coisa e, por isso, estivesse tentando nos convencer de que nada lhe faltava. E ela tampouco sentia falta de pessoas, pois não há nada melhor do que a solidão.

Ela acrescentou: "É verdade que eu tinha medo do inverno. Mas não se preocupem. Como um camponês experiente, juntei muita lenha. Apanhar e cortar lenha é um grande esforço. Depois de recolher e rachar lenha por duas horas, o corpo respira de outra forma.

"Mas o esforço valeu a pena. O fogão e as duas estufas aqueceram os cômodos e não senti frio. A neve abundante cercava a casa por todos os lados, como se fosse um cobertor branco. Eu escutava música e lia *A montanha mágica*, estava só comigo mesma e nada me faltava."

A expressão de Júlia era estranha. Era como se ela estivesse diante de uma nova prova. Papai permanecia sentado sobre a esteira. Sua expressão estava tranquila. As palavras de tia Júlia, ao que parece, também o tocaram.

Tia Júlia nos serviu frutas e disse: "Este ano o pomar deu frutas em abundância. Primeiro amadureceram as cerejas, depois as ameixas e os pêssegos e agora as maçãs e as peras. A despensa está cheia".

E, por um instante, me pareceu que não era para nos convencer de que não lhe faltava nada que ela dizia aquilo, e sim para nos convencer a deixar a cidade. A natureza é o nosso lugar natural. Não as ruas da cidade. A cidade destrói o corpo e a alma.

Papai perguntou se ela já tinha chegado à passagem na qual Thomas Mann descreve os flocos de neve.

"Ainda não", disse tia Júlia, arregalando os olhos.

"Quando o li, esse capítulo me impressionou muito. Compreendi que Thomas Mann tenta descrever a realidade por todos os lados: a química e a física e também a biologia, o interior e o exterior, o sentimento e a razão."

"Certo, certo", disse tia Júlia, mas logo voltou atrás e acrescentou: "Tchekhov é mais próximo do meu coração. Ele é menos pretensioso".

A palavra "pretensioso" aparentemente surpreendeu Papai e ele disse, com cuidado, como se estivesse explicando as palavras: "A vontade de examinar a realidade humana por todos os lados, você chama isso de pretensão? Prefere uma visão estreita?".

"Eu disse que Tchekhov é mais próximo do meu coração, não falei que o prefiro", explicou tia Júlia sem desistir.

A discussão continuou. Não me lembro dos detalhes, mas me lembro disto: o rosto de Mamãe ficava a cada minuto mais abatido. Espantei-me que Papai, num momento como aquele, discutisse coisas abstratas, sem perceber que Mamãe estava aflita.

Ao ver minha mãe assim, saiu de minha garganta um grito que assustou os que permaneciam sentados sobre a esteira. Mamãe se ajoelhou, me abraçou e disse: "O que está acontecendo com você?".

"Talvez seja melhor deitar Erwin na cama?", disse tia Júlia. Papai me levantou e me colocou na cama. Mamãe me envolveu com o cobertor. Cerrei os olhos e caí no sono.

Ao que parece, dormi por algumas horas. Quando abri os olhos, já entardecia. Papai e Mamãe estavam a dois passos da cama, olhando atentamente meu rosto e meus movimentos.

"Como foi seu sono, Erwin?"

"Bom."

"Quer se levantar e tomar alguma coisa?"

"Já vou levantar", disse eu. Essa frase, que eu dizia a eles todos os dias depois de Mamãe me acordar, fez um sorriso se abrir no rosto dos meus pais, como se eles soubessem que eu só estava cansado por causa da viagem e que, fora isso, tudo estava em ordem.

Tia Júlia preparou uma xícara de chá para mim e uma fatia de pão com manteiga e geleia. Eu estava com fome e o pão fresco me agradou. Pedi a ela mais uma fatia e ela me serviu.

Nikolai estava junto à porta da casa, irritado com o atraso. Papai se aproximou dele e lhe assegurou que pagaria por cada hora de atraso. "Não há o que fazer. O menino estava doente e não podíamos acordá-lo."

Júlia quis nos oferecer frutas do pomar, mas Mamãe se recusou a aceitar o presente das mãos dela. "Você mora longe de qualquer aldeia. Estas frutas são um alimento vital para você."

Mamãe abraçou a irmã com um gesto contido e disse: "Logo nos veremos. Cuide-se". Papai abraçou Júlia com delicadeza, sem dizer nada. Júlia me pôs em seu colo e disse: "Meu bom menino!".

Por causa do sono estranho que me tomou, não vi bem o rosto de tia Júlia. Mamãe, por sua tristeza, e Papai, por sua tendência a discutir, também parece que não viram muito. A viagem à casa de tia Júlia deixou em mim as imagens dos quartos austeros nos quais ela se recolhera.

Despedimo-nos com pressa. Júlia ficou parada no umbral da porta, acenando com a mão. Enquanto ela permanecia ali, me parecia que seu corpo se tornava cada vez maior e eu tive a sensação de que ela estava prestes a criar asas e voar.

Mamãe chorou, como se soubesse de coisas das quais não sabíamos. Papai permaneceu sentado, imóvel, em seu assento na carruagem. Não entendi por que ele deixava Mamãe entregue aos seus sentimentos e disse: "Nós logo voltaremos para ver tia Júlia". Minhas palavras intensificaram o choro de Mamãe, e ao longo de todo o caminho, até chegarmos à cabana, ela não parou de chorar.

Ainda naquela noite, o dr. Zeiger veio me ver. Ele me olhou com atenção, tocou minha testa, me examinou e por fim perguntou se eu estava com vontade de jogar cartas. Quando eu respondi com uma risada, ele também riu e disse: "O menino está completamente sadio, não há motivo para preocupação".

Mamãe preparou o jantar, e Papai sentou-se para jogar xadrez com o dr. Zeiger, e estava agradável na cabana, como se alguma ameaça oculta tivesse sido afastada de nós.

"Logo mais tenho que sair", disse o dr. Zeiger, enquanto movimentava as peças sobre o tabuleiro. "Há muitos pacientes que esperam por mim em minha casa."

"Você precisa me garantir, dr. Zeiger, que não vai atender a todos os chamados. Há limites para o que é admissível."

O dr. Zeiger ergueu seus olhos do tabuleiro e disse: "Se não for eu, então quem?".

"Você não é responsável pelo mundo inteiro."

"O que fazer? Tomei para mim a responsabilidade não pelo mundo inteiro, mas só pelo bairro onde moro, no qual vivem três mil homens, mulheres e crianças. Alguém precisa ser responsável pelas dores dessas pessoas. Não se preocupe. Tenho só 50 anos e sou capaz de fazer isso."

"Desculpe", disse Papai, erguendo as duas mãos.

51

Durante os últimos dias à margem do rio, meus pais nadaram muito. Eu ainda não podia nadar. Ficava sentado na relva olhando para as pessoas que nadavam e para as que permaneciam deitadas, bronzeando-se.

Desde que fiquei sabendo que em breve voltaríamos para casa, meus antigos medos despertaram. Piotr, sou capaz de ver seu rosto, seus dentes largos, e de ouvir sua voz áspera.

Naquele momento me parecia que os exercícios físicos que eu fazia junto com Papai afugentariam os temores, mas é claro que os temores continuaram a penetrar em mim e a perturbar meu sono.

Eu me afligia: um menino da minha idade não pode ter medo. É preciso bater e também levar golpes. Sem essa coragem, eu permaneceria um incapaz. Ao que parece, Papai aprendeu tarde essa verdade e agora ele quer me fortalecer sempre que há uma oportunidade. Eu corro, me esforço, levanto pesos, mas, o que fazer?, ainda que esses exercícios fortaleçam meus músculos, não espantam o rosto assustador de Piotr.

Enquanto isso, Papai e Mamãe saíram da água. Mamãe tirou de dentro da mochila maçãs e pêssegos e nos sentamos para saboreá-los. Às vezes me parece que nos separamos dos demais veranistas à margem do rio por causa das refeições deles.

Papai e Mamãe agora estavam contentes e satisfeitos por terem conseguido atravessar o Pruth juntos. A tristeza por causa do isolamento de tia Júlia parecia ter sido esquecida por um instante.

"Quantos dias nos restam aqui?", perguntou Papai casualmente.

Karl König saiu de sua cabana para nadar. Encontramos com ele no caminho, e Papai lhe perguntou quantos dias ele ainda permaneceria aqui, uma pergunta que Papai evitava fazer a estranhos.

"Até que eu consiga terminar o capítulo. Não voltarei antes que esteja pronto. Se minhas sensações não estiverem me enganando, voltarei para casa dentro de uma semana ou uma semana e meia."

"Você vai estar entre os últimos", disse Papai.

"Não há como voltar para casa enquanto o capítulo estiver cheio de rasuras. É preciso acertar os cortes e reduzir os parágrafos. Não estou falando de perfeição. Em casa, ainda vou seguir lapidando, mas o capítulo tem que estar de pé antes de eu deixar a cabana."

Enquanto isso, Karl König fala sobre os detalhes e sobre o livro como um todo. Não se pode naufragar nos detalhes. É preciso escolher os detalhes necessários. Detalhes excessivos são um fardo. Um romance, afinal de contas, é uma ideia, e não se pode deixar a ideia desaparecer num mar de detalhes.

"E como saber o que é o principal e o que é supérfluo?", perguntou Papai.

"Isso é algo que se aprende com o passar dos anos. Como em todas as profissões, é preciso ter a medida certa. De qualquer forma, a concisão é a marca da boa prosa. Tento apagar todas as palavras excessivas. Até hoje nunca me arrependi de ter apagado alguma coisa."

"E o que você chama de ideia num romance?", perguntou Papai.

"Esse é um assunto que merece uma resposta. Quando tivermos tempo, voltaremos a conversar sobre isso com mais calma. É uma pena que o tempo passe tão depressa. Quando eu era jovem, não sabia o que fazer com o tempo, ele me oprimia. Agora o tempo me escapa por entre os dedos. Espero que no ano que vem nos reencontremos. Quando vocês vão deixar a margem do rio?"

"Daqui a uns três dias."

"Venham de novo no ano que vem", disse Karl König com uma voz estranha e correu para a água.

52

Os rumores sobre a proximidade da guerra, porém, aumentaram e penetraram nos corações. Alguns achavam que o melhor seria voltar para casa e cuidar dela. Outros afirmavam que cada dia de férias era um presente. Quem é que sabe quando poderemos estar outra vez debaixo das árvores, junto à água, e desfrutar do sossego?

Tampouco agora o desprezo sumiu dos olhos de Papai. Como sempre, Mamãe tenta encontrar os méritos das pessoas: esse está doente e seus dias estão contados. Aquele ficou viúvo há um mês. E aquele outro perdeu toda a sua fortuna em apostas. Não podemos julgar as pessoas. Não somos promotores de justiça nem juízes.

Enquanto isso, Slobo aproximou-se de nós: "Como está o jovem senhor?".

"Ele estava doente, mas já sarou", respondeu Mamãe em meu lugar.

"Não se pode exagerar nas preocupações. Nosso corpo é uma máquina maravilhosa, às vezes ele enfraquece, é atacado por todo tipo de bactéria, e então o melhor é ficar na cama. No exército costumavam dizer: o melhor é recolher-se, descansar, ingerir muitos líquidos e permitir ao corpo que se defenda."

Uma expressão singular toma o rosto de Papai quando Slobo fala. À noite, ele imita sua voz de baixo e a autoconfiança que ele adquiriu durante seu prolongado serviço militar. Sua cultura era limitada, seus conhecimentos médicos eram poucos, mas os veranistas à beira do rio tendiam a aceitar seus conselhos, por causa da vasta experiência que ele tinha acumulado durante a época da guerra e depois dela.

Aparentemente, Papai gostava dele. Perguntava-lhe sobre o serviço na unidade de socorristas que ele comandava.

"Um socorrista é apenas um socorrista", dizia ele de tempos em tempos, imediatamente, porém, acrescentava: "Mas não se pode menosprezar a experiência dele. Um socorrista vê muitos feridos, e entre eles não poucos feridos graves, no campo de batalha. Quando não há um médico, ele faz o que um médico faz. Sob o fogo inimigo, ele é o anjo salvador. Não há ninguém que possa substituí-lo".

"Qual é a sua opinião a respeito da guerra? Ela realmente está se aproximando?", perguntou-lhe Papai como quem fala com um militar experiente e habilidoso.

"Sinto cheiro de pólvora", disse ele, tocando suas narinas.

"Esta guerra será parecida com a anterior?"

"Esperemos que não. A guerra anterior foi terrível, aquilo não foi uma guerra, foi um massacre."

"E o que o senhor aconselha? Viajar imediatamente para casa ou permanecer aqui até o fim das férias?"

"Não há sentido em apressar-se. Espere e não aja. Essa é a medida que eu recomendo na maioria das vezes."

"Os veranistas da margem do rio estão alarmados. O que você diz a eles para fazerem?"

"Os judeus estão sempre alarmados. Não há o que fazer. Qualquer boato é duplicado ou triplicado entre eles. É uma pena que, na juventude, eles não tenham sido convocados pelo exército. O exército é bom para o corpo e para a alma. O exército não só ensina a obediência, mas também tranquiliza as ideias. Os judeus são rebeldes. O exército ensina você, entre outras coisas, a obedecer, a atirar, a marchar em linha reta e a esquecer-se de si mesmo."

"Mas isso não é uma tolice?", perguntou meu pai, descontrolando-se.

Slobo espantou-se por um instante com a pergunta de Papai e disse: "Não há aqui nenhuma tolice. O exército ensina a ordem. Não há vida sem ordem, sem roupas arrumadas e sem organização em fileiras. Sem ordem, tudo é confusão e tumulto".

Papai tinha se esquecido. Aos olhos de Slobo, como aos olhos da maior parte dos militares, o exército está acima de qualquer suspeita.

Subitamente, Slobo ergueu os olhos, olhou meu pai dos pés à cabeça e seu olhar dizia: agora estou vendo que você também é um judeu incorrigível. Em minha ingenuidade, eu imaginava que você fosse um judeu diferente, que você fosse um judeu esportista. Evidentemente, me enganei: o judeu de antigamente está profundamente enraizado em você.

Ele se despediu de Papai com uma saudação breve e não disse mais nenhuma palavra. Vi que ele estava decepcionado consigo mesmo, por ter feito uma avaliação equivocada de Papai.

Papai, por sua vez, voltou à cabana e, sem dizer nenhuma palavra a Mamãe, começou a rir. Mamãe, que não estava presente durante aquele diálogo, ficou surpresa. Fazia tempo que ela não via Papai rindo alto. Ela perguntou: “O que aconteceu?”, como se Papai não estivesse rindo, mas tivesse sido tomado por dores. Papai não conseguia falar. Só mais tarde, depois de ter se acalmado, contou a ela. O rosto de Mamãe se tranquilizou.

53

A cada dia que passa, um ou dois casais deixam a margem do rio, e os que ficam voltam a perguntar: “Por que vocês estão interrompendo suas férias?”.

A despedida também tem seus procedimentos rituais: os veranistas se reúnem no jardim dos que estão partindo, exortam-nos a permanecer, e, quando os pedidos não produzem resultado, desejam aos que estão partindo boa viagem e uma vida sossegada, até o ano que vem. Depois, os que estão partindo repartem entre os veranistas os mantimentos que sobraram em suas despensas e se põem a caminho.

Testemunhei uma despedida durante a qual houve muita comoção e choro. A mulher que estava partindo se retorcia, dizendo: “Não vou me esquecer de vocês, de tudo o que vocês me proporcionaram. Se não fosse pelo meu pai doente, eu ficaria aqui. Não há lugar melhor do que este. É um paraíso terrestre. Agora tenho que partir deste lugar sossegado e quem sabe o que está me esperando”.

As pessoas permaneceram imóveis, chorando. O choro faz parte desse lugar. Todas as canções e todos os versos, para não falar de fotografias de dias passados, levam as pessoas às lágrimas. Papai, evidentemente, não é capaz de conter seu olhar afiado. Ele chama essas despedidas de cerimônias, de comoções desnecessárias, de mimos e de hipocrisia. Cada uma dessas despedidas desperta nele uma nova torrente de palavras, novos sarcasmos, e também alguns adjetivos ofensivos. Ele volta sempre a olhar para os veranistas do alto de sua arrogância e não há nenhum defeito que escape a seus olhos.

Certa vez ouvi Mamãe dizer: "Por que você não tem piedade das pessoas?".

"Os sentimentais e os ridículos não são merecedores de misericórdia", respondeu Papai sem olhar para Mamãe.

As despedidas comovidas me assustam e atrapalham meu sono. Policiais e camponeses brutais tentam me separar de meus pais. Meus pais me seguram com força, mas não são capazes de me arrancar das mãos deles e, ao final, eu caio da cama e acordo.

Na manhã seguinte eu pergunto a Mamãe se a guerra vai nos separar.

"Por que você está pensando nisso?"

"No meu sonho tentaram nos separar", revelei a ela.

"Vamos ficar juntos", disse ela, rindo.

Reparei que, dessa vez, ela não acrescentou a expressão "para sempre".

Abri meu caderno e escrevi na primeira página: "Diário" – e não "Meu diário". "Meu diário" me soava infantil.

Os dias passam e chegam ao fim aqui. Cada movimento e cada imagem me surpreendem. As pessoas que deixam a margem do rio provocam nervosismo. As palavras de despedida são comuns, como "não se esqueça de escrever para mim", "não se preocupe demais", "aquilo que parece um dia negro logo se revelará claro como o sol do meio-dia". As palavras são conhecidas, mas em seus sons esconde-se o medo. Apenas Slobo permanece firme como uma rocha. Ele vai continuar aqui até o último dia da temporada. Os temores não vão tirá-lo do seu lugar. Às vezes alguém duvida por um instante de sua decisão e ele repete, ao menos duas vezes por dia: "Vou permanecer aqui até o último instante".

Lamento ter começado só agora a escrever um diário. Já no início das férias, Mamãe me exortou a fazer anotações, mas eu preferi sempre deixá-las para outros dias. Mamãe diz: "O que estamos vendo agora é importante e não sei se ainda será importante dentro de um mês, para não dizer dentro de um ano". Tenho a sensação de que ela está certa, mas não é por isso que eu não escrevi nada. É difícil para mim escrever, é difícil para mim ligar as palavras umas às outras e, quando estão ligadas, elas me parecem inadequadas.

Mamãe diz que é preciso treinar a mão para que, quando chegar a hora, ela esteja pronta para expressar os sentimentos do coração. Suponho que essa frase lhe tenha sido dita pelos seus professores de piano. Se essa frase também é apropriada para se referir à escrita, é algo que, imagino, vai se tornar claro para mim no futuro.

Os dias aqui chegam cada vez mais perto do fim. Mas há pessoas que vão todos os dias para a margem do rio com uma disposição de espírito alegre, como se as férias não fossem terminar nunca. A tranquilidade delas é uma provocação para aqueles que já partiram, ou que estão para partir. Slobo as aprecia e olha para elas como para seus subordinados, que não apenas obedecem a seus comandos, mas o fazem com excelência.

Chegou uma carta de uma das amigas de Mamãe. Ela escreve: "A cidade está tumultuada. O tráfego dos bondes está irregular e as pessoas preferem ir a pé. Por causa de tantos pedestres, a cidade está apinhada. Todos se perguntam se o ano escolar vai começar na data prevista. Não faltam boatos, mas nos cafés continuam a servir café e bolo, e eu digo a mim mesma que, enquanto estiverem servindo café e bolo, isso é um sinal de que a vida continua a correr em ordem. Esperemos que as previsões sombrias passem e que continuemos a viver nossa vida. Espero por vocês num piscar de olhos, Sílvia".

54

Os pesadelos à noite não desapareceram. Mas pensar que dentro de poucos dias teremos que deixar a margem do rio me entristece. Sei que as pessoas que cruzaram meu caminho aqui não são heróis nem são pessoas maravilhosas, e que entre elas há algumas assustadoras, repugnantes e ridículas. Ainda assim, me parece que elas estarão ao meu lado também quando eu voltar para casa.

Gusta vem nos visitar diariamente, e sua presença é agradável. Gusta e Mamãe se sentam nos banquinhos e conversam sussurrando. Estranho, sinto que Gusta também transmite a mim algo de sua intimidade. Ela fala sem pressa. Entre uma palavra e outra, ela silencia. De vez em quando, ergue a cabeça, olha por um instante e diz: "Eu rezo para que a guerra que está se aproximando não nos separe".

Já reparei: Gusta às vezes usa a palavra "rezar" e, como em todas as palavras que ela usa, há nela um tom agradável, que se mistura à própria palavra.

Queria observá-la de perto, mas não tive coragem. Tinha a impressão de que Mamãe e Gusta tinham muitas coisas a dizer uma à outra. Eu não podia incomodá-las. A menor perturbação as desviava de sua conversa.

Certa vez ouvi Gusta dizer: "Há pessoas que são capazes de confundir meus pensamentos por dias a fio. Elas não falam comigo e não me dirijo a elas, mas sua simples presença me deixa fora de mim. Só quando a imagem delas se apaga eu volto a mim. É difícil para mim conseguir explicar isso".

Uma das jovens esbeltas aproximou-se de nós e disse: "Amanhã de manhã nós voltaremos para casa. Quis me despedir de vocês. Foi um prazer conhecê-los.

"Gostaríamos de ficar por mais alguns dias, mas o ano acadêmico já vai começar e precisamos chegar pontualmente."

"O que você estuda, se me permite perguntar?"

"Medicina", respondeu ela, inclinando a cabeça.

As jovens esbeltas traziam para a margem do rio uma atmosfera diferente e uma expressão diferente. Elas, por assim dizer, eram judias, mas seus anos de educação física no colégio e talvez também no clube Spartacus tinham dado a elas uma aparência estrangeira. Não me lembro delas sentadas conversando com os veranistas à margem do rio, e mesmo entre si não conversavam muito. Permaneciam sentadas em silêncio, nadavam e faziam ginástica.

Ouvi Papai dizer: "Elas já transpuseram a barreira. O fato de serem judias não vai mais incomodá-las".

"O fato de serem judias dá a elas um toque especial", disse Mamãe.

"Um toque especial?", perguntou Papai, contraindo os lábios. "Uma pessoa não deve abandonar a fé de seus ancestrais."

Por muitos anos levei comigo a imagem das moças esbeltas. Elas permaneciam em minha lembrança sem que eu tivesse consciência disso, e subitamente me lembrei delas, saindo da água, com seus corpos esculturais, pingando, enrolando-se em toalhas coloridas e sentadas à beira da água.

Ao que parece, assim elas permanecerão sempre comigo.

Nos últimos dias, eu estava ocupado com a resolução de problemas de matemática e com a escrita de resumos de livros que eu tinha lido. Não gostava de fazer essas tarefas. Papai examinava os exercícios e eles lhe pareciam estar certos. Mamãe lia meus resumos, emocionava-se e dizia: "Que bela escrita!".

É mais fácil ler do que escrever. Papai diz que eu leio com pressa. Não há muito valor em leituras apressadas. É preciso ler e fazer pausas e pensar no que se leu. Uma leitura que não é acompanhada de reflexão é como tomar uma sopa rala.

Já naquela época eu tinha medo de escrever. Em meu coração eu sabia, secretamente, que a escrita estava ligada a observações dolorosas, porém, não imaginava que, com o passar do tempo, ela se tornaria para mim um refúgio e um abrigo, no qual eu encontraria não apenas a mim mesmo, mas também os que estiveram comigo, cujas faces ficaram guardadas dentro de mim.

55

Enquanto isso, os boatos desempenham seu papel. Slobo interfere e afirma que não se pode correr atrás de boatos e de notícias assustadoras. Todas as guerras são terríveis, mas para poder enfrentá-las é preciso guardar o silêncio, a tranquilidade e a equanimidade. Karl König não dá atenção aos boatos. Ele permanece totalmente mergulhado no capítulo que está revisando. Não vai deixar a margem do rio antes de concluir inteiramente o trabalho no capítulo.

Para a maioria dos que se encontram à margem do rio, a permanência aqui é um ócio agradável, mas para Karl König trata-se de trabalho febril que começa de manhã cedo e só termina tarde da noite. As pessoas já lhe perguntaram de que lhe serve todo este tumulto que há aqui, e se não é melhor para ele ficar em casa, longe das pessoas que o perturbam e lhe fazem perguntas torturantes.

"Um pouco de tumulto não é prejudicial à escrita. Às vezes isso a estimula, desperta o ritmo e traz palavras novas, das quais eu já tinha me esquecido", responde Karl König com bom humor.

"Mas não é preciso silêncio para se concentrar na escrita?", pergunta alguém.

"Não esqueça que sou judeu. Sem outros judeus, estou abandonado."

É preciso saber disto: Karl König era casado com Martha Sturm, uma vienense católica. Quatro anos antes, eles tinham se separado e, desde então, ele vem para cá. Se ele ainda tivesse pais vivos, teria ido morar com eles. Mas os pais dele tinham emigrado para a América. Como ele não tinha lar, a margem do rio tornara-se um lar para ele.

"Por que você não emigrou com seus pais para a América?", pergunta uma mulher que não consegue manter a boca fechada.

"Não esqueça, minha senhora, que minha língua mãe é o alemão. A língua é a alma e o instrumento da minha literatura. O que eu haveria de fazer nas terras estrangeiras da América? Aqui, graças a Deus, todos falam alemão. Acredite em mim: eu me alegro em poder voltar para cá todos os anos. Aqui eu me sinto em casa, em meio aos meus tios e primos. Cada um que está aqui, quando examinado de perto, revela-se como um membro de minha família. Eu não estou em busca do estrangeiro. Já estive no exterior."

Para dizer a verdade, em outra época, quando era casado com Martha Sturm, ele se afastava dos judeus. Todos tinham certeza de que ele estava renegando suas origens e sendo pretensioso. Agora, todos sabem que a vida dele com Martha Sturm não era fácil. Ele buscou a felicidade e encontrou só o estranhamento.

"A guerra está se aproximando. O que você pretende fazer?"

"O que todos os judeus forem fazer. Quando eles ficam em casa, também fico na minha. Quando saem de férias, também saio. Se eles forem emigrar, também emigrarei. A regra é: tudo o que os judeus fazem, eu faço. Não tenho nenhuma intenção de me afastar deles."

"O senhor escreve a nosso respeito?", perguntam, voltando a irritá-lo e a cansá-lo.

"Não", sentencia Karl König. "Escrevo sobre mim mesmo, mas não o faço por pensar que eu seja tão interessante. A vida é tão instável, tão misteriosa, o que podemos dizer a respeito dela? Nós esvoaçamos dentro de uma rede, e eu me ocupo com esse esvoaçar."

"Não compreendo as suas palavras", disse a mulher.

"Da próxima vez, vou tentar usar minhas palavras com maior clareza."

"Desculpe se o incomodei."

"Você não me incomodou. Você fez uma pergunta muito pertinente. Ao que parece, eu disse coisas pouco claras."

56

O dr. Zeiger está prestes a voltar para casa e veio despedir-se de nós. Esse homem alto e de boa aparência, perfumado com uma água-de-colônia suave, é cortejado por viúvas ricas, mas não cai em suas redes. Permanece fiel a seus pacientes.

As pessoas que gostam dele dizem que ele não se preocupa suficientemente consigo mesmo, nem com seu próprio sustento. Mas o dr. Zeiger se recusa a ouvir essas alegações.

"Cada diagnóstico correto, cada remédio que alivia dores e tranquiliza me alegram mais do que o dinheiro que eu teria sido capaz de ganhar. E, além disso, as mulheres ricas não tendem a gastar suas fortunas. Elas querem se tornar ainda mais ricas. Para mim é melhor permanecer com meus pacientes."

"E o futuro?", perguntam, preocupados, aqueles que gostam dele.

"O futuro está garantido. Todos os doentes pobres do bairro vêm me consultar e continuarão a vir. Estou contente com eles, e eles estão contentes comigo. O dinheiro vai e o dinheiro vem. Cada paciente que eu ajudo é um investimento seguro."

Mamãe preparou um jantar festivo: um suflê com queijo e creme de leite, torta de maçã e, de sobremesa, morangos. O dr. Zeiger é vegetariano, e a comida que Mamãe prepara agrada a seu paladar.

Depois da refeição, Papai arrumou as peças no tabuleiro de xadrez e anunciou: "A última partida de xadrez neste território judaico. Cuidado, meu querido, estou treinado e tenho muitos truques".

"Estou pronto para ser derrotado", disse o dr. Zeiger, tirando da cabeça seu chapéu de verão.

Papai brilhou naquela noite. Rompeu as linhas de defesa de seu adversário, seus cavalos avançaram, fechando os caminhos de fuga. Os movimentos de Zeiger foram movimentos forçados e desesperados. O dr. Zeiger, que é considerado um médico cujos diagnósticos são excelentes, ficou desamparado diante do tabuleiro de xadrez. Ao final, ergueu as duas mãos longas e pálidas e disse: "Todas as frentes foram rompidas. Estou derrotado. De agora em diante, terei que reconhecer meus próprios limites".

Papai me surpreendeu com suas palavras: "Também no jogo de xadrez é preciso ter sorte. Nem tudo depende de pensar corretamente".

O dr. Zeiger não concordou com ele. "Você tem um pensamento estratégico – eu não. Esses são os fatos e é preciso aceitá-los com humildade."

E durante toda aquela noitada, que se estendeu por horas, até bem tarde, o dr. Zeiger não fez uma só observação irônica. Permaneceu sentado à mesa, tomando chá, e parecia que ele mergulhava cada vez mais profundamente em si mesmo, que dentro em pouco desapareceria, que não mais o veríamos.

Papai tentou tirá-lo da tristeza que se abatia sobre ele, contou-lhe episódios de seus tempos de estudante e falou-lhe sobre uma estudante, uma ucraniana, por quem ele esteve apaixonado. O pai e a mãe de Papai não estavam satisfeitos com esse namoro, e seu pai manifestou opinião dizendo: "'Vejo que você está farto dos membros de sua tribo. Não tenho certeza de que você encontrará muitas alegrias entre os ucranianos'. Poucos dias antes da Páscoa, fui visitar a família de Maria. O pai, que era um fazendeiro, um homem alto e forte, perguntou meu nome e me convidou a sentar num banco. 'O que quer um judeu em meio aos ucranianos?', perguntou ele diretamente.

"'Gosto de sua filha, Maria, e gostaria de pedir sua permissão para fazer dela minha esposa.'

"'Você quer se casar com Maria?', perguntou ele, olhando-me dos pés à cabeça.

"'Sim, e vim pedir seu consentimento.'

"'Muito bonito de sua parte. Mas você já sabe: a cada homem, seu prato de sopa. Aos judeus, seus pratos de sopa. Aos ucranianos, seus pratos de sopa. Um judeu não pode misturar leite com carne. E um ucraniano, justamente, pode. Os judeus são comerciantes e nós somos agricultores.'

"'Eu não sigo mais os preceitos de meus pais', disse eu, tentando fazê-lo mudar de ideia. Mas justamente essa afirmativa tirou o homem do sério.

"'Você não segue mais os preceitos de seus pais? Você é melhor do que eles? Você é mais sábio do que eles? Você já segue seus próprios caminhos? Vou dizer uma coisa que talvez não vá lhe agradar: um judeu tem que ser um judeu. Foi assim que Deus o criou. Um judeu que não quer ser judeu é como um demônio. Agora, tendo ouvido você, levante-se depressa e vá embora daqui. Se eu vir você saindo com Maria, vou desmontá-lo.'

"Com isso terminou minha paixão pelas gentias", disse Papai num tom casual.

Mamãe, que já tinha ouvido o episódio várias vezes, riu com uma voz que eu não reconheci. O dr. Zeiger saiu por um instante de sua tristeza e voltou à frase que fora dita pelo ucraniano: "'Um judeu precisa ser um judeu. Foi assim que Deus o criou...' Uma frase interessante. Nunca esperaria de um ucraniano uma frase assim".

Ainda permanecemos sentados por muito tempo. Mamãe cortou uma melancia e serviu a cada um uma fatia, e depois mais. Eu estava cansado. As imagens da noite mergulhavam vagarosamente na penumbra e me envolviam. As palavras e os sussurros ainda acompanharam meu cansaço por muito tempo, até que minhas pálpebras se fecharam.

57

Ruídos estranhos me despertaram. Ficou claro que um dos homens que permaneciam à margem do rio se embriagara, viera até a nossa cabana e começara a dizer coisas contra os veranistas que se afastavam das crenças de seus antepassados e que ficavam sentados se bronzeando, como se não houvesse mais leis no mundo.

"O que você quer que eles façam?", perguntou Papai a ele, sem raiva.

"Que rezem. Não existe mundo sem rezas."

"E se eles não forem capazes de fazê-lo?"

"Que aprendam. Quem não reza será castigado."

"Será castigado quando?", disse Papai, imitando o bêbado.

"Neste mundo e no mundo vindouro. Não há como escapar. Os olhos de Deus veem tudo. Se você pensa que pode fazer tudo o que lhe vem à cabeça, enganou-se. Há coisas mais altas, que estão acima de tudo."

"Você quer uma xícara de café?", perguntou-lhe Mamãe.

"Eu não quero café. Quero que as pessoas voltem a rezar. É isso. Nada mais."

"E se nos esquecemos das rezas?", continuou Papai, com uma voz baixa, como se quisesse irritar o homem.

"É preciso aprender e aprender. O rabi Itzhak ha-Melamed, que por muitos anos ensinou as crianças a rezar, está pronto a ensinar. Ele fica na antiga sinagoga, à espera de gente que venha aprender."

"Ao fim das férias iremos vê-lo", disse Papai, tentando tranquilizá-lo.

"Já vai ser tarde demais. É preciso dirigir-se a ele agora, imediatamente."

"Já vamos. Deixe-nos terminar o café."

"Vejo que você não está me compreendendo", disse ele, aproximando-se de Papai com passos cambaleantes.

"Eu estou entendendo, estou entendendo você muito bem. O senhor não pode imaginar o quanto eu o entendo."

"Onde estão os cavalos? Onde está a carruagem?", disse o homem, arregalando os olhos embriagados.

"Já estão chegando. Já estão a caminho. Enquanto isso, você pode voltar para sua cabana e dormir."

"Mentirosos. Vocês são todos uns mentirosos. Não acredito em vocês", disse o homem, erguendo a voz e se afastando.

Esse ataque súbito nos despertou. Ficamos sentados do lado de fora, contemplando a luz da madrugada de verão, que mudava de cor. A imagem do homem bêbado, suas alegações e suas acusações ficaram ecoando em meus ouvidos por muito tempo.

Papai disse: "Os bêbados têm uma eloquência impressionante".

Mamãe disse: "Ao que parece, a consciência dele o está torturando".

Os dois não julgaram o comportamento do bêbado, como se tivessem combinado entre si que os bêbados têm o direito de falar o que quiserem, sem censura, e que é preciso responder ao que eles imaginam, desde que não se tornem violentos.

Por algum motivo, me lembrei de nossas viagens no trem noturno: o tilintar agradável do vagão, a garçonete bonita que nos serviu torta de morango e chá em xícaras de porcelana fina, Papai e Mamãe vestidos com roupas elegantes — e para mim eles também tinham comprado um terno antes da viagem.

Agora é diferente: estamos no cerne de uma luz que não se extingue. Não sei se é a luz do dia ou se é a luz de uma noite sem trevas. Papai e Mamãe já estão decididos a deixar este lugar, mas eu não. As imagens da margem do rio não me deixam. Quando fecho os olhos, vejo as pessoas de pé junto a mim, como se estivessem pedindo que eu me lembre delas. Não é preciso me lembrar, sua fisionomia já se encontra dentro de mim, e eu certamente vou levá-las comigo para onde quer que eu vá.

Nos últimos dias, às vezes eu vejo Karl König em minha imaginação. Ele se parece com o dono da ótica que fica na esquina da praça. Sua aparência não tem nada de especial, mas, quando ele abre a boca e fala, uma luz diferente ilumina sua testa, e as palavras que saem de sua boca soam como se ele as estivesse lendo em um livro.

Se algum dia eu vier a ser escritor, suponho que serei parecido com ele.

58

No dia seguinte fomos nos despedir do dr. Zeiger. Para nossa surpresa, muitos veranistas vieram para acompanhar sua partida. Alguns traziam presentes. P. lembrou-se, enquanto ainda era tempo, de comprar flores e as ofereceu com uma reverência emocionada. O homem cuja perna tinha sido amputada trouxe uma caixinha dentro da qual havia uma pequena escultura feita à mão por um artista japonês.

O dr. Zeiger estava emocionado e murmurava o tempo todo: "Não há necessidade! Para que tudo isso?". Mas o amor transbordava. A estatura do dr. Zeiger, que é um homem grande, encolheu-se, como se ele estivesse procurando uma fresta por onde escapar de todas essas solenidades súbitas, que se estendiam e se estendiam.

P. chorava um choro amargurado. "O dr. Zeiger está nos abandonando. Quem vai cuidar de nós, quem vai nos aconselhar, quem vai tratar das nossas feridas?" O choro e os murmúrios davam a ela a aparência de uma mulher que percebera tarde demais a situação verdadeira em que se encontrava.

O homem que teve a perna amputada se continha. Sustentando-se em suas muletas, ele parecia especialmente sério. Era como se estivesse dizendo: não faz sentido chorar. A comoção e o choro não vão mudar nada. É preciso despedir-se do dr. Zeiger de maneira respeitosa e sem lamúrias.

Uma mulher, uma das pacientes veteranas do dr. Zeiger, porém, não conseguia se controlar e gritou com uma voz que fez estremecer o lugar: "Queremos que você saiba que nós amamos você. Não só por seus diagnósticos confiáveis, mas também por sua humanidade, pelas noites que você passa em claro, pelos anos que você já passou levantando-se da cama no meio da noite para chegar a tempo a um doente grave. Quem é capaz de contar quantas vezes você salvou vidas? Nem mesmo aqui o deixaram descansar. Só alguém a quem Deus ama é capaz de fazer o que você fez. Você é um emissário de Deus neste mundo. Ainda temos que aprender a amá-lo. Até agora, você nos amou e agora chegou a hora de nós amarmos você. Vá em paz, nosso médico, dentro de poucos dias nós também deixaremos a margem do rio e voltaremos a vê-lo. Sem você, nossa vida não é vida".

Um silêncio admirado ficou pairando no ar e o choro não tardou a chegar. Mamãe também chorou. Segurei a mão dela. Temia que todos aqueles suspiros vindos do coração fossem prejudicar as pessoas e que elas fossem cair de joelhos, rezando ou gritando, ou sabe-se lá o que mais.

O dr. Zeiger balançava a cabeça, negando tudo aquilo, como se dissesse: não sou um santo nem sou o salvador. Sou apenas um médico. Só estou cumprindo o meu dever. Nunca fiz nada além de minhas obrigações. Não me atribuam virtudes que não tenho. Tenham compaixão!

Mas as pessoas que o cercavam não lhe davam ouvidos. Elas o elogiavam com vozes diferentes: "Você é o nosso médico. Você nos foi enviado das alturas".

Se não fosse pela carruagem, que chegou pontualmente às nove horas, ninguém sabe que tempestades de emoções ainda teriam ocorrido ali. O dr. Zeiger não hesitou. Subiu na carruagem e mandou o cocheiro partir.

59

As pessoas permaneceram por muito tempo ao lado da cabana dele, esperando que o dr. Zeiger mudasse de ideia e voltasse. Eu tive a impressão de que logo começariam a ser ouvidas ali palavras incompreensíveis, e que discussões e brigas irromperiam. Papai olhou à sua volta com um olhar atento. A ironia faiscava em seus olhos. Era como se ele estivesse procurando uma frase capaz de lhe explicar qual era o significado daquela despedida.

Ao final, as pessoas se dispersaram e voltaram para a margem do rio. Os guarda-sóis se abriram, as toalhas foram estendidas sobre a relva e o lanche das dez horas começou, como acontecia todos os dias. O espetáculo ao lado da cabana do dr. Zeiger, ao que parece, não foi esquecido, mas o apetite era grande. Um depois do outro, os sanduíches eram desembrulhados das folhas de papel. As garrafas de limonada eram abertas com delicadas explosões, que ecoavam por um instante pelo ar e então desapareciam.

O homem cuja perna tinha sido amputada não parava de falar e dizia: "Não se pode comer mais do que o necessário. Vejam o que aconteceu comigo". Essa advertência, que ele repetia quase todos os dias, não contribuía para torná-lo mais amado entre os veranistas. As pessoas se acostumavam com suas reprimendas e não lhe davam atenção. E como ninguém prestava mais atenção ao que dizia, ele olhava para as pessoas a seu lado com um ar de desprezo, como quem olha para transgressores que voltam sempre a cometer os mesmos pecados, sem se envergonhar deles.

Mamãe concorda com o homem que teve a perna amputada, no entanto não expressa sua opinião em voz alta nem impõe sua opinião sobre os outros. Mas é preciso destacar uma coisa: os finos sanduíches dela eram muito saborosos: pão preto com um pouco de queijo e verduras.

O olhar irônico voltou aos olhos de Papai. A voracidade das pessoas, que falavam com a boca cheia de comida ao nosso lado, aguça seu olhar e ele sussurra a Mamãe: "Não há o que fazer. Os judeus não têm senso estético. Talvez eles saibam como enriquecer, mas seus modos à mesa são lamentáveis".

Enquanto isso, ouvi P. voltar-se para o homem que teve a perna amputada e dizer a ele: "Você não pode se irritar. A raiva prejudica a saúde. Deixe as pessoas fazerem o que elas querem. Você não vai mudá-las".

"E eu não vou adverti-las?", responde o homem que teve a perna amputada, voltando o rosto para ela.

“Para que servem as advertências? Eles não dão ouvidos a nenhuma de suas palavras. É difícil mudar os hábitos das pessoas.”

“Não sou capaz de olhar e permanecer em silêncio. Comer demais acaba em diabetes. Primeiro, amputam seus dedos e depois, sua perna. As pessoas precisam saber o que as está esperando.”

“Você já lhes explicou e já os advertiu mais de uma vez. Para que servirão suas palavras? A vontade deles de comer sanduíches é mais forte do que eles. E a minha também, para dizer a verdade. Para mim, é difícil abrir mão da garrafa. O dr. Zeiger já me advertiu várias vezes, mas, o que fazer?, sem uma garrafa de cerveja, minha vida não é vida.”

“Mas você também sempre acrescenta conhaque, não?”

“Sim, sim, já várias vezes tentei me afastar da bebida, mas não consigo.”

“Você não se esforça suficientemente.”

“Eu me esforço, acredite em mim. Mas sem uma ou duas garrafas por dia minha vida não é vida. O mundo me parece negro e sem saída. E eu fico simplesmente perdida.”

“É o que eu disse. Você não é diferente dos comedores de sanduíches.”

“Eu também vou ficar diabética?”

“Primeiro você vai estragar seu fígado.”

“Não me importa. De verdade.”

“O problema não é a morte. Todos nós vamos morrer. O problema é morrer sem sofrimento. Desaparecer, e não ficar se revirando de dor dias e noites. Para morrer sem sofrimento, você precisa preparar seu corpo, entende o que estou dizendo?”

“Entendo”, disse ela à beira das lágrimas.

60

Nos últimos dias à margem do rio, meus pais fizeram grandes esforços para melhorar meu nado. Os esforços me cansaram e não sei se aperfeiçoaram meus movimentos na água. Papai continua a nadar ao longo e através do rio, mas Mamãe não desiste, como se estivesse determinada, em seu coração, a aperfeiçoar realmente meu nado.

Saio da água feliz por haver terminado minha aula de natação.

Uma mulher pequena aproximou-se de Papai, apresentou-se, disse o nome de seu pai e de sua mãe e acrescentou: "No passado, éramos vizinhos e brincávamos juntos, no caixote de areia. Você me chamava de Mimi e eu chamava você de Boni, e brincávamos juntos por horas a fio, construindo casinhas de areia e contando histórias um ao outro. Quando eu tinha 5 anos, meus pais se mudaram daquele subúrbio para um apartamento na cidade. Por muito tempo eu me lembrava condoída do subúrbio e de você nele. Às vezes você vinha para o nosso jardim, na frente da casa, e nós brincávamos com os blocos de madeira que papai trazia da serraria. Eram blocos grandes e com eles nós construíamos hotéis e casas pequenas. Você se lembra de mim?".

Papai franziu a testa, olhou para ela, cerrou os olhos para olhar para dentro de si mesmo, mas não se lembrou de nada.

"Não é possível que você tenha me esquecido. Passávamos horas a fio juntos, até o anoitecer. Comíamos do mesmo prato o mingau de semolina que sua mãe preparava. E, mesmo tendo só 5 anos de idade, estávamos muito apaixonados."

Papai levou a mão à boca, um gesto que aparentemente lhe permitia concentrar-se ou lembrar-se, mas desta vez a memória não veio socorrê-lo.

A mulher continuou a falar: "Naquela época, você me dizia: 'Quando formos grandes, vamos nos casar'. 'E quem vai costurar meu vestido de noiva?', perguntei. 'A costureira que no inverno vem costurar vestidos quentes para Mamãe', você respondeu, e nós dois rimos.

"Vejo que você não está se lembrando. Tínhamos só 5 anos. Há pessoas que se lembram dos mínimos detalhes das coisas e há pessoas que os esquecem, não há o que fazer. Lembro-me muito claramente de você e dos muitos dias nos quais me diverti pensando que algum dia haveria de reencontrar você.

"No ano passado, voltei a pensar em você – não em você, mas no menino que você foi. Você era um menino muito especial. Sabia a tabuada de cor. Para mim, era difícil contar até dez.

Meu pai e minha mãe também o admiravam e sempre testavam seus conhecimentos. Eles não acreditavam que você soubesse de cor a tabuada. Bem, vamos deixar isso de lado, já estou vendo que você não se lembra", disse ela, como se estivesse prestes a terminar de falar. Mas isso era uma ilusão. Ela continuou: "Você era filho único. Sua mãe sempre vestia você com lindas roupas. Todas as manhãs, você aparecia com alguma roupa surpreendente. Você tinha roupas de marinheiro, com boinas de marinheiro, e, quando eu lhe perguntava se sabia nadar, você respondia: 'É claro, todo marinheiro sabe nadar'. Perguntei a você: 'Quem ensinou você a nadar?'. E você respondeu: 'Desde que eu uso roupas de marinheiro, eu sei nadar'.

"Fiquei muito admirada com você, especialmente com sua maneira de falar. Você também tinha roupas de caçador, com um chapéu de caçador que tinha uma pena presa por uma fita. Você costumava dizer: 'Vou para a floresta caçar'. 'E onde está seu cavalo?', eu perguntava. 'Não se preocupe, ele já está chegando', você respondia. Eu acreditava em tudo o que você dizia, tinha certeza de que era o mais maravilhoso de todos os meninos, e de que nós ficaríamos juntos para sempre.

"Subitamente, nos mudamos daquele subúrbio e minha vida se transformou por completo. Eu chorava e pedia a meus pais para voltarmos ao subúrbio, mas Mamãe me dizia: 'Esqueça o subúrbio. Agora nós moramos na cidade. A cidade é mais bonita do que o subúrbio'. Uma vez até fugi de casa e quase cheguei até a casa no subúrbio."

A mulher não desistia. Seu olhar se tornava cada vez mais firme, como se ela estivesse dizendo: eu preciso tirar você do seu esquecimento.

"Agora, vejo o chapéu de caçador com a pena", disse Papai, como se tivesse sido despertado de um sono profundo.

"Agora podemos seguir pelo caminho."

"Que caminho?", perguntou Papai, surpreso. Ele ainda não havia compreendido qual era o significado daquele encontro.

A mulher prosseguiu: "Você costumava me chamar de Mimi. Ninguém mais me chamava de Mimi. Só você. E eu gostava muito dos sons que saíam da sua boca. Eles ecoam nos meus ouvidos até hoje".

Ao que parece, Papai tentou despertar mais, não o suficiente, porém, para entender tudo o que ela dizia. Seus olhos cerrados mostravam que ele estava se esforçando para retornar àqueles anos distantes, mas que não conseguia.

Ao final, ele pensou e perguntou: "Eu mudei muito desde aquele tempo?".

A pergunta fez a mulher chorar. Ela inclinou a cabeça, voltou a erguê-la e disse: "Acredito que a criança que há em você não tenha mudado".

Essa resposta despertou um sorriso no rosto de Papai, e ele disse: "Você acha que as crianças que um dia nós fomos não desapareceram e que continuam a existir dentro de nós?".

"Acho que sim. Você era uma criança cheia de imaginação", respondeu ela. "Eu ficava calada, admirada, ouvindo o que você dizia. Era como uma canção. À noite, eu sonhava com você e de manhã, quando nos encontrávamos no jardim, ficava tão feliz que, de tanta felicidade, eu dava pulos."

"Eu mudei muito?", Papai voltou a perguntar.

"Acho que sim, mas a criança que existe em você não mudou."

E subitamente Papai despertou e disse: "Mimi, como é possível que eu não tenha me lembrado de você? Como é possível que não tenha reconhecido você?".

"Eu tinha certeza de que você se lembraria de mim. Você me contou tantas histórias. Até hoje elas continuam a me alegrar."

O rosto de meu pai enrubesceu e ele disse: "Eu gostava de encontrar você de manhã. Você usava uma trança comprida, que ficava sobre suas costas. Você não falava. Eu tinha certeza de que você era muda, ou de que tinha sido proibida de falar. Como foi que você me reconheceu?".

"É fácil reconhecer você", disse ela, e um sorriso delicado surgiu nos cantos dos seus lábios.

"Deus do céu", disse Papai. Eu nunca tinha ouvido uma exclamação assim sair de sua boca.

Papai emocionou-se. Quando se emociona, ele tira o cachimbo do bolso da jaqueta, o enche de tabaco e o acende. As primeiras pitadas já tornam a expressão de seu rosto mais serena. Mas dessa vez ele não se sentiu aliviado. Permaneceu espantado, repetindo "Mimi".

Mimi não respondeu. Era como se ela quisesse que Papai falasse, e Papai disse: "Este é meu filho. O nome dele é Erwin. Ele tem 10 anos e é um ótimo aluno. Ele se parece com Boni?".

Mimi riu e disse: "Suponho que sim".

"Erwin se parece mais com a mãe dele", disse Papai, silenciando então.

O rosto de Papai se iluminou. Sabia que agora ele estava se lembrando do subúrbio, do jardim da casa e de Mimi, e que aquilo o deixava surpreso.

Subitamente ele mudou o tom e perguntou: "O que você faz, se posso lhe perguntar?".

"Trabalho no Instituto Blumenfeld, em Viena."

"Você é pesquisadora?"

"Sim."

"Em que área, se posso lhe perguntar?"

"Pesquisa sobre a tuberculose."

A mulher mudou de tom e disse: "A situação em Viena é muito ruim. Toda a equipe de pesquisadores estava a ponto de se mudar para os Estados Unidos. Ao final, decidi que era melhor para mim voltar para casa. Meus pais infelizmente faleceram, mas a casa deles permanece em seu lugar. Não há nada no mundo como a casa de nossos pais. Os anos no exílio e a pesquisa na qual mergulhei me exauriram. Espero que a volta para casa me faça bem. Não há nada que se compare à casa dos pais. Durante todos esses anos em Viena, eu não era eu mesma. Eu era uma máquina de pensar. Só agora voltei a ser eu mesma. Até mesmo estas férias aqui me trouxeram de volta algo que eu tinha perdido, não sei bem o quê. É bom voltar e estar em meio a pessoas cuja voz você reconhece".

"Você se sente bem aqui?"

"Permito-me dizer: excelente."

Essa informação também atingiu Papai. Ele agarrou minha mão e queria se afastar, mas voltou-se e disse: "Lamento que a minha memória tenha falhado. Desculpe-me. Deus me deu muitos defeitos. Agora eu sei que minha memória também tem seus defeitos".

"Por que estender-se tanto?", disse a mulher, tentando tranquilizar Papai.

Papai estava emocionado e também com raiva de si mesmo por sua memória ter falhado e voltou a pedir desculpas. E ao final disse: "Obrigado por ter me devolvido uma parte de mim mesmo. Deus do céu, como pude ser capaz de esquecer o subúrbio e você? É de supor que em breve me lembrarei de outras imagens. Um homem não sabe o que esqueceu e o que lhe foi roubado. Estamos na cabana de Nikolai. Será uma alegria receber uma visita sua".

Os olhos da mulher se arregalaram, como se ela estivesse dizendo: isso não é assunto para uma conversa à hora do chá. As lembranças da infância são preciosas e doloridas, e é preciso cuidar bem delas. Não foi fácil para mim contar a você o que lhe contei. Acredite em mim, foi difícil aproximar-me de você e não sei se vou conseguir voltar a fazer isso.

Enquanto ainda estávamos almoçando, Papai voltou-se para Mamãe e disse: "Encontrei uma mulher que se lembrava de mim dos tempos do subúrbio. Tínhamos 5 anos de idade".

"E o que ela disse?"

"Ela me lembrou de coisas que eu tinha esquecido."

"Você gostava dela?"

"É difícil responder a essa pergunta. Eu tinha 5 anos."

"Suponho que você era um menino bonito e inteligente e que as meninas bonitas gostavam de você."

"Não me lembro de mim mesmo com essa idade. Essa época foi apagada de minha memória."

"Mas não foi apagada da memória da mulher que você encontrou."

"Ela me reconheceu."

"Sinal de que ela também gosta de você."

"Não sei. Esse é um assunto cuja profundidade não sou capaz de conhecer."

"E o que faz a mulher?"

"É pesquisadora num instituto cujo nome esqueci, em Viena."

"E ela voltou para cá?"

"Estava com saudades da casa dos pais."

"Esse encontro deixou você comovido?"

"Um pouco. Não imaginava que alguém se lembraria da minha infância desaparecida. Toda essa época está cercada de névoa. E a névoa é algo que me atordoa desde sempre."

"E o que você disse a ela?"
"Não disse nada."
Papai, que normalmente é muito decidido em suas opiniões, de repente estava cheio de hesitação, como se suas ideias tivessem desaparecido. Agora era Mamãe quem fazia perguntas objetivas. Ela é uma conhecedora do assunto infância. Mais de uma vez eu a ouvi dizer: "A infância é o solo sobre o qual brotamos".
"Você acredita nisso?", perguntou Papai, como se tivesse sido privado de tudo o que era seu.
Naquele mesmo almoço, dois dias antes de deixarmos a margem do rio, vi meu pai como nunca o tinha visto até então.

61

À noite Gusta veio nos visitar. Estava usando um vestido branco que lhe caía muito bem. Mamãe se emocionou, como se fizesse muito tempo que não a visse. Papai retirou-se para o jardim diante da cabana, preparou seu cachimbo e voltou os olhos para um livro. Depois, Mamãe serviu xícaras de café e um bolo de ameixa que havia pouco tirara do forno, e dessa vez elas também ficaram conversando tranquilamente. Evidentemente eu continuava interessado no príncipe e prestava atenção a todos os detalhes.
Fiquei sabendo que o príncipe continuou a escrever cartas a Gusta. Nessas cartas ele contava não só de seu amor por ela, mas também de sua atração pelo judaísmo. Ele lia os livros de Martin Buber e de Franz Rosenzweig, e eles lhe tinham revelado um acesso aos segredos da fé.
"Você, aos meus olhos, incorpora o judaísmo", escreveu ele a ela.
"E o que você respondeu?", perguntou Mamãe.
"Não sabia o que responder. Escrevi a ele a verdade, que estou longe de qualquer crença religiosa, e que até mesmo meus pais não iam mais à sinagoga."
"E qual foi a reação dele?", perguntou Mamãe, sussurrando.
"Um homem sem crença é um homem privado de fundamento. O judaísmo ainda preserva a luz primordial, a luz do deserto e da fé. Não é todo homem que é digno de nascer judeu.

É uma pena que você não esteja contente com a parte que lhe cabe e que tenha se afastado de seus ancestrais, que ouviram as vozes e os raios trovejantes sobre o Monte Sinai."

"E o que você respondeu?"

"Disse a ele a verdade: sinto-me próxima da literatura russa e da música de Bach. Mas a fé em Deus eu não herdei. Não sabia que ele estava falando comigo da beira do abismo, sabia que ele era um homem perdido, uma raiz sem solo. Eu estava encantada com sua experiência e não sabia que cada uma de suas palavras era proveniente do desespero. Ele já estava como que em outro lugar. Não fui capaz de perceber suas dificuldades. Suas atitudes me amedrontavam. E eu sentia que cada uma das frases que ele dizia tinha um conteúdo explosivo."

"E quando se entregou ao vício dos jogos de azar, ele ainda continuou a lhe escrever?"

"Ele me escreveu algumas cartas desesperadas, quase inacreditáveis. Ele me contava sobre seus altos e baixos. Ao que parece, ele pensava que sua depressão profunda fosse uma experiência temporária, como uma espécie de mudança de pele que, ao final, lhe traria uma purificação. Ele me escreveu: 'Eu ainda estou bem embaixo, mas sinto as asas que me levarão ao mundo da luz. Venha, estenda-me sua mão e me ajude a subir'. Respondi que não tinha as forças que ele me atribuía, que estava transtornada com a doença grave de minha mãe e que eu precisava permanecer no meu lugar. Não recebi mais nenhuma carta dele."

As últimas palavras fizeram Mamãe perder a voz, e ela parou de fazer perguntas.

Gusta se levantou e disse: "Amanhã cedo voltarei para casa. Não sei o que vou fazer. Acho que os próximos dias vão me mostrar o que devo fazer".

Mamãe tentou detê-la. Papai deixou seu livro de lado e veio despedir-se de Gusta. Ele a exortou a tomar mais uma xícara de chá conosco e a comer mais uma fatia de bolo, mas Gusta disse: "Gostaria de ficar mais um pouco aqui, mas o tempo urge. Preciso arrumar minhas roupas e limpar a cozinha. Antes da chegada da carruagem, ainda virá o camponês para receber o aluguel e o dinheiro que estou lhe devendo dos víveres que comprei dele".

Subitamente ela olhou para mim e disse: “Erwin está acordado, ouvindo e olhando. E qualquer dia ele vai dizer a si mesmo: quem era aquela mulher estranha que não parava de falar? Qual era o nome dela? Por um instante ele vai ficar admirado, mas não muito, e vai voltar a seus próprios assuntos”.

Papai e Mamãe riram juntos, como se ela lhes tivesse revelado algo que eles não soubessem. Acompanharam Gusta até a cabana dela. Eu estava cansado e o ar fresco e úmido me deixava ainda mais cansado. Só com dificuldade me levantei para ir até a cama e me deitei, sem sequer tirar a roupa.

62

No dia seguinte, tomamos nosso café da manhã na hora costumeira. Gusta estava diante de mim, usando seu vestido branco. Eu disse comigo mesmo: agora ela está viajando de carruagem para sua grande casa vazia e assustadora. Talvez enquanto isso a mãe dela tenha ressuscitado e vá surpreendê-la.

Depois do café da manhã, saímos para a margem do rio. Sem as jovens esbeltas, a margem do rio ficava entediante.

Vou dizer a verdade: a maior parte dos veranistas fica deitada, entra na água, nada ou faz de conta que está nadando. Há alguns nadadores destacados, entre eles Papai e Mamãe, cujos olhos se iluminam no instante em que tocam a água. Quando voltam para a margem do rio, o rosto deles está reluzente e eles se tornam mais altos do que antes.

O cheiro da despedida já está pairando no ar. Há veranistas contentes em voltar para casa e há outros que têm medo de voltar. P. está tomada pelo medo. Todos os dias ela esperava que Franz fosse voltar para junto dela. O amor, que ardera nela por algum tempo, ainda permanecia nela e despertava saudades súbitas, e também tremores e medo.

O homem que teve a perna amputada voltava sempre a aconselhar P. a tirar Franz de sua cabeça. “Há muitos como ele e, é de supor, melhores do que ele. Franz vem e Franz vai. E você, ao final, vai encontrar um Franz confiável.” Ao ouvir as palavras dele, P. volta a rir alto. Ela ri e então tosse.

“O que aconteceu?”, perguntou-lhe o homem que teve a perna amputada.

“Você me fez rir. Havia tempo que ninguém me fazia rir.”

Ao ver o riso alto de P., o sorriso irônico voltou a surgir nos lábios de Papai. Às vezes me parece que viemos para cá apenas para que Papai pudesse aguçar e aperfeiçoar seu sorriso irônico. Seu sorriso é sempre acompanhado por uma contração do olhar. Não sei se alguém presta atenção em suas expressões. De qualquer maneira, eu o faço atentamente.

Sinto que esses últimos dias me marcam cada vez com mais força. Talvez por causa da intranquilidade e dos temores, e por causa da sensação de que a delicada relação de simpatia, que se estabeleceu entre nós e as pessoas à nossa volta, se desfaz cada vez mais. Não é à toa que nos lembramos com saudade do dr. Zeiger.

“Enquanto o dr. Zeiger estava conosco, eu estava tranquila e dormia sem interrupções. Meu sono era visitado por bons sonhos e eu sabia que nada de ruim iria me acontecer, como nos dias em que eu era uma criança na casa de meus pais. Desde que o dr. Zeiger nos abandonou, acordo no meio da noite e tenho dificuldade em adormecer. Os pensamentos me atormentam a alma. Não aguento mais ficar aqui.” Assim confessava uma mulher cuja voz ouvíamos, uma mulher que normalmente não costumava expressar seus sentimentos.

Surpreendentemente ela se voltou para meu pai e perguntou: “Quando vocês vão partir, se me permitem a pergunta?”.

“Daqui a mais ou menos dois dias.”

“Você também sente que, desde que o dr. Zeiger nos abandonou, este lugar não é mais seguro? Ou será que isso é um temor particular meu?”

“O dr. Zeiger é um médico cujos diagnósticos são excelentes, mas ele não é onipotente. Não se pode atribuir a uma pessoa poderes sobrenaturais”, disse Papai com modéstia.

Ao que parece, a mulher não esperava uma resposta assim. Ela olhou para Papai com olhos baixos e sussurrou: “É tudo culpa minha. É tudo por causa do meu medo. Espero que, quando eu voltar para casa, os espíritos se acalmem”.

Palavras súbitas e frases súbitas surgem em todos os cantos.

Ainda que eu me esforce em ouvi-las, apenas capto uma palavra aqui e uma frase ali.

Sinto que há coisas importantes pairando no ar, mas elas estão entrecortadas, confusas, e é difícil para mim compreendê-las.

"Nós todos aqui somos judeus?", perguntei a Papai e me lembrei de que já tinha feito essa pergunta algumas vezes.

Papai não costuma responder duas vezes à mesma pergunta. "Sim, meu querido", respondeu ele, dessa vez de um jeito cordial e um pouco artificial. "Por que isso passou pela sua cabeça agora?", perguntou Papai.

As palavras "meu querido" não fazem parte do vocabulário de Papai. Ele normalmente vai direto ao assunto e não usa expressões carinhosas, mas, quando se torna irônico, usa palavras enfeitadas.

Desde a partida do dr. Zeiger, há mais e mais gente que se aproxima de Rosa Klein, para que ela leia a palma de suas mãos. Rosa está satisfeita. Ao final, há muitas pessoas que precisam dela. Há muitas pessoas que duvidam das leituras dela e lhe causam dores. Aqueles desconfiados não conhecem nenhum tipo de restrição. Eles, como se sabe, chamam Rosa Klein de todo tipo de apelido. O mais pesado entre eles é: a bruxa.

"Por acaso eu me dedico à feitiçaria? Eu me dedico à hipnose? As linhas da mão são como uma escrita clara. Eu quero advertir as pessoas sobre o que está para lhes acontecer. Só os malvados são capazes de me atribuir más intenções. Eu procuro o que há de bom nas pessoas. Só o que há de bom."

Nos últimos dias, qualquer palavra descuidada, qualquer alusão que diga respeito a ela, a deixa furiosa. Uma das mulheres levou a ela uma fotografia antiga, uma lembrança dos tempos de escola, na qual se via a pequena Rosa na quarta fileira. Ao ver essa fotografia, Rosa caiu em prantos e chorou por muito tempo, recusando-se a se deixar consolar.

63

Os últimos dias foram cheios de comoções, de irrupções de sentimentos e de acontecimentos estranhos. P. desapareceu e ninguém sabe por que nem para onde. Nos últimos dias, ela andava contente. Seus ferimentos tinham cicatrizado e se curado, e ela louvara o dr. Zeiger porque as previsões dele se realizaram, e ria sem parar. O homem cuja perna tinha sido amputada estava satisfeito por vê-la sair de sua melancolia e olhar para o mundo com outros olhos.

Subitamente, sem advertência e sem aviso, ela desapareceu, como se tivesse sido tragada pelo rio. O homem cuja perna tinha sido amputada levantou-se do lugar onde costumava ficar deitado e ficou em pé, apoiado em suas muletas. Seus olhos espiavam em todas as direções. Desde o desaparecimento de P., a maior parte dos veranistas à margem do rio olha em silêncio.

E havia algumas pessoas que saíram para procurá-la à beira do rio e nos bosques das redondezas. E aqueles que ficavam parados sem fazer nada dirigiam o olhar ao rio e diziam: "O que aconteceu com ela? Ninguém a provocou nos últimos dias. Ao contrário, todos estavam contentes porque os ferimentos dela sararam sem deixar cicatrizes".

Uma coisa boa aconteceu a P., que era chamada por todos simplesmente de P., na maior parte das vezes com um sorriso irônico: ela recuperou seu nome. Ninguém mais diz: onde foi parar P.?, e sim: onde foi parar Pepi? Essa mudança apagou por um instante o som ridículo de seu nome.

As buscas prosseguiram também à tarde. Dois camponeses se juntaram aos que procuravam, mas aquilo continuou de maneira não muito séria, como se não se tratasse de uma mulher que desaparecera, e sim de uma mulher que se escondera. Só o homem cuja perna tinha sido amputada estava temeroso e insistia em dizer que P. não sabia representar ou se esconder, ela permanecera uma criança e por isso voltava sempre a ser enganada.

"O que fazer?"

"É preciso intensificar as buscas, também durante a noite, examinar todos os buracos e todas as valas." E, quando o homem que teve a perna amputada viu que os veranistas à margem do rio estavam prontos a apanhar suas mochilas e voltar para suas cabanas, ele levantou a voz e disse: "Nós nos parecemos com animais. Não há nenhum respeito. Ninguém se entristece por uma boa mulher que nos deixou e que desapareceu, e que ninguém sabe onde está. Quanto riso e quanta alegria nos proporcionou Pepi com o passar dos anos! Ela permanecia entre nós como uma aparição maravilhosa. Ela sempre quis nos alegrar".

Não houve reação ao seu clamor desesperado. Por muito tempo, ele permaneceu sentado, em silêncio, e então subitamente, erguendo-se como um soldado, levantou-se, apoiando-se em suas muletas, e, com uma voz cheia de ira, disse: "Vocês ainda haverão de ser julgados por causa desse desaparecimento. Há algo acima de nós, e todo aquele que se afasta do seu semelhante jamais será perdoado".

Esse clamor fez com que algumas pessoas se levantassem. Alguém disse, sem se levantar do lugar: "O que você quer de nós?".

"Nada, só um pouco de humanidade."

"E o que podemos fazer?"

"Não fugir. Ficar aqui e ter respeito. Pensar no Único, sobre o qual o mundo repousa. Sem o Único, não há sentido na vida."

Esse homem, que na maior parte dos dias que passamos à margem do rio não se mexia, levantou-se e se tornou outra pessoa, como se fosse um oficial numa cerimônia pública, cujo orgulho antigo e oculto tivesse despertado dentro dele mesmo, levando novas palavras à sua boca.

E então ele começou a organizar uma expedição às montanhas. Que os camponeses soubessem e que o mundo inteiro soubesse que nós não abandonamos o Único. Cada um é parte de Deus, cada um é precioso e é santo.

Alguns veranistas à margem do rio se aproximaram dele, observando-o com admiração. A proximidade das pessoas o fez calar-se.

64

Mamãe começou a preparar as malas. Dentro de mais dois dias, a carruagem virá para nos levar de volta à nossa casa. Mamãe está inquieta. Ela dobra as roupas com pressa, como se estivesse se recusando a ver aquilo que estava levando de volta para casa. Papai acompanha seus movimentos sem dizer uma palavra.

Reparei que subitamente a pressa dela desapareceu, ela colocou as roupas sobre a mesa, dobrou todos os vestidos e todas as camisas, como se não fossem roupas que nós usássemos, e sim roupas que continham dentro de si os dias que tínhamos passado ali, como se fosse preciso cuidar do tesouro que nelas se encontrava.

Papai conhece a língua silenciosa de Mamãe. Dessa vez, ele não lhe perguntou nada e não disse nada. Durante toda a noite, permanecemos sentados no jardim. Mamãe preparou café para Papai e para si mesma, e para mim, cacau. Uma tristeza sutil começou a me envolver. Eu não sabia por quê.

Para o jantar Mamãe preparou sanduíches de queijo e de ovo duro e verduras em abundância. Estávamos com fome e comemos com grande apetite tudo o que ela preparou.

Papai, que normalmente despreza aqueles que comem sanduíches à margem do rio, viu-se tomado pela voracidade. Mamãe, por sua vez, estava satisfeita por Papai e eu termos acabado com tudo o que ela preparara, sem deixar nenhum resto.

"Estou contente que as malas estejam quase prontas", disse Mamãe. "Amanhã poderemos dedicar o dia inteiro à natação."

Ela se voltou para mim e disse: "Você progrediu bastante. Acho que nas próximas férias será capaz de nadar com toda a liberdade". Minha sensação era outra, mas eu não disse nada.

Naquela mesma noite sonhei que a minha professora Teresa se aproximava de mim e perguntava:

"Como foram as férias?"

"Como sempre", eu respondi.

"E não houve surpresas?", ela perguntou.

"Houve algumas pequenas surpresas."

"Quais, por exemplo?"

"Vi um veado desaparecer em meio às árvores. Ele olhou para mim por um instante e então sumiu."

"E o que mais?"

Por causa dessa pergunta direta fiquei sem saber o que responder. Ao final disse: "Visitamos tia Júlia. Tia Júlia mora sozinha junto ao rio". Imediatamente me arrependi por ter revelado esse segredo, que eu deveria ter guardado.

A professora Teresa quis saber mais detalhes e perguntou: “Ela é casada?”.

“Não.” Não fui capaz de esconder a verdade.

Para escapar das perguntas da professora, tomei coragem e perguntei a ela: “Piotr já voltou das férias?”.

“Piotr não sai de férias. Não são todas as famílias que podem se dar ao luxo de sair de férias.”

“E o que Piotr fez durante as férias?”

“Jogou futebol, nadou no rio, ajudou na quitanda de sua família. Por que você pergunta?”

“Ele ameaça bater em mim”, disse eu, encontrando uma oportunidade de revelar isso a ela.

“Há algum motivo para essa ameaça dele?”

“Suponho que seja porque eu sou judeu.”

“Não tenha medo. Vou conversar com ele. Não se pode ameaçar uma pessoa por causa de sua origem ou sua religião.”

“Não estou com medo”, disse eu. “Papai me treina duas vezes por semana, e às vezes mais do que duas vezes.”

“É preciso que você saiba que Piotr não conhece limites. Ele é um menino violento. Vou falar também com os pais dele.”

Assim a professora disse o que disse. Mas eu sabia que palavras e explicações com Piotr e com seus pais apenas poriam mais lenha na fogueira e disse: “Não precisa interferir”.

“Mas essa é a minha tarefa. Essa é a minha missão. Se a professora não zelar pela ordem e pela dignidade, quem o fará? É uma vergonha ameaçar seres humanos. Quanto a mim, não permitirei isso de maneira nenhuma.” E, enquanto ela continuava a falar, eu sabia que isso iria apenas enfurecer Piotr ainda mais, e que eu não teria como escapar de suas mãos fortes.

Subitamente senti o medo em meus ossos.

65

Antes de deixarmos a margem do rio houve uma grande comoção. Slobo, o socorrista gigante, caminhava à margem do rio de um lado para outro. Seu corpo grande estava tenso e ele parecia prestes a repreender a comunidade de veranistas, ou anunciar uma notícia que abalaria a todos nós. Enganei-me.

Justamente o homem que teve a perna amputada ergueu a cabeça de dentro de sua jaqueta militar, levantou-se sobre suas muletas e gritou em direção aos que permaneciam deitados à margem do rio: "Já se passaram muitos dias desde o desaparecimento de Pepi. Não fizemos nada, todas as buscas até agora foram superficiais, não cumprimos nossas obrigações. As pessoas continuam deitadas, como se nada tivesse acontecido. Algo aconteceu, Pepi desapareceu. Pepi não está simplesmente brincando de esconde-esconde, ela é uma mulher digna. Se não a encontrarmos até o fim das férias, seremos culpados".

"O que fazer?", perguntou alguém ingenuamente.

"Essa pergunta não é admissível", disse o homem cuja perna tinha sido amputada, voltando-se para ele.

"Por quê?"

"Porque é preciso fazer algo e não fazer perguntas. Numa hora como esta, não se fazem perguntas. Numa hora como esta, qualquer pergunta significa abster-se de agir."

O homem que teve a perna amputada estava com a mesma aparência de antes, mas de seu olhar emanava um ódio como o de um homem que estivesse sendo sufocado, e as palavras que saíam de sua boca se inflamavam cada vez mais.

A voz do homem cuja perna tinha sido amputada voltava a trovejar: "Precisamos contratar pescadores para que eles a procurem. Os pescadores têm uma sensibilidade apurada, eles conhecem as margens do rio e as águas do Pruth. Não se abandona uma pessoa a quem se via diariamente, com quem se compartilhavam refeições, com quem se ria e com quem se compartilhavam tristezas".

Subitamente, o gigante Slobo parou de caminhar, ergueu a voz e começou a cantar a antiga e bem conhecida canção de soldados "Maria, Maria". Num primeiro momento aquilo pareceu uma explosão de sentimentos inadequada, mas, pouco tempo depois, toda a comunidade se juntou a ele, cantando.

Slobo se transformou de um minuto para outro. Agora ele parecia um cantor e músico cujas melodias esquecidas tivessem lhe dado asas, e as pessoas, que pouco tempo antes permaneciam deitadas, indiferentes, negligentes, mergulhadas em seus próprios problemas, se levantaram como se tivessem sido despertadas e compreenderam que ainda havia vida nelas, uma vida verdadeira que pede para ser descoberta.

A música se tornava mais forte a cada instante e ficou claro que ainda se tornaria mais forte. As pessoas se levantavam como se estivessem chocadas, como se Slobo as tivesse encantado com sua grande força.

Imediatamente depois dele, a mulher que tinha sido operada de um tumor levantou-se e postou-se num lugar central à margem do rio, e pôs-se a cantar *La traviata*, de Verdi. Em sua juventude, ela tinha sido uma cantora de ópera famosa, conhecida como "o rouxinol da Bucovina". Ela tinha uma voz potente, como se fosse capaz de superar todos os obstáculos que se colocavam em seu caminho, galopando adiante. As pessoas foram levadas por sua voz e imediatamente se tornaram um grande coral.

Os camponeses se juntaram em volta, admirados. Eles não imaginavam que os veranistas preguiçosos e indolentes seriam capazes de tirar de dentro deles mesmos umas vozes tão fortes quanto aquelas.

A cantora, despertada pelas pessoas que se juntaram à sua volta, continuou a cantar, ainda mais alto. Sua voz podia ser ouvida ao longe.

Mamãe me tomou pela mão e permaneceu em silêncio. Papai também ficou admirado.

As pessoas que apenas uma hora antes estavam mergulhadas em si mesmas despertaram e formaram um coral coeso que dizia e anunciava: nós estamos vivos e amamos a vida e não vamos nos deixar subjugar pelo desespero.

Particularmente impressionante era a postura do homem que teve a perna amputada. Meio vestido com seus trajes militares, apoiado em suas muletas, era como se ele anunciasse: ainda que tenham amputado minha perna direita acima do joelho, sou capaz de combater, como já combati na última guerra. A vida me castigou, mas eu nunca vou abandonar as pessoas que estiveram comigo, na luz e em meio às trevas da morte.

E a gente se reuniu ali, como eu ainda nunca tinha visto, e ali havia uma mulher alta que, nas pausas entre uma ária e outra, erguia sua voz, que não era uma voz alta, mas ainda assim era cheia de energia. Ela cantava em ídiche sobre os sofrimentos do homem, sobre o desprezo e sobre o trabalho exaustivo, sobre as empregadas domésticas exploradas e sobre as crianças órfãs que pedem esmolas nas ruas.

Ela também tinha sido uma cantora na juventude, e sua voz, ainda que fosse mais baixa do que a de sua amiga, era corajosa e cheia de indignação.

E assim continuaram. Slobo, que tinha começado a cantoria, não permitia que as vozes abaixassem. Ele repetiu a canção "Maria, Maria" e transformou a canção militar numa canção nostálgica. A cantora de ópera continuou depois dele com mais árias de Verdi. A cantoria estendeu-se por duas horas. Estava claro que as pessoas não a abandonariam.

O homem que teve a perna amputada aproveitou um breve intervalo e disse, então, em voz alta: "A voz de Pepi está gritando de sua prisão. Vamos libertá-la! Agora que temos forças para libertá-la, vamos procurá-la. Ela foi presa nas montanhas sem ter culpa nenhuma".

Aquilo era um grito de guerra, que tornou ainda mais forte a voz alta e militar de Slobo. Era como se sua voz dissesse: se é preciso arriscar nossa vida na luta, vamos arriscá-la. A vida só tem sentido enquanto mantivermos um rosto humano.

Se não fosse por causa de uma mulher que desmaiou, a música continuaria mais e mais. Slobo baixou sua batuta de maestro e apressou-se em trazer a caixa de primeiros socorros. Imediatamente ele se ajoelhou ao lado da mulher desmaiada. Ela despertou e disse: "Graças a Deus você está conosco. Agora eu não estou mais com medo".

Slobo não se afastou dela. As pessoas ainda estavam envoltas pelas vozes altas e caminhavam de um lado para outro, pela relva, a passos pequenos e cuidadosos. O desmaio da mulher aumentou ainda mais a concentração. Todos estavam tensos, esperando novas revelações.

66

Tarde da noite aproximou-se de nós a sombra de um homem. Era o homem cuja perna tinha sido amputada que se colocou sobre suas muletas e veio em nossa direção. Desde o desaparecimento de Pepi ele não tem descanso e, nas últimas horas, está sofrendo de fortes dores de cabeça. Seus comprimidos de aspirina tinham terminado e ele veio pedir ajuda.

"Já vou lhe trazer. Ainda bem que temos comprimidos de aspirina", disse Mamãe e apressou-se em trazer-lhe dois comprimidos e um copo de água.

Ele engoliu os comprimidos e disse: "Desde que Pepi desapareceu, eu não fechei os olhos por um instante. Tento me obrigar a dormir, ainda que só por uma hora, mas o sono se recusa a me receber e eu não sei o que fazer comigo mesmo".

Esse homem decidido, que dera conselhos não só a Pepi, não sabia o que fazer e aproximou-se de Papai e de Mamãe como um suplicante à sua porta.

Ele disse com uma voz dolorida: "Pepi é uma mulher vacilante, privada de um pensamento ordenado, propensa a deixar-se levar por todo tipo de sentimento estranho, ocupada consigo mesma desde o amanhecer até o anoitecer. Mas há nela algo que toca o coração. Afinal de contas, ela é uma criança perdida e é preciso vigiá-la. No mesmo dia fatal ela estava sentada ao meu lado falando, como de costume, sobre si mesma, sobre seus temores, mas não havia em seu rosto nenhum sinal de perigo. Estava claro para mim que ela continuaria a falar desse mesmo jeito quando tivesse 60 anos de idade. Não há nada que possa mudá-la".

Depois de um breve intervalo, ele acrescentou: "Subitamente, ela desapareceu, como se tivesse sido levada pelo vento, ou sabe-se lá pelo quê".

"Do que ela tinha medo?", perguntou Mamãe.

"De si mesma. De sua idade. Do seu futuro. Ela odeia Franz e ao mesmo tempo sente saudade dele. Repreendi-a porque ela vai atrás de trapaceiros e mentirosos. Ela me prometeu arrancá-lo de seu coração, mas não cumpriu sua promessa. Um ser humano assim não vai mudar nunca. Você pode lhe aconselhar o que quiser, ela não vai mudar. Em meu coração, eu sabia que ela estava correndo perigo, mas não sabia até que ponto. Anteontem, ela ainda estava entre nós, e agora não está mais. Já contratei três camponeses para procurá-la. Eles voltaram de mãos vazias e disseram: na terra seca ela não está. Nossa vidente, que lê cartas, não a viu indo para a terra seca. 'Ela se afogou?', eu lhes perguntei. 'É de supor que sim', eles responderam. Eu não acredito neles e não acredito na vidente deles. Ela quase nunca entrava na água. Ela tinha medo da água. Meu coração me diz que o desespero tomou conta dela, que a aterrorizou, e que ela, então, deixou sua cabana e se escondeu debaixo de algum arbusto. O desespero é como um carrapato: quando ele agarra alguém, não larga mais."

Ao que parece, as palavras lhe faltaram, e ele baixou a cabeça e disse: "Desculpem-me por tê-los incomodado. Não sabia a quem me dirigir. Ao final, decidi me dirigir a vocês. Vocês não me conhecem bem, mas no fim das contas já estamos juntos há anos".

Mamãe o aconselhou a comer um sanduíche e a tomar uma xícara de café.

"Não, obrigado, vou voltar para a minha cabana. Talvez os dois comprimidos de aspirina que tomei acalmem o meu corpo. Não foi bonito da parte de Pepi me causar uma dor como esta. Deus do céu sabe que eu, de minha parte, só busquei o bem dela."

Com essas palavras ele se despediu de nós. Ficamos calados. Mamãe, ao que parece, percebeu que a imagem daquele homem e sua conversa perturbariam meu sono e não disse, como de costume: já é tarde.

Papai, que não era um admirador do homem que teve a perna amputada, dessa vez reconheceu que não lhe faltava sensibilidade. Mamãe achava que a ligação entre ele e Pepi era só de amizade, e que a preocupação dele com ela era verdadeira, e que ele não pedia a ela nenhum favor.

Naquela mesma noite me vi rodeado de muitas imagens. Slobo seguia diante de uma procissão, com a batuta erguida na mão. Atrás dele ia a cantora de ópera e ao lado dela a mulher magra, que cantava canções populares em ídiche. Os demais também pareciam como que acorrentados à batuta de Slobo. Alguns tocavam flauta e outros portavam tambores. Quem não seguia junto com a procissão, como o homem cuja perna tinha sido amputada e mais outras pessoas, que permaneciam deitadas, parecia infeliz. Mamãe se comoveu e seus olhos se encheram de espanto. Papai não se permitiu espantar-se, mas seu olhar irônico desapareceu, ainda que não completamente. Era como se ele estivesse dizendo: esta procissão também não vai encobrir os muitos defeitos de nossas vidas.

Enquanto eu permanecia parado, admirado com a procissão de Slobo, a mulher que reconheceu Papai me disse: "Você se parece com seu pai. Há em você todos os traços dele".

"Todos dizem que eu me pareço com Mamãe", disse eu, incapaz de me conter.

"Isso é um engano", disse ela com poucas palavras.

Quase perguntei a ela: então todos estão enganados?

"Você não é capaz de imaginar quanto você se parece com seu pai", disse ela, afastando-se.

Enquanto isso, a procissão voltou, dessa vez com maior força: Slobo, com a batuta na mão, parecia um feiticeiro. As pessoas não só cantavam como dançavam, e também dançavam danças ucranianas. Eu tinha certeza de que, dentro em pouco, também os que permaneciam de lado e os que estavam deitados sobre a relva se juntariam à procissão.

Vi Mamãe encostada numa árvore e me alegrei com ela. Era como se eu a tivesse encontrado depois de muito procurar. Ela também se alegrou comigo. "É verdade que eu me pareço com você?", perguntei a ela imediatamente.

"Não há nenhuma dúvida. Quem é que duvidou disso?"

"Alguém aqui disse que eu me pareço com Papai."

"É verdade que você se parece um pouco com Papai. Mas só um pouco", disse ela, piscando para mim, e nós dois rimos.

Subitamente Mamãe voltou-se para mim e perguntou: "O que ficou gravado em seu coração desta temporada, Erwin?".

Eu não sabia o que dizer. Tantas imagens e tantos rostos me tinham sido revelados, o que eu poderia dizer?

Mamãe me salvou da minha perplexidade e respondeu por si mesma: "O que estamos vendo hoje ficará mais claro dentro de um mês. Talvez dentro de um ano. Não se preocupe. Nada se perde". As palavras de Mamãe às vezes soavam misteriosas. Papai também nem sempre compreende a intenção dela. Certa vez ele me disse: "Mamãe tem uma língua própria. Só o Senhor, o Juiz Supremo, é capaz de compreendê-la".

Mamãe me abraçou e disse: "Mas você me compreende. As pessoas às vezes não compreendem as minhas palavras como deveriam. Você sabe exatamente qual é a minha intenção. Não há como enganar você. Você tem uma sensibilidade apurada para com as pessoas".

67

Gosto de ouvir a voz de Mamãe e também gosto quando ela se senta junto à minha cama e lê histórias para mim. Ouvi um dos veranistas à margem do rio dizer: "Um menino de 10 anos de idade já sabe ler sozinho. Leem-se histórias para bebês".

Não há nada como a leitura de Mamãe. Sua maneira de ler é agradável e me conduz com mão suave até os portões do sono. E também durante o sono eu continuo a ouvir a vibração suave da voz dela.

Já reparei: quando Mamãe lê para mim antes de dormir, a noite passa sem pesadelos. As palavras de Mamãe têm o poder de espantar os pequenos demônios que me oprimem e de iluminar meu sono com luzes brilhantes. A cada vez que peço a ela que leia para mim, ela diz: "Vamos fazer uma festinha para nós". Ela começa a ler e, durante a leitura, me leva para bem longe. Passo de país em país, do mar para o continente, e ao fim aterrisso às margens do Pruth. Quando meus pais me veem de longe, eles gritam: "Bravo, Erwin! Bravo, Erwin! Bravo, nosso herói!". Eles vêm em minha direção, juntos, e elogiam meu sucesso. Parecem tão jovens e tão contentes que é como se todas as suas preocupações e problemas tivessem desaparecido. E então me ocorre outra vez que Papai e Mamãe, na verdade, são criaturas aquáticas. Na água os movimentos deles se tornam suaves e, quando saem de dentro da água, a alegria permanece com eles por algum tempo. Basta, porém, um gesto antiestético ou alguém falando alto para tirar de Papai a tranquilidade. Em vão Mamãe tenta tranquilizá-lo. Um gesto de cabeça de Papai diz: para mim é melhor permanecer mais acima, na margem do rio, longe das pessoas.

68

O ar está agradável, úmido e perfumado pelas chuvas da noite. Dos campos próximos ergue-se o aroma de trevo cortado. Carroças carregadas de melancias seguem pelas estradas de terra, erguendo poeira. Nas vastas pastagens, vacas malhadas espalham à sua volta uma grande tranquilidade.

Papai diz: "É isso". O significado de suas palavras é que também estas férias estão prestes a acabar, e não sei se ficamos mais sábios.

Mamãe tenta amenizar o tom das palavras dele e diz: "Não será fácil esquecer as pessoas que encontramos aqui e tudo o que vimos".

"Quem, por exemplo?"

"O monge Sergei, no mosteiro."

"A cada ano que passa ele se torna mais fechado."

"Mas a presença dele impressiona."

Papai tenta combinar as palavras e responder a Mamãe, mas as palavras não se combinam. Ele faz um gesto com as mãos, como se dissesse: é uma pena por todo o esforço, que não leva a nada.

"Não se esqueça do Pruth e da natação", diz Mamãe, levantando a voz, mas Papai tampouco responde qualquer coisa.

Papai tem uma inclinação a discutir, mas há dias em que ele tranca sua boca a sete chaves e não pronuncia um som sequer. Quando Papai se cala, o rosto de Mamãe fica tenso, como se estivesse preocupada com ele.

Saímos para a margem do rio. Algumas pessoas se espantaram porque nos apressávamos em partir. Papai respondeu: "Me parece que 25 dias é mais do que o suficiente".

"Se Deus quiser, no ano que vem voltaremos a nos ver", disse uma voz antiga, uma voz como aquelas que eram comuns entre os comerciantes do bairro judeu, cheia de medo e de incerteza.

Mamãe está emocionada. Despedidas, mudanças, pessoas que ela não viu por muito tempo, paisagens que desapareceram de sua vista e que ressurgem de repente a emocionam. Papai conhece essa disposição de espírito dela e a abraça, e toma cuidado para não usar, naquele instante, palavras irônicas.

A mulher que se lembrava de Papai da infância no subúrbio aproximou-se dele e disse: "Minha infância não foi fácil. Meus pais eram doentes e eu sustentava a casa e cuidava deles. Mas agora, da distância de anos, aqueles me parecem os dias mais bonitos de minha vida. Sobre o que me aconteceu depois, é melhor que eu não diga nada".

"Desculpe", disse Papai.

"Por que você está me pedindo desculpas?", respondeu a mulher com uma voz clara.

"Por causa dos anos no subúrbio que se apagaram de minha memória, não sei por quê, e agora, graças a você, eles voltaram a mim."

"Certamente foram anos bons, anos rotineiros, e que não foram dolorosos para você."

"Minha infância não foi feliz", disse Papai, tentando tornar suas palavras mais precisas.

A mulher olhou diretamente nos olhos dele, como se estivesse dizendo: há coisas que permanecem ocultas de nós.

Agora reparei que aquela mulher estava vestida com simplicidade, mas com graça. Seu rosto tinha uma expressão agradável e reservada. Era evidente que, em sua boca, ainda havia coisas que ela gostaria de contar. Ao final, ela não contou, mas perguntou: "Quando você vai voltar para casa?".

"Daqui a dois dias", respondeu Papai.

"Espero que ainda voltemos a nos ver."

"Há pessoas que espalham boatos terríveis", disse Papai.

"Em Viena também paira uma atmosfera sombria. Vândalos espalham terror pelas ruas. Ainda bem que voltei ao lugar de minhas origens. Aqui me sinto em casa. Aqui também nem tudo está como deveria, mas pelo menos eu conheço este lugar. Em Viena tudo parece sufocante, barulhento e assustador. A maior parte das pessoas que trabalham no instituto fugiu para a América, eu disse, porém, para mim mesma: é melhor voltar para casa, para a casa de meus pais, até que passe o perigo."

Pela primeira vez vi meu pai ouvir algo e identificar-se, como se dissesse: é uma pena que só nos tenhamos encontrado agora. A mulher percebeu, era como se visse os pensamentos dele, e disse: "Eu estava ocupada, dedicada de corpo e alma às minhas pesquisas. As pesquisas progrediram bem e eu tinha certeza de estar fazendo alguma coisa para o bem de todos. Depois da morte de meus pais, minha vida particular me pareceu sem significado. Agora, a equipe se dispersou e não sei se voltaremos a nos ver".

"Depois da guerra uma nova vida vai brotar, como se diz", disse Papai, e, por algum motivo, riu.

69

Hoje meus pais não foram nadar. Eles permanecem de pé, seguindo com o olhar os nadadores e mergulhadores. De vez em quando o olhar de Papai se ilumina, como se ele dissesse: todo ano, os mesmos rostos cansados, as mesmas pessoas que não se exercitam e que acumulam gorduras sobre gorduras. Todo ano, os mesmos guarda-sóis feios. Por que eu venho para cá? Quem é que me obriga a vir para cá?

Mamãe, que conhece os olhares de Papai, dessa vez diz com os olhos algo que às vezes fala em voz alta: o que fazer? Crescemos em lares judaicos, e por isso somos judeus. É melhor estar em meio aos judeus que não lhe agradam do que estar em uma colônia de férias de verão ou em um hotel cheio de gente que nos odeia. Não há o que fazer. Não seremos capazes de escapar do nosso destino, e o melhor a fazer é aceitá-lo.

Desde o desaparecimento de Pepi, o homem que teve a perna amputada continua voltado para si mesmo, no seu canto sombreado, e de lá ele lança olhares enfurecidos em direção aos veranistas. De vez em quando ele se ergue sobre as muletas e grita: "Parecemos animais. Havia entre nós uma mulher especial, que nos divertia a todos. Todo ano ela voltava a conversar conosco. Era uma mulher boa e admirável. Ela desapareceu e todos permanecem em silêncio diante do seu desaparecimento. Já não há solidariedade no mundo, não há responsabilidade pelo semelhante nem compaixão. Vocês deveriam se envergonhar de si mesmos".

E subitamente vi Pepi, diante dos meus olhos, lutando contra as ondas do Pruth. Suas pernas delicadas tentam afastar-se da água e se aproximar da margem, e por um instante parece que ela está conseguindo. A correnteza, porém, está forte e a arrasta para dentro de um redemoinho.

Mamãe sentiu que eu estava nervoso, segurou-me pelos ombros e disse: "Meu coração me disse que Pepi vai voltar, hoje ou amanhã. Ela está envergonhada e cabe a ela dominar a própria vergonha".

Enquanto permanecíamos de pé, surgiu o sr. Rauch com seu cão caminhando sobre as patas longas e delgadas. Dizem que, por causa do seu jeito de caminhar e da sua relação com o cão, o sr. Rauch se parece mais com um burguês gentio do que com um judeu. Ele aparece aqui todos os anos, e sua estranheza caminha atrás dele, em todos os lugares para onde vai. Praticamente não fala com ninguém. As pessoas não se dirigem a ele. Mamãe diz: "Cada pessoa tem suas necessidades, não precisamos explicar tudo. O sr. Rauch precisa vir para cá e estar com todos". Desde a primeira vez que o vi, ele não mudou nada. Sua estranheza o acompanha o tempo todo. Ao final da temporada, ele junta suas roupas em duas malas grandes, chama uma carruagem e volta para casa. Ele é um homem rico. Antigamente, estava envolvido em vários negócios, mas nos últimos anos ele se retirou para seu casarão na avenida dos Lilases. Na cidade ele é visto de vez em quando, passeando com seu cão, meticulosamente bem-vestido. Quando Mamãe o vê na rua, sempre diz: "Eis o sr. Rauch", alegrando-se com sua rara aparição.

Estranho, eu disse a mim mesmo, encontramos muita gente durante esta temporada, mas será que vou me lembrar de todos? Papai disse: "Se não se conhece a história de uma pessoa, o que ela faz e por que ela faz, ela desaparece rapidamente da nossa memória".

Mamãe tem uma opinião diferente. Às vezes basta um gesto, basta um movimento, um jeito de estender a mão ou de inclinar a cabeça, para que a gente se aproxime de alguém. Há pessoas que dizem e repetem: "Deixe-me em paz". Em sua maior parte, são pessoas que foram feridas, que perderam a confiança nos outros. É muito difícil aproximar-se de uma pessoa assim. A vida é um mistério, e o mistério nutre a vida. Pessoas assim não precisam dos outros. Mas a maior parte das pessoas procura aproximar-se dos outros. Elas se alegram quando você olha para elas. Não é preciso compreender as pessoas. Basta aproximar-se delas. A proximidade aquece o coração e desperta o bom e o belo. Há pessoas das quais não sabemos nada, nem mesmo o nome, mas os encontros casuais com elas, na rua ou numa loja, nos alegram tanto que é como se fossem nossos velhos conhecidos, e nas profundezas do nosso coração ansiamos por voltar a encontrá-las.

Papai é um homem direto. Seu jeito de caminhar é comedido, seus pensamentos são ordenados e suas palavras se baseiam nos livros ou nos artigos que leu. Mamãe está sempre emocionada. Quando nos mudamos de um lugar para outro, ou quando tiramos os móveis da casa para pintá-la, as fontes de suas emoções jorram e ela começa a dizer coisas que não conseguimos compreender imediatamente. Por exemplo: "As flores são encantadoras, mas a vida delas é tão curta que elas despertam em nós o sentimento doloroso do efêmero. As árvores, por sua vez, vivem por muito tempo e nós as acompanhamos ao longo de nossa vida, elas florescem e murcham e novamente voltam a florescer. Não é à toa que dizemos: o homem é como uma árvore no campo".

Quando Mamãe diz frases como essas, Papai fecha os olhos e diz: "Mais uma frase subjetiva cujo único fundamento é o eu de quem está falando". Esse comentário, que Papai repete de vez em quando, já está gravado em minha cabeça. Não espanta que ele surja às vezes inesperadamente.

70

Nikolai, o dono da cabana, nos trouxe pão de centeio, leite, queijo e manteiga e um pequeno frasco com mel. Ele estava com uma disposição de espírito piedosa e disse: "As pessoas acham que tudo está garantido: a água do Pruth, as frutas e as verduras, o leite que as vacas dão. Mas nada disso está garantido por si só. O homem não é o senhor do seu próprio destino".

"E então o que as pessoas devem fazer?", disse Papai com uma expressão interrogativa no rosto.

"Dar graças. Há um Deus no céu que nos proporciona tudo com sua bondade e a nós cabe dar-lhe graças. Não se pode ser ingrato."

"O que você está dizendo faz sentido", disse Papai, tentando escapar da discussão.

"Um homem que não dá graças a Deus se opõe ao Altíssimo."

"Quando surgiu esse pensamento em sua cabeça?", perguntou Papai, tentando aproximar-se dele.

"Há muitos anos, sempre no verão. As pessoas vêm aqui, desfrutam e esquecem que existe um Deus no céu."

"Não se preocupe, elas não esquecem. Deus cuida para que não esqueçam."

"Eu não as vejo dando graças. Não as vejo rezando. Os judeus de antigamente, que há muitos anos viviam nesta região, se levantavam de manhã e saíam para rezar. Eles rezavam três vezes por dia, mas os descendentes deles se esqueceram da existência de Deus. Não estou me referindo a você, meu senhor, você é um homem culto, uma pessoa de espírito. Ou será que estou enganado?"

"Suas palavras fazem sentido", disse Papai com um tom que poderia ser interpretado de diferentes maneiras.

"Os judeus precisam ser melhores. Mais fiéis. Antes, eles eram os eleitos de Deus e sabiam o que Deus esperava deles. Hoje em dia, permanecem deitados à margem do rio, sem roupas, se bronzeando, comendo e bebendo e desafiando Deus. Não se pode desafiar Deus. Quem fizer isso será castigado."

"Suas palavras fazem sentido", repetiu Papai, tentando encerrar a conversa.

Nikolai, que falava a respeito de coisas que estão acima do mundo, voltou aos assuntos terrenos: ele queria saber quando pretendíamos voltar no ano que vem.

Papai, que falava o tempo todo com um tom irônico contido, ergueu a cabeça e disse: "Uma guerra está à porta, quem é que sabe o que ela vai causar e quem é que sabe o que será?".

"As guerras vêm e as guerras vão. Assim que a guerra termina, os judeus voltam para cá. Já meu avô, que morreu há muitos anos, alugava cabanas para os judeus. Meu pai continuou a alugar e eu sigo os passos dele. É de supor que, ao fim da guerra, os judeus voltarão para cá. Até então, vou arrumar a cabana, pintá-la, e vocês a encontrarão como nova."

"Será uma alegria para mim poder vir", disse Papai.

"Também vou me ocupar da horta."

"Eu lhe agradeço antecipadamente", disse Papai, como se estivesse pedindo para Nikolai deixá-lo em paz.

"Os judeus tinham medo dos russos e fugiram. Estavam enganados. Se tivessem ficado aqui, as casas deles não teriam sido saqueadas. Mas não há motivo para preocupação. Eles voltaram, se recuperaram depressa, consertaram suas casas e abriram lojas. Não se pode destruir os judeus. Eles se levantam e voltam e começam tudo de novo. E isso é um mérito deles. Sua capacidade de sobrevivência não tem limites, é preciso aprender isso com eles. Você concorda comigo?"

"Não tenho tanta certeza de que valha a pena aprender com eles", disse meu pai com modéstia.

"Inteligência e esperteza são coisas que se podem aprender com os judeus. Isso, me parece, é algo com que todos concordam", disse Nikolai, e um sorriso arrogante surgiu em seus lábios, como se ele tivesse acabado de dizer algo muito inteligente.

Tudo estava pronto para voltarmos para casa. Por algum motivo, porém, Mamãe não se apressava em terminar de fazer as malas. Papai não a apressava. Ficamos sentados no jardim até tarde da noite, olhando em silêncio para os vagalumes que esvoaçavam à nossa volta. Agora sei que, se eu perguntar algo a Mamãe, ela me responderá, mas não de boa vontade e não com atenção.

Nos últimos dias, o cachimbo não sai da boca de Papai. Ele o fuma e então volta a enchê-lo de tabaco. É um prazer do qual ele desfruta consigo mesmo, mas às vezes me parece que está tentando tranquilizar os pensamentos que o oprimem.

Ninguém compreende Papai, só Mamãe. Ela sempre é capaz de aproximar-se dele e de alegrá-lo. Papai conhece sua dedicação, mas nunca lhe agradece por isso.

Fui abandonado. Em meu coração, sei que tudo o que aconteceu não voltará mais, e que, se voltar, será diferente. O pedido de Mamãe, para eu anotar minhas impressões, está além das minhas forças. As imagens se acumulam em mim e eu duvido que um dia serei capaz de enumerá-las.

À noite, enquanto Mamãe está sentada junto à minha cama, eu esqueço por um instante que dentro de dois dias e meio vamos deixar este lugar. Muitas pessoas já partiram. À margem do rio ficaram só aqueles que insistem em desfrutar das férias até o fim.

Dessa vez, vamos sair dois ou três dias antes. A intranquilidade de Papai já nos contagiou. De vez em quando, Mamãe ergue a cabeça e diz: "Espero que Victoria tenha cuidado bem de nossa casa, que a tenha limpado bem e lavado as cortinas. É bom voltar para casa quando a casa está iluminada e limpa".

Mas essa preocupação não é a preocupação de Papai. A fábrica, que ele dirige há muitos anos, ficou para trás sem alguém que a supervisionasse. Seu representante, o gerente de produção, um meio-judeu, partiu e deixou as chaves da fábrica nas mãos de um dos operários mais antigos. Um dos veranistas contou isso a Papai.

Continuamos sentados fora, respirando o ar úmido e olhando para os pastos cinzentos, que foram ceifados. Agora nossa língua é o silêncio, e Mamãe também a aprendeu.

Quando Papai se cala, não reage e não apresenta argumentos, isso é um sinal de que ele está irritado consigo mesmo.

Também continuo sentado em silêncio. O silêncio me enche de tristeza e eu o sinto nas mãos e nos pés. O choro permanecia preso dentro de mim havia alguns dias, tentando irromper, mas eu me contive. Já sabia que Mamãe se assustaria se me visse chorando, e que ela me inundaria de amor.

De vez em quando, Papai dá um suspiro, como se tivesse sido espetado no peito, ou como se um pensamento sombrio o machucasse. Para onde estão nos levando os dias, pergunta Papai, e eu sinto seus pensamentos dolorosos.

Uma fina chuva noturna começou a cair. Papai e Mamãe juntaram as coisas e entramos na cabana.

A tristeza mergulhou mais fundo em mim e o cansaço se abateu sobre mim. Mamãe preparou as camas, e Papai, que normalmente diz alguma coisa nessa hora, ou expressa suas reservas, não disse nada. Ao que parece, ele estava esperando que eu adormecesse. Ainda que minhas pálpebras estivessem fechadas, minha audição permanecia desperta e eu ouvia sua voz:

"De agora em diante, não virei mais para cá. Devemos mandar Erwin a uma colônia de férias. Isto não é lugar para ele".

"A natação de Erwin floresceu neste ano", disse Mamãe, tentando apontar o lado positivo destas férias.

"Mas ele também foi obrigado a olhar para criaturas estranhas, cujo comportamento é antiestético. Admita, o que se vê aqui não é nenhuma alegria."

"Ao menos aqui ninguém o chamou de 'judeu sujo'."

"Admita", disse Papai, repetindo essa palavra desagradável, "esta estufa judaica não é capaz de alegrar o coração de ninguém. Erwin precisa se ocupar com literatura e tornar-se forte. A um menino forte ninguém ousará chamar de 'judeuzinho sujo'. E, além disso, ele precisa frequentar os concertos, o teatro e o cinema. A comunidade judaica aqui é puramente materialista".

"Você considera que o dr. Zeiger também seja assim? E minha amiga Gusta? E a mulher que foi sua amiga de infância? E Karl König? E outras pessoas atenciosas, que nos mostraram simpatia?"

"Elas são as exceções que confirmam a regra."

Não ouvi o restante da conversa. Mergulhei num sono profundo, um sono cheio de sonhos. Antes de acordar, ainda ouvi a mulher jovem de Nikolai sussurrando para mim: "Não ligue para ele. Eu faço tudo o que tenho vontade. Se você vier me visitar, vou lhe dar algo que vai lhe agradar muito".

71

Na manhã seguinte, Nikolai nos trouxe pão preto, leite, queijo e manteiga, três ovos e um pratinho de geleia de ameixa. Papai recebeu a cestinha das mãos dele, agradeceu e imediatamente avisou-lhe que pretendíamos voltar para casa.

"Por que a pressa?", perguntou Nikolai com uma expressão de surpresa no rosto.

"Estendemos nossas férias além do tempo que pretendíamos. Chegou a hora de voltar, nossa casa espera por nós."

"A guerra está à nossa porta. Quem é que sabe quando vocês poderão voltar para cá? Será que não vale a pena permanecer aqui mais alguns dias e desfrutar do sol do verão e da água do Pruth? O senhor é um excelente nadador!"

"Não podemos", disse Papai, tentando encerrar o assunto.

Mas Nikolai tentou mais uma vez e disse: "A guerra ainda está longe. As cidades certamente são perigosas, mas as aldeias não. Nas aldeias a guerra passa depressa".

Por fim, ele entendeu que Papai não mudaria de ideia e disse: "Hoje à noite vou encontrar meu irmão e direi a ele para vir aqui amanhã cedo. A que horas?".

"Às oito."

"Ele virá. Ele é pontual."

No verão passado, Mamãe preparou uma refeição de despedida. O dr. Zeiger participou dela, assim como Gusta e mais um convidado silencioso cujo nome esqueci. O dr. Zeiger espalhou à sua volta uma atmosfera agradável. Já àquela época corriam boatos pessimistas, mas vinham de lugares distantes e eram opacos e não tão aterrorizadores quanto os que corriam nesse ano.

Lembro que esse hóspede silencioso, depois de ter tomado alguns copos de vinho, levantou a voz e disse: "O que querem dos judeus? Eles não são mais judeus. Já abandonaram tudo, e só porque se juntam para passar férias às margens do Pruth ou às margens do Danúbio eles são perseguidos? Não entendo a lógica. Dentro de mais um ou dois anos, eles terão que abandonar também esse prazer duvidoso".

Papai estava satisfeito com a agudeza dessa observação e o elogiou. Mamãe e sua amiga Gusta prestavam atenção no rosto dos homens e não participavam da conversa.

Depois da refeição, e depois que o dr. Zeiger e o homem silencioso se despediram de nós, Mamãe e Gusta se sentaram juntas para conversar. Papai ficou sentado junto à porta, mergulhado em si mesmo.

E eu novamente via nossa casa, a sala e as cadeiras de veludo, tão agradáveis de tocar, os abajures cuja cúpula minha mãe tinha feito à mão, as mesinhas de café entalhadas, a cristaleira entalhada, na qual brilhavam as xicrinhas de porcelana, o tapete espesso e colorido, que fora trazido por um antiquário e que Mamãe se alegrava tão evidentemente em contemplar.

Todos nós amamos a sala. Papai gosta de se sentar na poltrona e de ler, Mamãe gosta de ouvir música, e eu sou propenso a sonhar ali. Nem todos os lugares são agradáveis para sonhar. Já naquela época, eu temia que perderíamos nossa casa, com tudo o que ela tinha de agradável, por causa da guerra ou por algum outro motivo.

Este ano é diferente. Estamos só nós três, sem convidados. Mamãe preparou uma refeição de despedida simples e saborosa: um pastelão de farinha de milho, recheado com creme e com queijo, e, de sobremesa, torta de maçã. Papai estava satisfeito com o trabalho das mãos de Mamãe e contente com a perspectiva de estar em casa no dia seguinte. Uma tristeza, porém, se abateu sobre mim por estarmos deixando esta cabana, que já estava enraizada em meu coração.

Mamãe se aproximou de mim e disse: "Não há sentido em ficar triste. No ano que vem voltaremos para cá. Essa é uma despedida breve. Um ano passa muito depressa e, no ano que vem, você já vai poder nadar conosco e vamos atravessar o Pruth juntos. No ano que vem, quando viermos para cá, você terá 11 anos e 7 meses".

Mamãe tentava me proporcionar palavras calorosas, mas, com tantas palavras, acabei ficando ainda mais triste. Sentia que tudo o que fora não voltaria mais e que todas as pessoas que eu tinha encontrado se dispersariam para todos os lados, e que eu ficaria vazio como uma casca de noz.

Pousei minha cabeça sobre o travesseiro, mas não adormeci. As imagens da margem do rio e as da nossa casa se misturavam e esvoaçavam à minha volta. Segurei minha cabeça com as duas mãos para que aquele movimento não me deixasse tonto, e, milagrosamente, a agitação parou. Diante de meus olhos eu via os meninos da minha classe. Além de mim, há mais dois outros meninos judeus na classe, cada qual com uma aparência diferente. Eu gosto de Arthur, um deficiente físico, que usa muletas. Mais de uma vez os outros alunos o provocaram, mas ele não se entrega. Ele briga com grande coragem, ergue as muletas contra seus perseguidores e às vezes corre sobre elas para bater neles. Ainda que suas pernas sejam paralisadas, seu tronco é forte. E, além disso, quando ele se ergue para brigar com seus adversários, solta gritos fortes e assustadores, e por isso os meninos pensam duas vezes antes de se aproximar dele.

Arthur é um aluno mediano, mas se esforça para não se atrasar nos estudos. Os professores o respeitam e voltam sempre a lhe fazer perguntas. Ele tem que se esforçar muito para responder: enrubesce, gagueja, como se estivesse galgando uma escada vacilante. Antes os outros alunos riam por causa do seu jeito de responder. Agora, porém, eles se controlam. Ou melhor, não ousam. Às vezes me parece que há algo de nobre no seu jeito de caminhar sobre as muletas. Como se ele soubesse seu próprio valor.

Certa vez ele me perguntou se eu costumo ir à sinagoga. Revelei a ele a verdade.

Ele olhou para mim com afeição e um pouco de tristeza e disse: "Eu vou à sinagoga com meu avô toda sexta-feira e todo sábado. Meu avô é quem conduz as rezas e ele tem uma voz maravilhosa".

O segundo menino judeu chama-se Werner. É esbelto, alto e muito esforçado. Ele realmente se esforça muito, mas paga caro por isso. A cada vez que o professor anuncia: "O exame de Werner não tem erros e a nota dele é dez", durante o intervalo ele é atacado a tapas e pontapés. Ele é alto e frágil e, embora tente reagir aos ataques, suas mãos por algum motivo falham.

Mais de uma vez tive vontade de me aproximar dele e lhe dizer: não se esforce tanto, seu esforço faz com que os outros meninos da classe odeiem você. Mas nunca lhe disse nada. Seu rosto e seus braços estão cheios de arranhões e de cicatrizes. Os sinais do ódio estão marcados nele.

Subitamente, ouvi o tumulto dos trinta meninos da minha classe e não tive vontade de voltar para lá. Eu treino. Papai treina comigo. A maioria dos meninos não tem nada contra mim, mas Piotr, ou algum dos seus comparsas, me ameaça de tempos em tempos: "Não esquecemos que você é judeu".

Papai me encoraja a me defender com violência, e mais de uma vez briguei com meninos maiores do que eu. Mas o que fazer? Não há em mim a raiva necessária para afastá-los. Por esse motivo me mantenho distante dos meninos violentos. Mas em meu coração eu tenho certeza de que, se um deles me atacar, vou me defender.

72

Nikolai veio receber o aluguel da cabana e o pagamento pelos víveres que compramos dele. Papai deu a ele o dinheiro e disse: "Isto é seu".

"E a gorjeta que você sempre me dá?"

"Já incluí. Conte e verá que já a incluí."

"Confio em você. Não preciso contar. Quando voltaremos a nos ver?"

"Assim que a guerra terminar", disse Papai e então se calou.

"Você pensa em emigrar?"

"Vamos ver."

"Os judeus tendem a emigrar em tempos de guerra."

"Os judeus são como todos os seres humanos. Se em algum lugar há ameaças ou perigos, eles se dirigem a outro lugar."

"Você tem que concordar comigo, meu senhor. Na última guerra os ucranianos não deixaram suas casas. Só os judeus emigraram."

"Como sempre, você está certo", disse Papai.

Mamãe continua arrumando as coisas. Enquanto ela dobra todas as peças de roupa e as coloca com cuidado na mala, esse cuidado me parece ocultar um nervosismo contido. Este ano, ao contrário dos anteriores, a despedida é, por algum motivo, difícil para mim. Sinto que Papai, apesar de suas muitas reservas sobre este lugar, também não está, por algum motivo, com pressa de voltar para casa.

Nos últimos dias ele fala a respeito da fábrica usando palavras que são uma mistura de medo e incerteza. Mamãe tenta tranquilizá-lo, mas Papai insiste em explicar exatamente o que o está preocupando.

Papai saiu para caminhar e me deixou sozinho com Mamãe. Ela continuou a apanhar as roupas e os objetos com cuidado. Embrulhou os pratos em papel-jornal e acomodou os talheres num estojo forrado.

Mamãe é ligada aos objetos que recebeu de presente, aos animais que ela encontra ao longo do caminho e às pessoas que têm uma vida difícil. Quando fala com a mulher que fica sentada numa cadeira de rodas, ela se ajoelha e pronuncia algumas frases de som agradável.

Lembro que, uma vez, minha mãe se ajoelhou e a mulher que estava sentada na cadeira de rodas a repreendeu e disse: "Uma pessoa não pode se ajoelhar. Apesar de tudo, eu sou só uma pessoa que tem dificuldade de andar. Não preciso de nenhum gesto de solidariedade para com as minhas dificuldades".

"Quis apenas ouvir você."

"Também é possível ouvir minha voz estando em pé. Não há necessidade de se ajoelhar."

Mamãe se levantou, enrubesceu e permaneceu calada.

A mulher acrescentou: "Eu não preciso de gestos. Se soubesse o que já passei na vida, você me desprezaria. Mas, ao que parece, você é uma pessoa ingênua, ou algo assim. Desculpe-me, por favor. Não tinha a intenção de ofendê-la, mas você se ajoelhar me pareceu um exagero. Não havia como não lhe dizer isso".

"Dentro de um dia e mais um pouco, vamos estar em casa", disse eu.

"Você está contente por voltar para casa?", perguntou Mamãe sem olhar para mim.

"Eu tenho medo de encontrar Piotr."

"Eu, Papai e a professora Teresa estaremos a seu lado. Piotr realmente é um menino violento. Mas mesmo a violência não pode tudo, é possível contê-la. Em todas as escolas há pessoas violentas. Também na minha escola havia pessoas violentas. Elas não estudavam e não progrediam e repetiam o ano. A violência é um defeito grave. Se não a controlam, ao final ela se volta contra você." Normalmente eu acredito nas palavras de Mamãe, mas dessa vez ela não me convenceu.

73

Na noite anterior eu não dormi. Fiquei deitado no divã diante da estufa, acordado. As vozes e as imagens apareciam diante de mim, uma depois da outra, e eu conseguia sentir a intranquilidade que estava oculta nelas.

À noite vieram alguns dos veranistas para nos persuadir a não partir antes do fim da temporada. "É uma pena abandonar os dias ao sol e junto à água, cada instante aqui vale ouro. A guerra está próxima e quem sabe quando poderemos voltar a este balneário?"

Papai refutou esses argumentos: há uma ameaça e não se pode ignorá-la. Três ou quatro dias não vão mudar nada. Os veranistas, porém, não se deixavam convencer. "A guerra ainda não começou e não se sabe se começará em breve. Antecipar a volta para casa é sinal de um pânico desnecessário."

"Tenho uma fábrica", disse Papai.

"Nós também temos lojas e armazéns", disseram eles sem desistir.

Papai e Mamãe mantiveram sua opinião e os veranistas se afastaram desapontados.

Depois deles, a mulher que brincava com Papai quando ele tinha 5 anos veio despedir-se. Usava um vestido escuro, próprio para a noite, que lhe caía muito bem. Eu a olhei de perto. Ela estendeu a mão para Mamãe e disse: "Meu nome é Jetti Bachwald. Conheci seu marido quando tínhamos 5 anos de idade e desde então não voltamos a nos ver".

Mamãe respondeu: "Um encontro verdadeiro durante a infância não é algo que a gente esqueça com facilidade".

Jetti baixou a cabeça em silêncio.

Papai estava com uma aparência diferente. Os traços severos desapareceram de seu rosto e uma expressão suave surgiu em seus olhos.

Mamãe perguntou: "Com o que você se ocupa, se me permite perguntar?".

"Até há um ano, eu pesquisava sobre a tuberculose. O instituto foi dissolvido, a equipe de pesquisadores se dispersou. A maior parte deles pretendia ir para a América e eu voltei para minha cidade natal, para a casa de meus pais. Esta é a minha situação neste momento, nem mais nem menos."

Papai quis saber detalhes a respeito da pesquisa. Jetti reagiu com seriedade à pergunta dele e explicou, uma por uma, as etapas de aplicação da pesquisa. Ela usava palavras e conceitos que eu não era capaz de entender, mas Papai, ao que parece, compreendeu do que se tratava e fez perguntas pertinentes.

Jetti disse: "Estou vendo que você não esqueceu nada de nossas aulas de biologia".

Mamãe interferiu: "Freddy tem uma inclinação natural para a ciência".

"Você chama seu marido de Freddy? Quando éramos crianças, eu o chamava de Boni e ele me chamava de Mimi. Nosso mundo era feito só de ilusões e fantasia. A imaginação de Boni era mais concreta do que a minha e eu a seguia. Isso foi há mais ou menos 25 anos."

"Sempre senti que Freddy tem uma inclinação forte para a exatidão e para a ciência. É uma pena que ele não tenha seguido a inclinação de seu coração. Eu, de qualquer maneira, nunca o impedi."

"É verdade que você nunca me impediu – eu é que não segui a inclinação de meu coração. Meus pais queriam que eu estudasse Direito e eu lhes obedeci. Mas, desde o começo, não estava satisfeito com essa profissão. Esforcei-me, porém, e continuei. Ao final, não fui capaz de suportar o universo do pensamento jurídico e abandonei os estudos."

"O pensamento científico combina com você", disse Mamãe.

"O que for, será", disse Papai. "Qual é o sentido de ficar pensando nisso?"

"Um homem não sabe o que o espera", disse Jetti e imediatamente acrescentou: "Fui aceita pelo instituto e estava certa de que a pesquisa era o caminho da minha vida. Mergulhei de corpo e alma na pesquisa e subitamente todo esse grande instituto, que prometia grandes sucessos, se dissolveu como se nunca tivesse existido. É impossível reconstruir o que foi quebrado. E também as pessoas que foram afastadas da pesquisa – quem é que sabe quando e se um dia voltarão?".

"E como você se sente na casa de seus pais?", perguntou Mamãe com cuidado.

"Meus pais faleceram. A casa estava vazia, à minha espera."

"E você não vai voltar para Viena?"

"Suponho que não, por enquanto não."

Papai estava atento durante toda aquela noite. Com uma expressão cortante e absorta no rosto, seus olhos fitavam Jetti. Minha mãe, porém, fazia gestos estranhos com as mãos e voltava sempre a repetir uma mesma frase, que não combinava nada com ela: “De tudo se aprende uma lição”.

Eu sabia que esta noite também ficaria guardada em meu coração. Não sabia exatamente do que me lembraria, mas tinha a sensação de que Jetti não me era estranha, e sim um membro de minha família que por algum motivo se afastara de nós e agora voltava.

Mamãe, que normalmente presta atenção e observa, fazia perguntas como se quisesse resolver um enigma proposto por Jetti. Fiquei espantado com ela. O encontro entre Papai e Jetti que acontecera 25 anos antes – por que revirar esse passado?

Ao que parece, Mamãe sentia que o que havia entre Mimi e Boni era uma ligação indissolúvel. Não era Jetti a estranha naquela noite na cabana, e sim Mamãe.

Jetti se levantou e disse: “Vocês têm que se deitar, e eu vou voltar para minha cabana. Suponho que voltaremos a nos encontrar”. Ela estendeu a mão para Mamãe e segurou com as duas mãos a mão de Papai.

74

A carruagem que veio nos buscar chegou antes da hora marcada e por isso não tivemos tempo de tomar o café da manhã. Papai disse: “Não faz mal. Vamos parar na estalagem Cavalo Branco e lá comeremos alguma coisa com calma”.

O irmão de Nikolai, que deveria vir para nos apanhar, não veio. Ele enviou o filho mais novo, um menino alto que usava botas de couro lustrosas. Ele apanhou as duas malas e imediatamente reclamou que estavam pesadas demais. Alegou que o bagageiro da carruagem não suportaria tal peso.

“Todos os anos seu pai nos leva de volta para casa e todos os anos nós levamos essas mesmas duas malas.”

“Não importa. Estão pesadas demais.”

"Durante todos esses anos, nunca aconteceu nada."
"E se o bagageiro da carruagem quebrar, quem vai pagar?"
"Eu", disse Papai.

Mamãe voltou para dentro da cabana, para ver se não tínhamos deixado nada, e ficou contente por encontrar seus óculos de leitura ao lado da cama.

E assim nos pusemos a caminho.

Quando deixamos o terreno da cabana, uma surpresa nos aguardava. Os veranistas estavam parados ali, acenando com as mãos, e com o corpo impediam a passagem da carruagem. O jovem cocheiro, ao que parece, não esperava ser detido, então se aproximou de Papai e disse: "Diga a eles para saírem da frente".

"Eles vieram se despedir de nós."

"Isso não é jeito de se despedir", disse o jovem com raiva.

A paciência de Papai acabou. "Deixe que as pessoas tenham tempo de expressar seus sentimentos."

Descemos da carruagem e as pessoas beijaram e abraçaram Mamãe. Essa afeição súbita a comoveu, mas Papai, que não está acostumado com esse tipo de proximidade, afastou-se.

"Por que vocês estão nos abandonando?", disse a mulher que tinha sido operada de um tumor com sucesso. "O que há na cidade? A cidade é perigosa para as pessoas. Cada dia em meio à natureza afasta as doenças e é o melhor remédio."

"Nós voltaremos", disse Mamãe, como se estivesse falando de uma separação breve.

O homem cuja perna tinha sido amputada também estava ali. Ele se mantinha afastado e olhava para nós com um olhar demorado, como se dissesse: eu, de qualquer maneira, não sairei daqui antes de encontrar Pepi.

Mamãe ergueu as duas mãos e gritou: "Nós não vamos nos afastar de vocês. Vamos voltar e vamos todos estar juntos novamente. Somos uma só família. E, como em todas as famílias, também em nossa família há diferenças de opinião. Mas o que nos une é mais forte do que o que nos separa. Eu abraço cada um de vocês e desejo que tenham um fim de férias agradável".

Meu pai estava constrangido. As palavras de minha mãe o atingiram. Ele não sabia o que fazer consigo mesmo. Ele me segurou pela mão, puxou-me para perto dele e disse: "Vamos!".

Mamãe ainda acrescentou: “Nós vamos pensar em vocês e vocês pensem em nós”.

Ao ouvir essas últimas palavras, Papai também segurou Mamãe e nós três subimos na carruagem.

O jovem cocheiro, que testemunhou essa despedida comovente, riu e disse: “Os judeus sempre fazem barulho”. Chicoteou, então, o lombo dos cavalos e nos pusemos a caminho.

Mamãe caiu no choro. Aquela reunião de gente em nossa honra a comoveu.

Papai a abraçou e não sabia como consolá-la. Mamãe se esforçava em conter o choro e murmurou: “Boas pessoas, pessoas que suportam seu destino com muita coragem. O que queremos delas?”.

Papai, ao que parece, se sentia culpado e disse: “Você está certa. Antecipamos nossa volta porque preciso voltar à fábrica e porque Erwin vai começar um novo ano letivo”. Mamãe parou de chorar e se encolheu no assento.

Enquanto íamos sentados, em silêncio, observando os campos ceifados, cujas bordas tinham se tornado cinzentas, e nos entregávamos às sensações despertadas pela vista daquele horizonte simples e pacífico, o cocheiro deteve a carruagem, desceu de seu assento, voltou-se para Papai e disse: “Não vou continuar por esta estrada cheia de buracos e valetas. Esta não é uma estrada para carruagens, e sim para grandes carros de boi”.

“Todos os anos viajamos por esta estrada”, disse Papai, descendo da carruagem e colocando-se diante dele.

“Eu não vou seguir.”

“O que você quer?”

“Desçam da carruagem.”

“Você vai nos deixar no meio dos campos?”, perguntou Papai com uma voz raivosa.

“Quem vai me pagar pelos prejuízos?”

“Se houver algum, eu pagarei”, disse Papai em voz alta.

“Pague-me agora.”

“Não é bonito pedir o pagamento no meio do caminho. Eu conheço seu pai e seus tios, eles nos levam há muitos anos. Fui hóspede na casa deles e eles foram hóspedes em minha casa.”

"Isso não me interessa."

Papai, é preciso saber, se enfurece com facilidade. Quando sente algo de injusto no ar, ele não se contém e diz o que pensa. E, se necessário, não foge de uma briga.

"Se não seguirmos adiante, não pagarei você", disse Papai com uma voz forte.

O cocheiro mede Papai dos pés à cabeça, parece notar que não tem nenhuma chance de receber algum dinheiro dele, muda de tom e diz: "Quando você vai me pagar?".

"Quando chegarmos à minha casa."

"E se a carruagem quebrar, quando você vai me pagar?"

"Vou pagar tudo no fim da viagem. E não antes."

"Se não fosse por meu pai, eu deixaria vocês aqui e voltaria para casa", disse ele, encontrando uma saída para a confusão em que ele mesmo tinha se metido.

Papai não desiste: "Não se ameaçam as pessoas no meio do caminho".

Já se passaram mais de sessenta anos desde aquela viagem tensa com meus pais para casa. Os anos não ajudam a memória, mas as imagens da infância têm vida longa. Aquele mesmo cocheiro jovem, cheio de ódio, que tentou nos extorquir, aparece diante dos meus olhos como uma visão que antecipava o que estava por vir. Evidentemente, eu ainda não sabia, então, que aquilo era apenas um sinal antecipado do que o futuro nos traria. Estremeci diante de sua figura violenta, e ainda bem que Papai é alguém que se irrita com facilidade, alguém que o enfrentou e o fez entender que era mais forte do que ele, deixando claro que, se ele o provocasse, apanharia.

75

Voltamos para casa e eu me alegrei. Victoria não estava, mas tinha limpado a casa em homenagem à nossa volta, enchera a despensa com leite, queijo e manteiga, verduras e frutas, e minha mãe se apressou em preparar uma refeição leve.

Sentamo-nos à mesa, como se nunca tivéssemos saído.

Antes que se passasse uma hora, eu já estava dormindo. Papai me levou até minha cama e voltei a ver as águas do Pruth, azuladas e amareladas, os barcos compridos navegando contra a correnteza e os filhos dos camponeses saltando da ponte na água. Tudo como era. Mas e os veranistas à margem do rio? Onde estavam? Para onde tinham desaparecido? Perguntei isso a mim mesmo e fiquei tão assustado que acordei.

Já anoitecia. Era um anoitecer de fim de verão, fresco e agradável. O mês que tínhamos passado à margem do rio e o retorno ameaçador, as pessoas e as vistas diante das quais tínhamos passado subitamente me pareceram como se pertencessem a uma terra desconhecida, onde o que está oculto é mais importante do que o que é visível.

As acusações de Papai, que se perguntava sempre "O que estamos fazendo aqui? É melhor ficarmos em casa e desfrutar do nosso jardim!", e o amargor que ele voltava a expressar durante todos os dias das férias desapareceram. Papai parecia tranquilo. Ele se sentava à mesa, cortava o pão em fatias finas, aconselhava a Mamãe e a mim que provássemos e dizia: "Sempre gostei do pão preto da padaria Stern".

Naquela mesma noite vi pela primeira vez meu pai com as costas encurvadas. Até então, eu tinha a impressão de que Papai caminhava sempre ereto, como um ginasta veterano, e subitamente ficou claro para mim que suas costas estavam arredondadas, e que ele as arredondava ainda mais enquanto enchia seu cachimbo.

Mamãe disse: "É bom voltar para casa. A casa, afinal de contas, é o melhor lugar para uma pessoa". As sentenças de Mamãe têm um som agradável, mesmo que não haja nelas nenhuma novidade.

Papai ergueu os olhos e não disse nada. Temi que em breve começassem os antigos atritos. Estava, porém, enganado. Papai queria tranquilizar Mamãe. Ele narrou um episódio do seu tempo de colégio, sobre um certo Ivan, que competia com ele na corrida em distância. De tanto esforço, ele desmaiou no meio do caminho e Papai chegou em primeiro lugar. Mas os juízes da corrida não anunciaram Papai como vencedor porque seu adversário tinha sido obrigado a abandonar a corrida por um problema de saúde, tendo sido levado ao hospital.

Já sabia havia tempo que Papai era um ótimo esportista. Eu não imaginava, porém, que ele tivesse sido um dos melhores na corrida em distância. Papai é um homem impaciente, e por isso eu imaginava que corridas de curta e média distâncias fossem mais apropriadas para ele. E agora tornava-se claro que eu tinha me enganado.

Mamãe tirou o castiçal de dentro do armário, colocou nele uma vela, acendeu-a e disse: "Não há nada como uma vela durante o jantar".

Comemos o que costumamos comer à noite: salada, omelete, queijo e ricota fresca. Mas, durante a refeição, tudo parecia ter um gosto novo.

"Estranho", disse Mamãe, "diante de meus olhos eu vejo a margem do rio e ela está longe de mim, como se eu tivesse estado ali há muito tempo, e não ainda hoje pela manhã".

Papai respondeu: "Às vezes as distâncias nos enganam".

"A margem do rio já se tornou parte inseparável de nós", disse Mamãe.

Fiquei esperando Papai dizer: "Não de mim". Mas, para minha surpresa, Papai arregalou os olhos e não disse nada. E, por um instante, me pareceu que só agora ele tinha uma noção sobre o ser de Mamãe e que ele lamentava pelas diferenças de opinião que tinham surgido entre eles havia anos.

76

No dia seguinte, Mamãe abriu a porta ampla dos fundos e a luz do jardim encheu a casa. Victoria tinha cuidado do jardim durante a nossa ausência, tirara o mato e arrumara os canteiros e cortara a grama. Um aroma de grama cortada pairava no ar.

Papai se levantou e foi para a fábrica. Não o vi saindo.

Mamãe disse: "Amanhã vai começar o novo ano letivo. É preciso preparar sua mochila e seu uniforme". Sua voz soava tranquila, mas me deixou inquieto. Eu via diante de meus olhos a escadaria larga na entrada da escola e o violento Piotr no primeiro degrau, e o medo oculto me tomou.

"Papai vai treinar comigo à noite?", perguntei.

"Papai vai voltar tarde da fábrica", respondeu Mamãe com uma voz objetiva.

Mamãe estava de pé no meio do jardim, emocionada com os canteiros de rosas e com as acácias altas e frondosas que deixam no nosso jardim uma teia de sombras delicadas.

As ameaças de guerra que surgiam à margem do rio não estavam presentes aqui. A tranquilidade do fim do verão pairava sobre as casas.

Mamãe entrou na sala, sentou-se numa poltrona e disse: "Gosto da nossa casa".

Ouvi em sua voz uma saudade, como se ainda não tivéssemos chegado à nossa casa e ainda estivéssemos a caminho.

Quis revelar meus temores a Mamãe, mas me contive.

Mamãe foi até a lavanderia para passar meu uniforme, as roupas de Papai e as dela. Meus pensamentos se voltaram para tia Júlia, para sua casa isolada e para o seu pomar e sua horta. Vi a sala de música na qual ela se senta e fica ouvindo Bach por horas a fio.

Certa vez, depois de uma visita a tia Júlia, Mamãe disse: "Júlia está cuidando de suas feridas". Desde que ela disse isso, às vezes eu vejo as pernas dela. As feridas não estão sangrando, mas se recusam a cicatrizar. Ela faz curativos com muito cuidado, e concentra-se totalmente nessa atividade.

À noite, Papai voltou do trabalho cansado, mas não deprimido. É verdade que ladrões entraram na fábrica, mas os prejuízos foram pequenos. Mamãe perguntou se algo mudou na cidade desde que deixamos a nossa casa e Papai respondeu com uma delicadeza rara: "Nas ruas, não se sente nada. Os cafés estão lotados. As pessoas compram e vendem. Os judeus têm o hábito de exagerar, de fazer barulho. Não se pode dar atenção a esses exageros. É preciso ter paciência". Mamãe estava sentada a seu lado, atenta a cada palavra que saía da boca dele. Ao final, ela perguntou: "Você encontrou algum conhecido nosso?".

"Encontrei o dr. Zeiger. Quase não conversei com ele. Ele estava muito ocupado. Um de seus pacientes foi internado no hospital e ele estava com pressa de visitá-lo. Ele parece ter envelhecido desde que o vimos pela última vez. Os pacientes demandam sua atenção dia e noite e ele, como de costume, faz tudo o que lhe pedem. Nunca vi alguém tão dedicado ao trabalho."

E, enquanto Papai ainda está falando, ele fecha os olhos e adormece sentado. Nunca tinha visto Papai adormecer sentado e me espantei. Mamãe sussurrou: "Vamos deixar Papai descansar um pouco, ele trabalhou desde o amanhecer". Percebi que Mamãe estava preocupada com o sono de Papai.

77

Na manhã seguinte acordei cedo. Vesti o uniforme, tomei um copo de cacau e fui para a escola. Mamãe acompanhou-me com o olhar até eu desaparecer.

Na escola havia muito barulho e, à primeira vista, não reconheci nenhum dos meus colegas de classe. A maioria deles era mais alta do que eu, e alguns trajavam casaco de couro, que lhes dava a aparência de moleques de rua.

A aula começou. O professor de matemática olhou para mim com um olhar simpático. Em meu coração, eu esperava que ele não fosse me chamar para a lousa. Decidi não me destacar e não levantar a mão. Talvez assim Piotr e seus amigos me deixassem em paz.

Enganei-me. Ao final da aula Piotr voltou-se para mim, fazendo um sinal com o dedo do meio, e seu olhar dizia: estou de olho em você. Esgueirei-me da escola e me envergonhei de mim mesmo porque o medo tomou conta de mim e eu não fui capaz de enfrentar a ameaça. Mamãe se alegrou ao me ver e perguntou: "Como foi?".

"Tudo bem", respondi. Sobre meu medo e minha vergonha, eu não lhe disse nada.

Mamãe preparou um almoço que me agradou: pastelão de milho recheado com queijo e creme e, de sobremesa, torta de cereja. Eu quis me alegrar, mas não havia alegria em mim.

Ao final, eu disse: "Piotr me apontou seu dedo do meio".

"Não se preocupe, meu querido. Papai vai treinar você no fim de semana. É preciso reagir com equanimidade às ameaças."

"E como se faz isso?"

"Papai vai treinar você."

À noite Gusta veio nos visitar. Fiquei contente e tão constrangido que comecei a tossir. Gusta perguntou se eu estava resfriado. Mamãe respondeu com uma voz clara: "Erwin está absolutamente saudável".

Sentamo-nos na sala, da qual eu gostava tanto. Mamãe se sentou numa poltrona e eu na poltrona diante dela. Gusta sentou-se no sofá.

Mamãe entrou na cozinha para preparar chá e canapés, e Gusta perguntou: "Como foi a volta às aulas?".

"Tudo bem", disse eu, mas não fiquei satisfeito com as palavras simples que pronunciei.

Gusta disse: "Quando tinha a sua idade, eu sofria na escola. Não tinha amigos. Era uma boa aluna, mas não gostavam de mim. Só mais tarde, quando já estava no ginásio, passei a ter boas amigas e a vida abriu suas portas para mim".

Fiquei alegre com as palavras de Gusta e disse: "É bom voltar para casa". Gusta me fixou com seu olhar, admirada com minhas palavras.

Então revelei a ela a verdade: durante os dias de férias eu tinha me acostumado a ficar só comigo mesmo e o barulho na escola me incomodava.

"Assim é com os filhos únicos. Também sou filha única. A companhia de outras pessoas me deixava atordoada. Não sabia como fazer para ser ouvida em meio a tantas vozes. Para dizer a verdade, não queria ser ouvida."

Rimos.

Mamãe trouxe uma travessa grande com canapés, chá em xícaras altas e, para mim, uma xícara de cacau.

"Erwin cresceu muito durante as longas férias", disse Gusta sem tirar os olhos de mim.

"Fico feliz de saber que você tenha reparado nisso", disse Mamãe, pousando a travessa sobre a mesa.

Eu quis dizer a ela: ainda não cresci, as ameaças me assustam. Mas não disse nada.

Depois que terminei de tomar o cacau, fui para o meu quarto e deixei Mamãe e Gusta a sós, mas a voz delas me alcançava.

Mamãe disse: "Estou tão contente por ter voltado para casa. O tempo todo me parecia que a guerra estava à nossa porta e que seríamos obrigados a arrumar as malas e os pacotes e deixar nossa casa, como fizeram meus pais durante a Guerra Mundial. Essa sensação acabou com a minha alegria ao nadar. E agora veja, voltamos e tudo continua como antes".

"Eu também estava com medo", disse Gusta.

"Desde que voltei, me sinto tão contente em casa, como se nos tivesse sido devolvido algo de que parecíamos ter sido privados."

Papai voltou cansado da fábrica, mas logo se juntou a nós. A opinião dele não havia mudado: os judeus sempre estão espalhando temores. Não se deve ficar tempo demais junto a eles.

"Que tal lhe parece a cidade?", perguntou Gusta.

"Igual a sempre. Sempre houve alguns roubos e sempre houve alguns arrombamentos. Como de costume, os judeus estão exagerando. Eles são verdadeiros especialistas em promover a intranquilidade e em inventar e anunciar ameaças imaginárias."

Por um instante me pareceu que logo começaria uma discussão. Mas estava enganado. Mamãe e Gusta nunca discutem. Elas conversam e expõem seus pensamentos íntimos uma para a outra. Papai sabe disso e nem tenta começar uma discussão.

Mamãe disse: "Gusta, fique para o jantar".

"Com muito prazer."

"Não preparei nada de especial."

"Eu gosto de comidas simples", disse Gusta. "Vou ajudar você."

Enquanto isso, revelei a Papai: "Piotr me apontou seu dedo do meio e me ameaçou".

"Amanhã vou voltar mais cedo e vamos treinar", disse Papai, e um sorriso suave, raro, voltou a surgir em seu rosto. Eu me senti aliviado. Gosto de treinar com Papai. Nós corremos pelo bairro, treinamos e, ao final, boxeamos. "Ao final, você vai se tornar um jovem destemido", diz Papai ao concluir o treino.

O jantar estava agradável. Mamãe repetiu várias vezes: "É tão bom voltar para casa. Afinal, retornei de um lugar público e exposto para meu próprio lugar".

Gusta disse: "Eu também me alegrei por voltar. Minha empregada limpou e lustrou a casa e devolveu-lhe a aparência de nova. Desde que voltei, não saí de casa. Tenho pena de perder um instante sequer da tranquilidade que tenho ali".

Papai não falou muito naquela noite.

Ao final, Papai contou sobre a fábrica: "De fato, houve dois incidentes. Um dos trabalhadores temporários, um ucraniano, já de certa idade, levantou-se subitamente e começou a bradar palavras de ordem antissemitas. Eu o adverti: 'Você trabalha numa fábrica que pertence a judeus. Aqui não se aceita antissemitismo'. Ao ouvir essas palavras, ele levantou a voz e gritou: 'Eu protesto exatamente aqui porque este país é o país dos ucranianos, e não dos judeus. Que os judeus voltem para sua própria terra'.

"E eu disse a ele: 'Você está despedido'.

"Diante de minhas palavras, ele levantou a voz e disse: 'Não vou sair daqui. Cada pedaço de terra aqui pertence aos ucranianos, e também sua fábrica. Você não tem parte nem herança nesta terra'.

"Pedi a ele que saísse. Como ele se recusou, agarrei-o pelo braço e o botei para fora. Ele continuou a gritar e por fim foi embora."

A história de Papai não provocou reações imediatas. Depois, porém, Mamãe disse: "Mais e mais vozes como essa são ouvidas nas aldeias e na cidade. Já as conhecemos do verão".

"Não se pode ter medo", respondeu Papai.

Gusta, para minha surpresa, disse: "Estou pensando em aprender desenho. Durante todos esses anos tenho saudade de me sentar e de desenhar".

"Você vai abandonar a ciência em favor do desenho?", perguntou Mamãe, assustada.

Gusta ergueu o olhar e disse: "O que fazer? Tenho saudade de desenhar".

"Você vai abandonar a ciência e começar tudo outra vez, do início?", perguntou Mamãe com uma voz trêmula.

"É o que meu coração me diz para fazer."

"O que meu coração me diz para fazer" não é uma das frases de que Papai gosta. É de supor que, num outro momento, ele teria se revoltado. Mas naquela noite a atmosfera estava tranquila. Papai, Mamãe e Gusta estavam próximos um do outro, sem falar muito.

Estava cansado e me levantei da mesa. Sinto pena por aqueles dias que passaram, e pelas noites como aquela, pois dentro de pouco tempo seriam tomados de mim os olhos admirados de Mamãe, e o rosto de Gusta seria obliterado, e a expressão de Papai, que naquela noite estava tão serena, como se ele estivesse satisfeito com tudo, também desapareceria para sempre.

78

Ir à escola não é algo que me alegra. O conselho de Papai, de não ter medo de confrontos, não reduz meus temores. Mas os treinamentos ajudam. Depois de correr por uma hora e de treinar boxe, sinto que minhas mãos e minhas pernas estão ágeis e que sou capaz de enfrentar até mesmo dois oponentes. Mas nos meus sonhos tudo é diferente. Os brutamontes se tornam uma fileira de corpos. Tento escapar das unhas deles, mas eles me oprimem com seu peso.

Na classe, ao contrário do que Papai me aconselha, parei de levantar a mão. O professor de matemática às vezes se dirige para mim, me perguntando se eu gostaria de ir à lousa. Prefiro deixar outros fazerem isso.

À noite vem o dr. Zeiger. Mamãe e Papai se alegram com sua presença. O dr. Zeiger mudou. Seu rosto ficou mais comprido e marcas de preocupação surgiram em sua testa. Os doentes e os oprimidos não lhe dão descanso. O problema dele é que ele não sabe dizer não.

O dr. Zeiger também é da opinião de que os temores à margem do rio são exagerados. Ainda assim, percebe-se uma recessão econômica. As pessoas estão construindo menos e comprando menos. Quem tem economias compra dólares ou transforma seu patrimônio em ouro. E para os pobres, cuja situação nos dias de bonança já não era boa, agora está ainda pior. Mas no final das contas a vida é mais forte do que todos os sofrimentos e ofensas.

O dr. Zeiger falou e explicou. E diante de meus olhos vi com grande clareza o rio e os veranistas: o homem que teve a perna amputada e Pepi. O socorrista gigante Slobo andando ao longo da margem do rio, levando a pequena caixa de primeiros socorros em sua mão enorme, pronto para fazer ataduras ou tipoias. Mas vi especialmente naquela noite a mulher que foi operada de um tumor e que cantava em voz alta as árias de Verdi.

Depois do jantar um silêncio abateu-se sobre todos. Mamãe tentou mudar a atmosfera conversando, mas as palavras delicadas dela caíam no vazio. As palavras também abandonaram Papai e o dr. Zeiger. Eles tomavam chá em copos altos e mergulhavam cada vez mais dentro de si mesmos.

Ao final, o dr. Zeiger falou da infelicidade e do sofrimento, que não têm fim. "Eu me queixo porque me acordam no meio da noite. Mas o que é isso comparado àqueles que têm que ser operados e voltam a ter que ser operados? As pessoas esperam de mim que eu lhes traga cura, que eu lhes faça as melhores operações. Mas minhas possibilidades são limitadas. Sou apenas um médico e não alguém capaz de fazer milagres. Compreendo as súplicas das pessoas. Eu as compreendo melhor do que elas imaginam."

"Isso não é sua culpa", disse Papai.

"Não estamos falando de culpa. Eu me vejo todos os dias diante do sofrimento exposto e não tenho como ajudar. Sempre volto a repetir: 'Não há o que fazer', e a pessoa que está diante de mim baixa a cabeça e diz: 'Vejo que o médico também está desamparado'. Isso acontece diariamente. E, às vezes, a cada hora. Não espanta que as pessoas enlouqueçam. De tanto desespero, elas correm em busca de feiticeiros e de bruxas. Está claro para mim: isso é puro autoengano. Mas não tenho como detê-las. O desespero humilha as pessoas, tornando-as feias."

Papai e Mamãe continuavam sentados, espantados, com o copo de chá nas mãos. Eles nunca tinham visto uma torrente de palavras como aquela jorrar da boca do dr. Zeiger.

O espanto permanecia no rosto deles também quando o dr. Zeiger se despediu de nós e voltou para casa.

79

Assim passavam os dias. Papai lutava para preservar a fábrica e já tinha despedido quase a metade de seus operários, e ele mesmo se dedicava ao trabalho como se fosse um empregado.

A fábrica, que tinha passado por períodos de bonança, sofria prejuízos diários. À noite, escutei Papai dizendo: "Acho que não há outro jeito senão vender a fábrica. Não tenho como arcar com os prejuízos".

Enquanto isso, Mamãe saiu para visitar tia Júlia. De manhã saí para a escola e, ao voltar, encontrei Victoria. Ela prepara as refeições para Papai e para mim. Antigamente, Papai costumava voltar para o almoço, descansava um pouco e depois voltava à fábrica. Desde que regressamos da margem do rio, Papai não vem mais à hora do almoço. Mamãe prepara sanduíches e uma garrafa térmica com café para ele.

Victoria me perguntou: "Como está a escola?".

"Muito bem", respondi sem dizer mais nada.

Victoria é divorciada e tem três filhos em casa. Ela gosta muito de Mamãe. Ela lhe conta todos os seus segredos. Mas não gosta de judeus. Mamãe não discute com ela. Certa vez eu a ouvi dizer: "Os judeus são como todos os seres humanos. Há entre eles pessoas boas e pessoas ruins. Tolos também, e muitos infelizes".

Às três horas Victoria foi embora e a casa inteira ficou à minha disposição. Não estou acostumado a ficar sozinho em casa. Quando volto da escola, Mamãe me recebe. A casa sem Mamãe me assustou, e saí para o jardim.

Papai voltou para casa à noite, exausto. Eu queria alegrá-lo, mas não sabia como. Papai trocou de roupa, vestindo sua roupa de esporte, e disse: "Vamos ver o que Victoria preparou para nós".

Quando Mamãe saiu para visitar tia Júlia, me pareceu que ela não partiu para uma viagem de três dias, e sim para uma expedição que se estenderia por um longo período. Senti um alívio quando Papai contou que o cocheiro que tinha levado Mamãe voltara, e que lhe tinha dado notícias sobre Mamãe e sobre tia Júlia.

Papai, apesar do cansaço, saiu para correr comigo e depois treinamos boxe. Os treinos deixaram marcas em mim: meu corpo está mais ágil.

Em meu sono eu brigo com os brutamontes. Às vezes sou capaz de dominá-los. Na maioria das vezes, porém, eles juntos prevalecem sobre mim.

"Por que eles odeiam os judeus?", volto sempre a perguntar a Papai.

E Papai responde: "Não há o que fazer. Há preconceito contra os judeus".

"São justificados?", continuo a perguntar.

"Normalmente os preconceitos não são justificados."

Como já foi dito, Papai gosta apenas de alguns judeus, os mais sensíveis e os mais refinados. Do resto, ele se distancia. Mamãe, diante dele, afirma que os judeus como um todo nem sempre são repugnantes. Como exemplo, ela cita as rezas nas pequenas sinagogas, nas aldeias, que proporcionam uma verdadeira elevação do espírito.

Nos dias em que minha mãe não estava em casa, a proximidade com ela se tornou ainda mais forte. Cada peça de mobília, cada abajur, para não mencionar o castiçal, me fala dela. Às vezes me parece que, durante todos esses anos, ela tentou trazer para junto de nós o silêncio da casa dos avós nos Cárpatos. Quando está ausente, todos os objetos de que ela gosta alcançam a plenitude de sua expressão silenciosa.

Quando voltei para casa e vi Mamãe junto à porta, minha felicidade parecia não ter limites.

"Como vai tia Júlia?", perguntei.

Ao ouvir minha pergunta, Mamãe arregalou os olhos, olhou para mim e disse: "Tia Júlia escolheu o caminho do sacerdócio".

"Ela reza?", perguntei.

"Não. Ela ouve música, lê Proust, passa horas sentada no jardim, contempla as plantas e à tarde nada no rio."

Depois dessa descrição de Mamãe, fiquei onde estava e parei de fazer perguntas.

80

À noite o escritor Karl König veio nos visitar. Papai ficou alegre. Para mim, involuntariamente ele trouxe de volta as imagens do Pruth, as pessoas e o fluxo da água. Karl é um homem nobre que não se porta de modo arrogante. Acompanhei atentamente suas conversas com as pessoas, também com muitas pessoas intrometidas. Karl respondia a todos. É uma pena que eu não tenha tido a oportunidade de observá-lo melhor.

Papai lhe perguntou como ele estava, e Karl respondeu demoradamente. Não entendi a maior parte do que ele disse. Novamente voltou a falar do capítulo do livro que ele pretendia terminar durante as férias. O que não conseguira fazer à margem do rio, fizera em casa. Agora, o peso tinha sido tirado de seus ombros.

“Trata-se de um capítulo comprido?”, perguntou Papai.

“É um capítulo normal. Mas, por algum motivo, não dava certo. Eu o corrigi diversas vezes, mas não adiantava nada. Ao final, ele cedeu à minha insistência amorosa e agora tomou forma, não uma forma perfeita, mas ainda assim ela me tranquiliza.”

Ainda às margens do Pruth, percebi: a vida dele é escrever. Ele se dedica à escrita de corpo e alma. Aquele capítulo teimoso no qual ele trabalhava me parecia, por algum motivo, uma criatura rebelde que não se deixa domar por nenhum tipo de persuasão. Karl König faz seu trabalho com devoção, passo a passo, fala com aquela criatura indomável com delicadeza e com palavras cuidadosamente escolhidas, aconselha-a a não incomodá-lo enquanto ele está plasmando o capítulo, porque plasmar o capítulo é o principal. Um capítulo não terminado significa a insônia do escritor.

Agora ele está sentado na poltrona. Não está tranquilo, e sim tenso e absorto em suas impressões. Está mais preocupado em ouvir do que em ser ouvido. Mas Papai, por algum motivo, não desiste e continua a lhe fazer perguntas sobre o capítulo rebelde.

Por fim, Karl König responde às perguntas de Papai e fala a respeito do sentimentalismo que destrói tudo o que há de bom. A literatura precisa livrar-se do sentimentalismo. Uma palavra sentimental é como um espinho na carne. Subitamente ele diz uma frase que surpreende Papai: “O ministro responsável pela literatura me escolheu, contra a minha vontade, para ser o vigilante que não permite ao sentimentalismo insinuar-se nos textos escritos”.

“E você se mantém nesse posto de vigilância?”, disse Papai em seguida.

“Com dificuldade. Mas o ministro responsável pela literatura não desiste de mim. Como todos os ministros, ele é um tirano. Sempre encontra defeitos no meu trabalho. Ele me lembra de que eu preciso prestar atenção em cada palavra e em cada sinal.”

“Quando você assumiu essa obrigação?”, perguntou meu pai atentamente.

“Já na minha juventude. Eu não sabia o que significava essa obrigação. A mim, parecia que era uma aventura, não imaginava que fosse uma escravidão, de dia e de noite.”

“Mas agora você terminou o capítulo rebelde”, disse Papai.

“Sim, mas um novo capítulo está à porta, e tem suas exigências.”

“Todos os capítulos são rebeldes assim?”

“Graças a Deus, nem todos. Mas a maioria, sim.”

“Agora, ao que me parece, você está escrevendo só sobre os judeus? Ou será que estou enganado?”, perguntou Papai.

“Exato. Porque eles me interessam mais. E, além disso, eu me sinto ligado às fraquezas deles.”

“Cada ser humano tem suas fraquezas, não é assim?”

“As fraquezas dos judeus me são conhecidas. Só escrevo sobre o que eu conheço.”

“À margem do rio você descobriu novas fraquezas?”

“Olhar o que é visível não ajuda a escrita em nada. Só aquilo que surge dentro de você ajuda. Você coleciona e coleciona e, ao final, sai algo que não se parece em nada com aquilo que você viu ou ouviu.”

“Trata-se de um procedimento místico”, disse Papai

“Não gosto dessa palavra. Ela não significa nada.”

“E o que você diria em vez disso?”

“Não é necessário nomear as coisas que não se podem compreender. É melhor deixar o incompreensível sem nome.”

Naquela mesma noite, percebi que as palavras de Karl König eram mais compreensíveis para Mamãe do que para Papai.

Mamãe não perguntou e não falou, mas naquela noite seu rosto estava atento e concentrado.

81

No outono de 1938 surgiu o corte que separou o que foi do que iria ser. Não admira que não saíamos de casa. Eu desfrutava de cada instante em meu quarto, na sala e no jardim, que começava a secar, tingindo-se de muitas cores. Mamãe repetia sempre: "Como é bom estar em casa". As palavras de Mamãe têm sempre alguma ligação com aquilo que ela está fazendo com as mãos. Ela costura, passa, tricota e, nos últimos dias, costurou duas lindas almofadas para o sofá.

Quando volto da escola, eu me sento na sala, e meu único desejo é permanecer sentado e desfrutar aos poucos da visão de todas as coisas pequenas que há ali, e que olham para mim de todos os cantos. Tenho medo de perdê-las.

Papai luta, dia a dia, com os problemas na fábrica. Mamãe tenta, com todas as suas forças, tranquilizá-lo. Prepara um banho de banheira para ele, capricha no preparo de refeições saborosas, senta-se ao lado dele, pergunta e ouve com atenção suas respostas. As diferenças de opinião, que ainda há poucos meses enchiam a casa, se dissolveram. Agora Papai não diz nada que possa provocar discussões.

Gusta vem nos visitar às vezes. Sua graça e seu sorriso espalham tranquilidade à sua volta. Às vezes me parece que o príncipe que era apaixonado por ela ainda está lá fora, esperando-a. Ela leva a vida sem se queixar. Não acusa ninguém nem se lamenta pelo que lhe aconteceu.

Uma noite com Gusta planta em mim uma tranquilidade que me acompanha por alguns dias. Quando Gusta está conosco, Papai esquece seus problemas e seu rosto volta a iluminar-se.

Saí com Mamãe para comprar sapatos e encontramos Pepi. Imediatamente ela nos contou o motivo de seu desaparecimento. Ela caíra em depressão e fugiu para a floresta, onde se escondeu. Um dia depois de termos deixado a margem do rio, ela saiu de seu esconderijo e voltou para a margem, pediu desculpas ao homem que teve a perna amputada e a todas as pessoas que tinham se preocupado com ela. "Todos me perdoaram, graças a Deus", disse ela com um sorriso envergonhado.

Mamãe também se alegrou com ela. A menina e a mulher infeliz conviviam no rosto dela. Mamãe reconheceu a menina que havia dentro dela e falava-lhe com palavras consoladoras. Isso comoveu Pepi, e seu rosto se encheu com uma expressão infantil.

Ela revelou mais coisas a Mamãe: que tinha se encontrado com Franz, mas ele não voltara para ela. A opinião do homem cuja perna tinha sido amputada não mudou: Franz é um trapaceiro em quem não se pode confiar.

"E o que lhe diz seu coração?", perguntou Mamãe.

"É difícil para mim decidir", disse a criança que havia nela.

"Como vai Erwin?", perguntou ela a Mamãe, como se eu não estivesse presente.

"O ano letivo começou", disse Mamãe sem acrescentar nada.

"Que bom que voltamos a nos ver. Este ano a temporada à margem do rio não me fez bem. Eu me desorientei. E as pessoas não me compreenderam. Ainda bem que voltei para casa e para a loja de roupas onde trabalho. É bom ir ao rio, mas é melhor ainda voltar para casa."

Mamãe comprou botinas para mim e disse: "Logo vão começar as chuvas e é melhor sair sempre com sapatos de inverno". Depois de ter comprado as botinas, nos sentamos no café Minha Esquina. No café Minha Esquina, Mamãe é recebida com sorrisos. Pedi torta de ricota e cacau, e Mamãe pediu strudel e café. Nós nos sentamos junto à janela e vi um canto do parque e as pessoas sentadas nos bancos.

Perto do fim da semana Piotr me desafiou, me chamou de judeuzinho e de outros insultos e ameaçou me bater. Como ele estava sozinho, sem os amigos, tirei a mochila dos ombros e o enfrentei. Ao que parece, ele ficou surpreso. Estava despreparado e tomou dois socos. Mas logo se recompôs. Lutei com ele e não desisti. Ao final estávamos ambos ensanguentados. Ele me amaldiçoou e ameaçou me matar e eu respondi com outras maldições.

Voltei para casa e Mamãe se assustou. Lavou meu rosto e fez curativos nos machucados. Eu esperava que Mamãe me dissesse alguma palavra de elogio, mas ela não disse nada. Ao que parece, minha aparência a assustou. E mesmo depois de ter feito os curativos nos meus machucados, ela não se acalmou.

Mas quando Papai voltou, à noite, e viu minha cabeça com os curativos, ele disse: "Vejo que você andou brigando. Bravo!". Ele se aproximou de mim e me abraçou.

82

Papai continua a treinar comigo. O treino não é fácil, mas Papai faz tudo com tanta dedicação que eu não ouso dizer nada. Sinto meu corpo ficar mais forte. Minhas pernas ficaram mais ágeis e eu consigo subir não só em muros como também em casas altas.

Desde a minha briga com Piotr, os colegas de classe me tratam com respeito. Já os ouvi sussurrando: "Depois das férias de verão, ele mudou. Não é mais como era".

Papai trabalha desde manhã até tarde da noite. Depois do jantar, senta-se na poltrona, silencioso, mergulhado em si mesmo. A fábrica se encontra diante de uma crise. Papai está disposto a vendê-la, mas não há compradores. Os que aparecem oferecem um preço ridículo.

Papai, apesar de sua força, se desespera com facilidade. A fé dos antepassados de Mamãe volta a ela nos momentos difíceis, e ela sempre repete: "Não podemos nos desesperar". Antigamente frases assim deixavam Papai furioso. Agora, ele ouve e não diz nada.

Ontem informaram a Gusta que o príncipe legou a ela seu anel. Seus parentes tinham tentado ocultar o testamento dele, mas o testamento foi revelado e seus detalhes se tornaram conhecidos por muita gente. E eles não tiveram outro jeito senão avisar Gusta de que o anel pertencia a ela.

Papai ouviu e se alegrou, em meio à sua melancolia, mas não falou nada. Gusta disse: "Não esperava uma surpresa como essa".

Mamãe disse: "É uma bonita lembrança". Essa frase me pareceu banal diante da dimensão daquela notícia. O amor insistente do príncipe, que parecia ter se atenuado com o passar dos anos, voltava à vida.

Gusta permanecia sentada na sala e disse em voz baixa: “Tudo o que aconteceu naqueles anos era incompreensível para mim. O que sabe uma jovem que acaba de terminar o colégio? Ainda que eu fosse uma jovem sonhadora, príncipes não me passavam pela cabeça. Queria estar perto de minha mãe e me destacar nos estudos”.

Mamãe disse: “Não devemos desprezar o valor de boas notícias. É preciso prestar atenção a elas”.

Gusta respondeu: “Não estou acostumada com gestos como esse”.

“Nós não sabemos o que a vida nos reserva, e nem por quê”, disse Mamãe.

Papai surpreendeu as duas mulheres e disse: “Nos dias em que vivemos, quando tudo está para arrebentar, uma boa notícia proporciona ainda mais alegria”.

Ao ouvir as palavras de Papai, Gusta caiu no choro. Era um choro profundo, que fazia o corpo dela estremecer. Mamãe abraçou-a, dizendo: “Gusta, querida, tudo será para o bem. Também temos que aprender a receber notícias surpreendentes. Ao final, tudo é para o bem”.

“Eu não preciso de notícias como essa. Elas me atordoam.”

“Não sabemos de tudo e não compreendemos tudo. Deixe o tempo fazer a sua parte”, disse Mamãe.

83

O dr. Zeiger nos visita toda semana. Às terças-feiras ele se permite fechar o consultório e vir nos visitar. Antigamente, ele tinha senso de humor e alegria de viver. Agora, ele se dedica inteiramente ao seu trabalho. Doentes e necessitados se juntam diante da porta da casa dele, dia e noite. Quando suas forças se esgotam, ele se levanta e suplica: “Deixem-me dormir algumas horas. Um médico também é uma criatura de carne e osso”. Já algumas vezes ele fugiu de casa para o parque municipal e deitou-se para dormir sobre um banco, como os indigentes.

Papai o exorta a ficar em casa para dormir. “Por quanto tempo você será capaz de suportar isso?”

Ao ouvir a sugestão de Papai, ele diz: "Há doentes para quem eu sou a última esperança".

Mamãe prepara refeições quentes saborosas. O dr. Zeiger está magro e seu rosto, que um dia foi sorridente e divertido, está cheio de preocupação e tristeza. Quanto ele será capaz de ajudar? Os hospitais públicos estão lotados e só aceitam pacientes de emergência. E os hospitais particulares estão fechados para os pobres.

Enquanto isso, ficamos sabendo que o homem que teve a perna amputada morreu, e que seu enterro será às cinco da tarde. Papai voltou mais cedo da fábrica. Comemos uma refeição leve e, sem demora, saímos para acompanhar o enterro.

Sabíamos que o homem que teve a perna amputada era um comerciante rico. Mas quão rico ele era ninguém imaginava. Eu me lembrava principalmente do lugar onde ele costumava se sentar, à beira da água, de sua raiva dos gulosos e dos preguiçosos e dos que não pensam. Durante a maior parte do tempo ele ficava sentado ao lado de Pepi, advertindo-a ou consolando-a. E ele sempre dava uma esmola a alguma pessoa necessitada.

Seguimos a pé, cortando caminho pelo bosque. De longe vimos as pessoas chegando de todos os lados. Mamãe reconheceu Rosa Klein, com um chapéu colorido na cabeça.

Papai não gostava do homem cuja perna foi amputada. Duvido que tenha realmente conversado com ele alguma vez. Mas, para a surpresa de Mamãe, ele concordou imediatamente em acompanhar o enterro.

A estrada de terra fora da cidade me lembrou, por algum motivo, o rio e os veranistas sentados na relva, comendo sanduíches, tomando café e fumando.

Quando nos aproximamos do cemitério, já havia algumas pessoas esperando junto ao portão. Um silêncio erguia-se dos campos e dos bosques esparsos. Diminuímos o passo e logo reconhecemos Pepi, com um chapéu amarelo na cabeça. Não vimos o rosto dela. Reconhecemos facilmente o socorrista Slobo. Junto às outras pessoas, ele se destaca pela altura. E também vimos a mulher que tinha sido amiga de infância de Papai.

Detivemo-nos antes de chegar perto do portão. O olhar de Papai subitamente se tornou triste, como se ele dissesse: de fato, eu conheço essas pessoas. Elas me perseguem por toda parte. Ou melhor, eu as persigo. Já não é tempo de nos separarmos? Que cada um siga seu caminho e seu destino, mas não todos juntos.

Mamãe baixou a cabeça e dessa vez aquilo era um sinal evidente de que ela não estava de acordo.

Quando alcançamos o portão, o socorrista Slobo se aproximou de nós, estendeu a mão para Papai e disse: "Que bom que vocês vieram", como se fosse ele o encarregado daquele enterro. Papai não disse nenhuma palavra.

Quando vimos Gusta se aproximando de nós, Papai ergueu a mão. Algumas pessoas, porém, a detiveram. Ao final ela se pôs a conversar com a mulher que tinha sido amiga de infância de Papai e vi que havia uma proximidade entre as duas.

Não havia tristeza nem luto. Era como se houvesse um consenso de que era chegada a hora de o homem cuja perna tinha sido amputada sair deste mundo, e que ele tinha feito isso sem muito alarde.

Pepi chorava em silêncio e, ao contrário do seu costume, fazia-o sem muita encenação.

Os homens da sociedade funerária trouxeram o morto numa prancha e o baixaram à sepultura. Ele estava envolto em seu manto de orações e não era possível ver que sua perna tinha sido amputada.

O sepultamento transcorreu em silêncio. Os membros da sociedade funerária proferiram as preces sem levantar a voz, quase sussurrando. Mas, quando o morto foi baixado à sepultura, eles ergueram a voz, e as preces soaram como se fossem pedidos de desculpas pela tristeza que eles lhe causavam com seu gesto.

Imediatamente se apressaram em cobrir a cova com terra. Isso também transcorreu em silêncio absoluto. E então vi muito claramente o homem que teve a perna amputada sentado na relva, com seu rosto magro e a boina militar na cabeça, como se prestasse um serviço militar compulsório e interminável. A expressão de seu rosto mudava. Ora parecia desperto e disposto, ora mergulhado em seu amargor. Era evidente que ele não tinha pena de si mesmo.

84

Enquanto todos permaneciam em silêncio, espantados, o dr. Zeiger subiu na caixa que estava ao lado da sepultura. Ao subir e pôr-se em pé em cima da caixa, ele parecia alguém capaz de dominar o próprio cansaço. Estava vestido com seu conhecido terno cinza. Mas na cabeça usava um chapéu preto desgastado que, aparentemente, costumava usar em ocasiões de luto.

O dr. Zeiger leu: "Viemos nos despedir de nosso querido Itzhak Holländer, que esta noite nos deixou. Nós o conhecíamos, mas, para dizer a verdade, não sabíamos muito sobre ele. Era um homem solitário, e não alguém envolvido com a vida pública. Mas seu coração, evidentemente, era grande. Ele pensava em cada um de nós. Sua modéstia, como a conhecemos durante os dias de férias à margem do rio, nos enganou. Ele permanecia a maior parte do tempo sozinho, longe dos outros, e dava a impressão de escarnecer ou reprovar ou desprezar todos aqueles que lhe pareciam ávidos. Nós nos enganamos, senhores, nos enganamos muito.

"Sabíamos que era um homem rico. Mas não sabíamos quão rico. Ele deixou sete mansões, cinco armazéns grandes, nove terrenos e ainda muitas outras propriedades. Durante todos esses anos, ele observou os desabrigados e os miseráveis, fez anotações e, ao final, organizou uma lista com seus nomes. São eles que receberão sua herança.

"Doravante, não haverá mais judeus desabrigados na cidade. Velhos, órfãos, viúvas, doentes e pobres receberão uma soma todos os meses, para poderem se sustentar.

"O sr. Itzhak Holländer – esse é o nome dele, se vocês não sabiam – encarregou a mim e ao antigo juiz, dr. Meiser, de cumprir seu testamento. Não será uma tarefa simples, mas o dr. Meiser e eu cumpriremos nosso dever de bom grado. Pensar que não haverá mais na cidade judeus passando necessidade, e que todos os doentes necessitados terão um leito no hospital e remédios na farmácia. Tudo isso virá dessa verdadeira cornucópia que, sob nossas responsabilidades, proporcionará frutos ao longo de muitos anos. Doravante Itzhak Holländer não será mais conhecido como 'o homem que teve a perna amputada', e sim como o 'salvador dos homens'."

Uma admiração tomou conta do público numeroso que estava reunido no cemitério. Todos permaneciam imóveis. Esperavam que o dr. Zeiger continuasse a falar e explicasse mais, mas o dr. Zeiger desceu da caixa e permaneceu quieto. Seu rosto estava abatido e era evidente que ele não iria mais dizer nem uma palavra.

Enquanto as pessoas permaneciam em silêncio, comovidas, o socorrista Slobo aproximou-se da caixa e subiu nela. E sem hesitar começou a cantar, em voz alta, a canção militar "Maria, Maria". No início, sua voz militar não despertou as pessoas de sua sonolência. Mas, passado pouco tempo, um coro imenso começou a soar, exatamente como acontecera à margem do rio. Slobo não desistiu. Permaneceu sobre a caixa, como um grande regente que governa as vozes.

E assim continuaram por muito tempo. Quando a música terminou, e parecia que as pessoas estavam prestes a se dispersar, alguns homens ajudaram a mulher que tinha sido operada de um tumor a subir na caixa.

"*La traviata*", gritou alguém em meio à multidão.

Ela começou a cantar com uma voz forte e profunda. Agora sabíamos que não era à toa que ela tinha sido conhecida como "o rouxinol da Bucovina". E, por um instante, sua voz soou como uma prece poderosa, que falava de um homem que agora tinha chegado às alturas celestiais. Não sabíamos a que ponto ele tinha sido um dos nossos. Agora que sabemos, suplicamos aos céus que tenham misericórdia dele. Em sua vida, ele sofreu muito e foi libertado. Agora, desfrutaria do prazer dos céus.

A canção terminou, mas todos permaneceram onde estavam e não se afastaram. Todos esperavam que alguém fosse subir na caixa, para falar ou para cantar, mas ninguém se mexeu.

O dr. Zeiger abriu caminho para si em meio à multidão, parou por um instante junto ao portão e foi embora. E os demais o seguiram.

Voltamos para casa. Gusta e a mulher que tinha sido amiga de infância de Papai se juntaram a nós. Esperei que Papai ou Mamãe fossem dizer alguma coisa, mas as palavras se escondiam deles.

85

Estávamos sentados na sala. Mamãe serviu chá nos copos altos.

"Um homem estranho. Não imaginava que houvesse nele uma alma tão grande", disse Papai e imediatamente acrescentou: "As aparências sempre nos enganam".

A mulher que tinha sido amiga de infância de Papai disse: "Papai comprou dele a casa onde eu moro agora. Foi um negócio difícil. Ele não cedia em nada. Papai, que era um homem delicado, cedeu diante da teimosia dele. Ao final concordou com todas as suas exigências. Papai e mamãe não gostavam dele. Assim são os ricos. E é assim que eles enriquecem".

"Ao final, o dinheiro volta àqueles de quem foi tomado", observou minha mãe.

Depois falaram sobre outros assuntos, mas a imagem do homem que teve a perna amputada não deixava a sala. Eu o via sentado na relva e levantando-se subitamente em suas muletas. Apesar das muletas, ele pareceria ameaçador. As muletas o obrigavam a ficar ereto. Apoiado nelas, ele parecia governar toda a margem do rio, como se estivesse prestes a anunciar profecias. Ao que parece, ele gostava de Pepi, e Pepi gostava dele. Mas era um amor impossível. E agora Pepi estaria entre aqueles que receberiam uma parte de sua herança.

Aquela noite em nossa sala, depois do enterro, foi, afinal, uma noite agradável. Papai pareceu assumir algumas das características de Mamãe: olhava, prestava atenção, não se isolava e não retrucava a ninguém. O cachimbo não saía de sua boca.

Mamãe servia canapés e voltava a encher os copos altos de chá quente. Ela tentava ficar próxima de todos.

Estávamos no meio do outono. Nos parques, nos bulevares e em nosso jardim as folhas se tingiam de cores vivas. Passávamos horas sentados fora, olhando dolorosamente para essa beleza que não voltaria mais.

Papai tentava vender a fábrica. Eu brigava com Piotr e as notas de meu boletim baixaram. Papai olhou para o boletim e disse "O que aconteceu?", com um leve sorriso nos lábios.

Mamãe, por sua vez, dedicava-se inteiramente ao preparo de comidas saborosas e a cada dia apresentava um novo cardápio.

Nem sempre Papai se lembrava de louvar os bons resultados do trabalho dela.

O dr. Zeiger e seu parceiro, o dr. Meiser, conseguiram vender três casas e imediatamente dividiram entre os pobres o dinheiro obtido. Os pobres agora andavam pelas ruas com um sorriso oculto no rosto. Por causa dessa alegria secreta, eu gostava das ruas laterais, pelas quais os pobres caminhavam. O próprio dr. Zeiger saiu do estado de depressão em que se encontrava e não parava de louvar o homem que teve a perna amputada. Ele dizia: "Ninguém antes dele beneficiou tanta gente de uma só vez. O patrimônio que ele deixou é grande, mas não é só isso. Todo dia descobrem-se novas propriedades. O fundo será capaz de sustentar os pobres ainda por muitos anos". Os olhos do dr. Zeiger, que em sua vida viram muito sofrimento e muita miséria, agora diziam: um pouco dessa miséria agora foi redimida.

As noites em casa são silenciosas. Estávamos sós. A sensação de que tudo o que tinha sido não voltaria mais a ser fazia com que não saíssemos de casa. Desfrutávamos de cada instante ali. Os móveis, as louças, as gravuras nas paredes, os pequenos objetos que Mamãe colecionara durante tantos anos, cuidadosamente, agora pareciam mais iluminados.

A sensação crescente de que aquilo que tinha sido não voltaria me enchia de saudade e de melancolia. Às vezes o choro irrompia. Mamãe me abraçava e dizia: "A guerra ainda está longe, as pessoas tendem a exagerar. Por enquanto tudo está em paz. À noite virão Gusta e o dr. Zeiger e eu vou preparar uma refeição da qual todos vão se lembrar por muito tempo".

Posfácio: Aharon Appelfeld, tradutor hebraico de um conflito europeu

LUIS S. KRAUSZ

O LAR NUM IDIOMA ESTRANGEIRO

A história da sobrevivência de Aharon Appelfeld parece um desafio a todas as probabilidades. Aos 8 anos de idade, ele testemunhou o assassinato de sua mãe no gueto de Czernowitz, Romênia, logo depois da chegada dos alemães nazistas e seus aliados à cidade, em 1940. Em seguida, foi deportado, juntamente com o pai, para o campo de concentração de Transnístria, numa marcha forçada que se estendeu por semanas.

Desse campo, que era um campo de trabalhos forçados e não de extermínio, ele conseguiu fugir, separando-se do pai, e passou a guerra escondendo-se entre camponeses ucranianos, errando pelas florestas da Bucovina, juntando-se a um bando de ladrões de cavalos, depois prestando serviços domésticos a uma prostituta e, finalmente, servindo como intérprete para os soldados russos que invadiram a região nos anos finais da Segunda Guerra Mundial.

Terminada a guerra, Appelfeld tinha 13 anos e foi levado a um campo de refugiados na Itália, destinado às chamadas *displaced persons* [pessoas deslocadas], os milhares de sobreviventes do genocídio cujos lares e famílias tinham sido destruídos durante a guerra e que, tendo sobrevivido, não tinham para onde voltar. Desse campo de refugiados, ele seria levado, em 1946, para o que era então a Palestina britânica.

A Palestina britânica era, em 1946, palco de um movimento cada vez mais intenso no sentido da criação de um Estado nacional judaico, que vinha sendo levado a cabo pelo movimento sionista desde as décadas de 1910 e 1920 e que, com o genocídio na Europa, evidentemente ganhou nova urgência e nova relevância.

Lá, lutava-se por um renascimento do povo judeu, longe da catástrofe judaica na Europa, e pela criação de uma identidade nacional nova, fundada na língua hebraica, na ligação ancestral do povo judeu com a terra de Israel e na ruptura com as memórias e com o legado da cultura judaica europeia. Pretendia-se dar início a uma nova era na história de um povo que vivera exilado por dois milênios e que, finalmente, retornava ao solo ancestral.

Nesse sentido, esperava-se daqueles que se juntassem a esse embrião de Estado nacional judaico que deixassem para trás seu passado na diáspora, suas memórias da diáspora, os idiomas da diáspora, para se integrarem a uma nova cultura israelense, fundada sobre a língua hebraica, sobre a ligação com o solo ancestral e sobre o trabalho na terra.

Pretendia-se dar início, em Israel, a um novo capítulo na história do povo judeu, marcado pela catástrofe na Europa.

No futuro Estado de Israel, Appelfeld encontraria uma nova realidade social e política, construída sobre o imperativo da ruptura e do esquecimento – algo a que ele resistiu com todas as suas forças. A esse respeito, ele declarou, em entrevista à professora e tradutora Nancy Rozenchan:

> Eu cheguei à terra de Israel sem pais e não queria viver uma existência estéril de órfão. Então, eu reconstruí, para mim mesmo, meus pais e meus avós. Se meus pais eram judeus assimilados, eu queria tê-los junto de mim, e se meus avós se mantinham apegados à tradição, eu queria que eles estivessem comigo. Queria ter à minha volta a minha cidade, o meu ambiente, os Cárpatos. Escrever ajudou-me a reconstruir as minhas vivências da infância.[1]

Ao chegar à Palestina britânica, Appelfeld não era capaz de falar fluentemente nenhum idioma – e menos ainda de se

1 Nancy Rozenchan, "Entrevista com Aharon Appelfeld", *Cadernos de Língua e Literatura Hebraica*, n. 2, São Paulo: Humanitas, 1999, p. 128.

expressar por meio da escrita. O alemão da casa materna (pois Czernowitz pertencera, até 1918, ao Império Austro-Húngaro e a língua da casa de Appelfeld era o alemão) fora obliterado pelos anos caóticos de fuga, durante os quais ele se refugiou entre estranhos que falavam línguas estranhas. E o hebraico, idioma dos judeus radicados na Palestina britânica, que almejavam a criação de um Estado judeu, era-lhe também totalmente desconhecido.

Educado, a partir de sua chegada à Palestina, na ideologia dos pioneiros do Estado judeu, que insistiam na ideia de que os judeus deveriam adotar a língua hebraica, e que deveriam esquecer o passado na Europa, Appelfeld, no entanto, manteve-se apegado às memórias de infância e ao mundo naufragado dos judeus aculturados e germanizados da Europa central – um universo declinante já desde sua infância, que se tornara anacrônico e distópico e que parecia condenado à obliteração e ao esquecimento.

Nesse sentido, ele foi sempre um autor rebelde no cenário das letras hebraicas israelenses, justamente porque, em sua literatura, retorna com frequência às terras que ficaram para trás, na Europa, jamais cedendo à pressão do ambiente literário em que vivia no sentido de subscrever, de alguma maneira, ao nacionalismo e de tratar de uma existência israelense que vê a si mesma como uma ruptura com o passado exílico e diaspórico, como um recomeço e como uma realidade nova.

Não obstante sua educação dentro do sistema pedagógico implantado durante as primeiras décadas de existência do Estado de Israel, voltado para o sionismo e o nacionalismo judaico – Appelfeld estudou primeiro numa escola agrícola e, posteriormente, prestou o serviço militar –, ele buscou, de maneira consistente, reatar seus vínculos com o mundo perdido e desaparecido de sua infância, de seus pais, de seus avós, na Europa central.

A despeito das advertências de seus educadores nas escolas agrícolas, ele insistia em ler livros em alemão. Apesar da persistência dos discursos ideológicos que visavam à criação de uma nova identidade israelense, inteiramente separada do passado judaico diaspórico e fundada na ressurreição da língua hebraica, ele buscou, nos anos de sua formação, na década de 1950, o convívio com aqueles que, como ele, tendo escapado das antigas terras dos Habsburgos, se encontravam nos cafés da Moshava Germanit e de Rehavia, em Jerusalém, onde continuavam, dia após dia, uma longa conversa em alemão; onde continuavam a se comunicar usando gestos e expressões faciais trazidas do Velho Mundo; onde persistiam os aromas e os sabores de uma paisagem humana obliterada.

Ali, naqueles cafés, ele reencontrou os rastros e as pistas do universo do qual foi arrancado na infância, e por meio desse convívio foi capaz de construir pontes com um passado inalcançável, visto pelo consenso cultural israelense como indesejável e condenável.

Em *Uma mesa para um*, livro de 2004, Appelfeld conta sobre a intensidade de seu convívio com esses emigrantes nos cafés de Jerusalém – emigrantes que, paradoxalmente, viam-se como exilados em Israel e que seguiam cultuando os ecos de um mundo que sucumbira à destruição na Europa. Entre eles, Appelfeld reencontrava a base das lembranças que trazia consigo dos cafés de Czernowitz, sua cidade natal, que ele conhecera na infância: "Essa essência era encarnada por esses emigrantes, que falavam o alemão usado nos territórios dos Habsburgos, que tinham sido arrancados de suas terras de nascimento e agora se sentiam perdidos em seu lar nacional".[2]

Em meio a esses desterrados irremediáveis, ele se sentia em casa: "No fim das contas, meu lar não era o país da revolução hebraica, e sim o país dos emigrados".[3]

Foi a partir desse ambiente de desenraizados que o escritor pôde, outra vez, mirar o mundo que perdera aos 8 anos: "Para mim, Rehavia se tornou o umbral do meu lar, do qual fui arrancado na infância".[4] "O Império Austro-Húngaro sobrevivia no café Peter e os sobreviventes ali pairavam como sombras."[5]

Assim, numa espécie de arqueologia do espírito, a obra de Appelfeld preserva a aura de um mundo extinto, cujas raízes

2 Aharon Appelfeld, *A Table for One*. Londres: The Toby Press, 2007, p. 13.

3 Idem, p. 15.

4 Idem, p. 30.

5 Idem, p. 64.

estão nos sonhos de emancipação e assimilação judaica da Europa central do século XIX.

AURAS DE MUNDOS EXTINTOS

Czernowitz, a cidade onde Aharon Appelfeld nasceu em 1932, era conhecida no século XIX como "a pequena Viena do Leste". Até o término da Primeira Guerra Mundial, quando o antigo Império Austro-Húngaro foi esfacelado, era uma cidade austríaca e um dos polos de difusão da cultura austro-germânica na região oriental do antigo império. Hoje, com seu nome mudado para Cernăuţi, é uma cidade ucraniana, onde a presença da cultura austro-germânica só pode ser detectada por meio de fragmentos esparsos do antigo império, cujo significado se perdeu completamente.

A Bucovina, na região oriental do antigo Império Austro-Húngaro, onde se situava Czernowitz, era vista, no século XIX, como uma região selvagem, carente de civilização, e os monarcas habsburgos tomaram para si uma espécie de "missão civilizadora", empenhando-se em introduzir, nessa região primordialmente agrária, arcaica, marcada pelo legado do feudalismo e pela religiosidade tradicionalista, os valores típicos da modernidade ocidental oitocentista, assim como a língua alemã e a cultura austro-alemã.

Ao longo de todo o século XIX, enquanto se empenhavam em assegurar sua presença política e ideológica nessa região fronteiriça com a Romênia e com a Rússia, os Habsburgos esforçaram-se para fazer de Czernowitz um polo de difusão da cultura germânica secular moderna, de maneira a assegurar sua presença numa região ainda estranha aos parâmetros da civilização europeia ocidental.

Nesse seu projeto transformador da paisagem cultural do Leste Europeu, os monarcas austríacos encontraram, numa parcela da população judaica local, aliados importantes. Até o século XIX os judeus do Leste Europeu viviam segregados da população cristã, baseando sua existência em crenças religiosas singulares. Eram vistos como estrangeiros naquela região e muitas vezes viam a si mesmos como estrangeiros também, já que um dos pontos fulcrais da religião judaica é a ligação dos judeus com a terra de Israel, com a língua hebraica e com os livros sagrados do judaísmo.

Quando o imperador Francisco José, que ocupou o trono austríaco de 1848 a 1916, passou a implementar uma política consistente no sentido da integração dos judeus ao corpo de cidadãos do império, concedendo-lhes plenos direitos de cidadania e deles exigindo, em troca, uma atenuação de sua singularidade cultural e religiosa, essa situação começou a mudar rapidamente. Uma grande parcela da população judaica viu na adoção dos parâmetros culturais germânicos e na língua alemã o caminho para a solução da milenar questão do exílio judaico, passando, portanto, a cultuar esses valores e essa língua.

Movidos pela esperança de plena integração no império multinacional, multicultural e multirreligioso dos Habsburgos, eles até se tornaram representantes e cultores por excelência da cultura austro-alemã naquela região do império, povoada, sobretudo, por romenos, poloneses e ucranianos.

Ao mesmo tempo, um setor tradicionalista da sociedade judaica não via com bons olhos a inserção dos judeus na cultura urbana austro-germânica, e passou a lutar pela preservação dos modos de viver e de pensar que tinham sua raiz na Idade Média. Estavam lançadas, assim, as bases de um conflito entre setores judaicos opostos: um modernizante, germanizado, assentado nos parâmetros do Iluminismo; outro tradicionalista, religioso e voltado para os valores bíblicos. Esse conflito se estendeu durante toda a segunda metade do século XIX, e mesmo pelas primeiras décadas do século XX.

Trata-se de uma verdadeira guerra entre culturas judaicas, um *Kulturkrieg*, que continuou a polarizar a sociedade judaica local, mesmo após o desmantelamento do Império Austro-Húngaro, ao final da Primeira Guerra Mundial.

O declínio das antigas crenças religiosas e o triunfo, entre os judeus modernizados, de uma visão de mundo desencantada, própria da modernidade secular, assim como o conflito entre a tradição religiosa do judaísmo e as formas de pensar típicas da modernidade europeia, são temas centrais de toda a obra de Aharon Appelfeld, presentes também, de forma evidente, neste romance.

Entre os judeus de Czernowitz, ainda no período entreguerras, a classe burguesa, intelectualizada e voltada para a modernidade, tinha com a cultura alemã suas afinidades eletivas. Em sua maior parte, os judeus das cidades da Bucovina – como Czernowitz, mas também Sudzchava, Stroginetz, Kimpulung e outras – pertenciam a famílias germanizadas, ajustadas aos parâmetros da sociedade burguesa do século XIX. Era o caso da família Appelfeld.

UM LEGADO DE CONFLITOS

Em 1932, quando Aharon Appelfeld nasceu em Czernowitz, a cidade já era havia catorze anos parte do Reino da Romênia. O conflito entre modernidade austro-germânica e tradição religiosa judaica efetivamente foi o que desenhou a identidade das gerações dos seus pais, avós e bisavós. Como o autor disse em entrevista concedida a Nancy Rozenchan, esse conflito fazia parte de sua própria história familiar:

> Eu vinha de uma família assimilada que acreditava no progresso, que o mundo avançava para o bem. [...] Havia o símbolo do bom e do belo, a literatura alemã era a melhor literatura, a língua alemã era a mais bonita, Viena e Berlim, as cidades importantes [...].[6]

Os personagens retratados por Appelfeld neste livro, e em todos os seus romances, contos e novelas – seu legado literário é construído por mais de trinta livros –, são membros de um grupo populacional inteiramente desorientado depois do desaparecimento do Império Austro-Húngaro, em 1918.

Paralisados entre a superstição do progresso, cada vez mais evidentemente desmentida pela marcha da história europeia na década de 1930, e a religião da Bíblia, cultuada por seus ancestrais, mas vista com distanciamento a partir do ponto de

6 Nancy Rozenchan, op. cit., p. 130.

vista do pensamento moderno, os judeus de Czernowitz formavam uma coletividade dilacerada pela perda de parâmetros, pelas transformações incompreensíveis e pelo aviltamento de todos os valores.

O colapso do universo onde Aharon Appelfeld nasceu, provocado pelo advento do nacionalismo romeno, pelo início da Segunda Guerra Mundial e pela sistemática exclusão dos judeus da cultura alemã promovida pelo nazismo, assim como a destruição do judaísmo europeu, fez dele um homem e um escritor duplamente e triplamente exilado e desterrado.

Os judeus germanizados e apegados à memória e às ideias ecumênicas e mesmo cosmopolitas do Império Austro-Húngaro se tornaram figuras descontextualizadas e deslocadas durante a década de 1930, numa Europa cada vez mais voltada para a criação de identidades nacionais, que excluíam os judeus. O confinamento, a deportação e o assassinato, que atingiram sua família como a todos os demais judeus da região, o arrancaram definitivamente do frágil solo sobre o qual se assentavam as bases de sua identidade – e os membros de seu grupo se tornaram figuras cada vez mais anacrônicas, deslocadas e perplexas.

EXÍLIO E DESTERRITORIALIZAÇÃO

Aharon Appelfeld nasceu numa família burguesa judaica, fortemente ligada à cultura alemã e ao legado dos Habsburgos, mas o alemão de sua casa paterna, depois de 1918, e sobretudo com a gradual expansão do nacionalismo e do fascismo romenos, já se tornara, em Czernowitz, uma espécie de língua de exílio. Como acontecera com tantas outras famílias de judeus germanizados da Europa central no entreguerras, ele passou a infância numa espécie de ilha cultural em suspensão: o alemão não era uma língua judaica, nem era a língua de seu país. Era a língua de um país que excluía os judeus do seu corpo de cidadãos e os privava de seus direitos. Mas era por meio dessa língua que seus familiares, e o seu meio de convívio social, se mantinham estreitamente vinculados ao universo destruído em 1918, preservando, como uma espécie de relíquia, a memória de um mundo evanescente, aquele do velho Império Austro-Húngaro, com suas esperanças ecumênicas e progressistas, irremediavelmente desaparecido, mas cujo poder de atração, não obstante, permanecia intacto.

Terminada a Primeira Guerra Mundial, Czernowitz tornou-se uma cidade romena, e o nacionalismo romeno e o antissemitismo passaram a exacerbar-se. Na década de 1930, o ministro Íon Nistor promulgou uma série de atos que tinham como objetivo explícito enfraquecer a influência econômica e cultural das minorias não romenas, e que visava sobretudo à marginalização dos alemães étnicos, que consistiam uma minoria numerosa na Romênia, e dos judeus. Planos de deportação maciça de não romenos, exclusão dos judeus das instituições de ensino do Estado e do serviço público, nacionalização de empreendimentos – todas essas medidas tão próximas à política que Hitler implantava na Alemanha – aos poucos se tornaram realidade na Romênia em que Appelfeld passou sua primeira infância, na medida em que o país era dominado pela ideologia de molde fascista da Guarda de Ferro e do Partido Cristão Social.

A esse respeito, Appelfeld declarou:

> Em casa falava-se alemão e não ídiche; com os avós eu falava ídiche. As adjacências eram ucranianas. Quando eu nasci, o governo era romeno. De modo que eu falava quatro línguas e havia ali, naturalmente, vizinhos poloneses; mais uma das línguas que se falavam ali era o francês, uma língua de elite; falavam-se muitas línguas, era uma cidade de cultura, com uma grande universidade e germanística.[7]

Em conversa com o escritor norte-americano Philip Roth, ele reitera: "Minha língua materna era o alemão. Meus avós falavam ídiche. A maioria dos habitantes da Bucovina, onde passei a infância, eram rutenos, e por isso todos falavam ruteno. O governo era romeno e todos eram obrigados a falar romeno também".[8]

7 Idem, p. 125.

8 Philip Roth, *Entre nós*. São Paulo: Companhia das Letras, 2008, p. 39.

O apego dos judeus germanizados da Bucovina à língua e à cultura dos antigos imperadores Habsburgos e sua oposição tenaz ao já declinante setor religioso e pietista judaico, com seus ensinamentos e doutrinas, persistiriam na geração do entreguerras, não obstante as mudanças no cenário político. Sobre esse grupo, em meio ao qual nasceu, Appelfeld diz:

> Os judeus assimilados construíram uma estrutura de valores humanistas e contemplavam o mundo externo a partir dessa estrutura. Estavam convictos de que não eram mais judeus e que tudo aquilo que se aplicava aos "judeus" não se aplicava a eles. Essa confiança estranha os transformou em criaturas cegas ou quase cegas. Sempre adorei os judeus assimilados, porque era neles que o caráter judaico, e também talvez o destino judaico, estava concentrado com maior força.[9]

A língua alemã, para esses antigos súditos dos Habsburgos, agora confrontados com a barbárie nacionalista romena, tornara-se uma espécie de território sagrado e de paraíso ainda não inteiramente perdido: o mundo destruído pela história, em 1918, continuava a lhes servir como uma espécie de pátria metafísica, acolhedora e criadora de sentido, um território abstrato e portátil, e como um refúgio, que guarda certas analogias com o próprio legado cultural judaico, ancorado, durante os milênios de exílio, numa língua perdida e em livros sagrados.

CENTRO E MARGEM

A singularidade dessa cultura judaico-alemã no exílio centro-europeu no entreguerras e o seu caráter de desterritorialização levado ao paroxismo foram responsáveis pelo caráter único da literatura de Appelfeld. Em sua obra, vista como um todo, os parâmetros de marginalidade e de centralidade parecem invertidos. Ele, que descreveu sua carreira literária em língua hebraica, explorou em seus livros a paradoxal situação

9 Idem, p. 39.

de uma cultura excluída, que se formou como uma espécie de ilha, num solo estrangeiro, com base numa língua estrangeira. Tradutor contemporâneo do conceito de desterritorialização, ele descreve na língua hebraica, em seus romances ambientados na Europa central, personagens judeus que são falantes de alemão ou de ídiche, que vivem entre ucranianos e romenos, e para quem não parece mais haver lugar no mundo.

Sua obra poderia ser vista como a tradução hebraica de um legado tipicamente judaico e europeu, e como a voz contemporânea de um judaísmo em busca de assimilação, mas que não tem mais a que assimilar-se e portanto se refugia nos farrapos de um universo extinto.

Essa circunstância faz de Appelfeld um escritor que leva o deslocamento e a desterritorialização, e, com eles, a necessidade de tradução, a uma espécie de paroxismo. Falando sobre Appelfeld, Philip Roth afirma:

> [Appelfeld é] um escritor deslocado, deportado, expropriado, desarraigado. Appelfeld é um autor deslocado de obras deslocadas, que soube se apossar de modo inconfundível do tema do deslocamento, da desorientação. Sua sensibilidade – marcada quase desde o nascimento pelas caminhadas solitárias de um menino burguês por um lugar-nenhum ameaçador – parece ter gerado de modo espontâneo um estilo marcado por precisão, despojamento, progressão atemporal e impulso narrativo coibido [...].[10]

Deportado com o pai para um campo de concentração nazista em 1940, aos 8 anos de idade Appelfeld descreveu uma trajetória literária voltada para a busca por seu universo de origem, por sua *Heimat*, por sua geografia nativa, perdida no espaço e no tempo, mas pacientemente recriada e reconstruída em seus livros, ao longo de uma vida inteira, a partir de fragmentos de memórias que ganham expressão por meio da tensão, da densidade e da economia características da língua hebraica.

10 Idem, p. 29.

A literatura de Appelfeld, assim, reconstrói em palavras aquilo que foi varrido da face da terra pelo genocídio na Europa, e também aquilo que o projeto nacional do Estado de Israel pretendia relegar ao esquecimento. O mundo perdido dos judeus da Europa central foi, desde o início, a matéria de base de sua literatura. A memória do mundo dos seus ancestrais – e dos conflitos dos seus ancestrais – preenche sua literatura e recria, em língua hebraica, um universo existencial desaparecido.

Essa recriação é uma estratégia literária consciente e deliberada: na mesma entrevista a Nancy Rozenchan, o escritor afirmou: "Cada livro meu é uma construção. Construo minha vida. Construo a minha infância, construo a minha casa, o meu ambiente. Pego depois o que construí e transfiro para cá".[11]

Seu projeto literário é um projeto anti-histórico, de resistência à história e às catástrofes, que preserva e cultiva a memória de uma paisagem humana obliterada. Nesse sentido, *Meu pai, minha mãe* não constitui uma exceção na obra de Appelfeld. Este foi, entre seus romances, o que maior sucesso alcançou em Israel. Aqui, como em todos os seus outros livros, ele explora, por meio de pequenos gestos, a magia de um mundo que é, ao mesmo tempo, aquele de sua infância e aquele de uma população judaica que, estando à beira da catástrofe, permanece cega ao que está prestes a lhe acontecer. São os últimos suspiros de um mundo de ingenuidade e de inocência, de credulidade e de confiança em forças que não existem mais.

Seu estilo é sempre marcado pela sutileza, pela reticência e estabelece com o leitor um jogo tácito, já que este sabe de coisas que os personagens ignoram. Dessa forma, a literatura de Appelfeld torna-se, também, uma história da catástrofe narrada pelo avesso. Ele fala do genocídio justamente ao não falar do genocídio. Como ele mesmo diz: "Tento entender esse fenômeno denominado o 'judeu moderno', o que é o 'judeu moderno'. Quem somos nós; em algum sentido o que trouxemos

11 Nancy Rozenchan, op. cit., p. 129.

conosco, o que e como é que isso funciona, todas as contradições que há no judeu moderno...".[12]

Aguda em sua observação dos detalhes relevantes, sofisticada em sua aparente simplicidade, perplexa sob sua capa lógica, a literatura de Appelfeld tematiza o estranhamento do homem diante do incompreensível, revela o absurdo da razão e busca restituir ao homem a pureza cristalina de um olhar ainda não turvado pelos discursos que, em vão, tentam dar conta da complexidade e da imprevisibilidade do mundo.

12 Idem, p. 128.

LUIS S. KRAUSZ é professor de literatura hebraica e judaica na Universidade de São Paulo (USP). Traduziu obras de Joseph Roth, Gregor von Rezzori, Elfriede Jelinek, Thomas Mann, Friedrich Christian Delius, Gustav Schwab, Aharon Appelfeld e outros. É também escritor, autor dos romances *Desterro: memórias em ruínas* (Tordesilhas, 2011); *Deserto* (Benvirá, 2013); *Bazar Paraná* (Benvirá, 2015); *O livro da imitação e do esquecimento* (Benvirá, 2017) e *Outro lugar* (Cia. Editora de Pernambuco, 2017). Duas vezes premiado com o Jabuti, foi classificado em terceiro lugar no Prêmio Machado de Assis da Fundação Biblioteca Nacional em 2018.

EDITORA CARAMBAIA
Rua Américo Brasiliense, 1923, cj. 1502
04715-005 São Paulo SP
contato@carambaia.com.br
www.carambaia.com.br

Título original: *Avi ve-Imi* [Dvir, 2013]

Diretor editorial FABIANO CURI
Editora-chefe GRAZIELLA BETING
Edição ANA LIMA CECILIO
Preparação TAMARA SENDER
Revisão RICARDO JENSEN DE OLIVEIRA e CECÍLIA FLORESTA
Capa DANIEL JUSTI
Projeto gráfico de miolo BLOCO GRÁFICO
Composição KAIO CASSIO
Produção gráfica LILIA GÓES

CIP-BRASIL. CATALOGAÇÃO NA PUBLICAÇÃO
SINDICATO NACIONAL DOS EDITORES DE LIVROS, RJ

A656m
Appelfeld, Aharon [1932-2018]
Meu pai, minha mãe / Aharon Appelfeld;
tradução Luis S. Krausz.
1. ed. – São Paulo: Carambaia, 2019.
232 p., 23 cm

Tradução de: *Avi ve-imi*
Posfácio
ISBN 978-85-69002-52-9

1. Ficção israelense. 2. Holocausto judeu (1939-1945) – Ficção. 3. Pais e filhos – Ficção. I. Krausz, Luis S. II. Título

19-55700 CDD: 892.43 CDU: 82-3(569.4)
Leandra Felix da Cruz – Bibliotecária CRB-7/6135

ilimitada

FONTE
Antwerp

PAPEL
Munken Print Cream 80 g/m^2

IMPRESSÃO
Ipsis